그날,
12월 31일

그날,
12월 31일

김준수 장편소설

밀라드

차례

프롤로그

빌어먹을!

나는 이 세상이 언젠가 끝나버릴 것 같은 기분을 가지고 산다.

어느 순간 갑자기 시간이 뚝 끊기고,

현재와 전혀 다른 카이로스의 시간이 열릴 것 같은 느낌.

시간이 정지될지도 모른다.

시간이 없다면 공간도 없을 것이다.

이런 생각은 2000년 밀레니엄이 가까워오면서 점점 더 커져간다.

종말에 대한 불안감.

나에게도 있고 당신에게도 있다.

이 세상이 끝나면 대체 나는 어떻게 된다는 것인가!

내 연인 희재는? 내 기억들과 사랑하는 사람들은?

아아, 종말의 시계를 그치게 해야 한다.

20년 가까이,

그러니까 꽤 오래 전부터 가슴에 품어 온 숨은 이야기.

허구한 날 세월을 망치질하는 대장장이처럼

내 영혼의 대장간에서 노상 풀무질하고 담금질해 온 이야기.

지금부터 이 이야기를 하려고 한다.

제1부

은인을 만나다

1
크리스마스 이브

잠에서 깨어난 건 아침 9시가 한참 넘은 시간이었다. 커튼 사이를 비집고 들어온 얕은 겨울 햇살이 음영이 드리운 벽면을 훑고 있었다. 침대에서 벌떡 일어났다. 눈꺼풀이 떨렸다. 한눈에 봐도 낯선 방이었다. 분명 내 방이 아니었다.

머리맡 거무튀튀한 탁자 위에는 전화 한 대와 파스텔톤 머그잔이 놓여 있었다. 햇살에 부끄럽다는 듯 슬며시 속살을 드러낸 연핑크 벽에는 일력이 붙어 있었다. 내 황망한 시선은 빨간색으로 쓰인 '25'란 숫자에 빠르게 꽂혔다.

'오늘이 25일이로군. 그럼 내가 여기에서 하룻밤을 잤다는 건가?'

25 위에 있는 네 개의 글자가 얼른 눈에 들어왔다.

'1998'

일력 상단 우측에는 '金'이라는 파란색 글자가 요일을 알려주고 있었다.

'1998년 12월 25일 금요일'

그러니까 크리스마스 아침이었다. 당혹스러웠다. 사람들의 발길이 닿지 않는 깊은 숲속의 외딴 산비탈에 발이 묶여 꼼짝없이 오도 가도 못하는 혼곤한 느낌이었다. 도대체 왜 여기에서 잤는지 아귀가 맞지 않아 난감했다. 도무지 얼마나 잠들어 있는지조차 모른다. 간밤에 얼마나 깊이 곯아떨어졌는지 통잠을 잔 모양이었다.

띄엄띄엄 기억을 더듬으면, 지금 확실히 생각나는 건 두 가지다. 크리스마스이브에 교회에 갔다가 교회 문을 박차고 나온 게 하나, 눈 내린 밤에 남산길 벤치에 앉아 소주 한 병을 들이킨 게 둘. 그 후론…… 좀체 아무것도 기억이 나질 않았다.

휘늘어진 몸을 일으켜 흔들리는 눈동자로 거울을 들여다보았다. 내 얼굴이 낯설었다. 이렇게 생겼던가, 하는 생각이 들었다. 하지만 틀림없는 나였다. 댄디헤어스타일에 짧은 콧

수염이 있는 홧홧한 얼굴도 나였고, 목에 건 금빛 십자가도 내 것이었다. 이따금 내가 삶을 거부하고 싶을 때 내 본성에 기름을 붓고 내 영혼을 소생시켜준 금빛 십자가 목걸이.

'밤사이에 내게 아무런 일도 일어나지 않았다는 거지?'
그나마 다행한 일이었다. 자고 일어났더니 자신의 몸이 해괴망측하게도 거대한 딱정벌레로 변해버렸다는 이야기도 있잖은가. 불현듯 아름답고 행복한 여신이 내게 다가와 내 수척한 뺨을 그녀의 가늘고 하얀 손으로 쓸어주었으면, 하는 생각이 스쳤다.

십자가를 말끄러미 바라보고 있는데 굵은 눈물방울이 툭, 떨어졌다. '서로 사랑하라'는 글귀가 백열등에 선명하게 빛났다.
'쳇, 사랑? 사랑 좋아하네.'

갈증을 느꼈다. 침대 머리맡 작은 탁자 위에는 일회용 페트병이 놓여 있었다. 물 한 모금을 들이켰다. 속이 메슥거리고 머리가 지끈거렸다. 창문을 타고 온 거리의 소음이 잔물결처럼 방 안에 밀려들었다. 아이들이 뛰어다니는 소리, 뭔가를 쓸고 있는 빗자루 소리, 윙윙거리는 자동차 소리…….

길게 드리운 녹색 커튼을 살짝 젖히고 창문을 열었다. 언덕 위로 하얏트호텔의 푸른 유리들이 햇살을 머금고 은은히 빛나고 있었다.

남산.

엄마의 젖무덤처럼 서울 한복판에 오뚝 솟은 남산. 밤새 내린 눈을 소복하게 받았다. 흰색으로 옷을 갈아입은 하얀 소나무들은 천사의 날개처럼 고결한 실루엣을 그려내고 있었다.

전망 좋은 곳에 높직이 자리 잡은 남산도서관에서 동쪽 한남동으로 빠져나가는 도로에는 자동차들이 지붕 위에 쌓인 눈을 매단 채 드문드문 지나갔다. 순환도로로 올라가는 언덕길은 빙판길이 된 탓인지 차들이 푸륵거리며 올라가느라 쩔쩔맸다. 비탈길에서 바퀴가 헛돌며 미끄러지는 승용차 한 대가 고스란히 시선에 들어왔다. 작고 헌 차였다.

손을 길게 뻗어 잡을 것 같은 전선 한 가닥 위에 참새 한 마리가 앉아 있었다. 녀석은 매초롬한 눈으로 나를 쳐다보았다. 새카만 더께가 내려앉은 허름한 주택의 지붕과 비스듬히 서 있는 전봇대. 그 전봇대 손잡이에 위태롭게 달라붙어 있던 눈덩이 하나가 간판 위에 툭, 떨어졌다. '수정여관'이란 글이 새겨진 간판이었다.

나는 그제야 내가 잔 곳이 여관이란 걸 깨달았다.

"이런 제기랄! 왜 내가 여기에?"

새된 목소리가 햇살 가득한 방안의 허공에 흩어졌다. 나는 전화기를 들었다.

"예, 프런트입니다."

"안녕하세요? 203호 투숙객인데요. 제가 언제부터 이 여관에 있었습니까?"

"자정이 조금 넘어서요. 큰일 날 뻔했습니다. 아, 글쎄, 그 분들이."

"네―에? 큰일 날 뻔했다니요? 자정이라면 이곳에서 9시간이나 있었단 말이죠?"

"그렇습니다."

법정의 증인이 판사 앞에서 확신 있는 어조로 진술하는 것 같은 이 말에, 나는 더 이상 따지고 자시고 할 것도 없이 기분이 꿀꿀해졌다.

"제가 어떻게 여기에서 잠을 자게 된 것이죠?"

"간밤에 어떤 부부가 손님을 부축해서 여기로 오셨댔어요."

"부부라고요? 누군데요?"

"저도 잘 모릅니다. 50대 중후반쯤 되어 보이는 점잖은 부부였어요."

"아, 알겠습니다. 고맙습니다."

수화기를 놓으려는데 여관 주인의 잠깐만, 하는 목소리가
들렸다.

"참, 그분들 방금 전 여관에 오셨다가 가셨습니다."

"뭐라고요? 방금 전에 오셨다가 가셨다고요?"

"네. 남자 혼자서요. 남편으로 보이는."

"그냥 가셨다는 말씀이죠?"

"네. 조금 머문 후 돌아갔습니다. 근데 손님, 그분 잘 모르
세요? 난 그분이 손님과 아는 사이인 줄 알았어요."

"무슨 명함이나 전화번호 같은 것은 안 남겨놨나요?"

"네, 그렇습니다. 그건 그렇고, 그분들이 맡기고 간 게 있
어요."

"뭘 맡겨놓았다고요? 그럼 지금 내려갈게요."

궁금증이 더해졌다.

'누굴까, 그분들이?'

양치질을 하고 얼굴을 씻었다. 그러고는 재킷을 걸치고 거
울을 들여다보았다. 빨개진 두 콧구멍 아래로 말간 콧물이 지
르르 흘러내렸다.

‘빌어먹을 비염.’

수돗물을 틀어 팽, 하고 코를 풀었다. 칙칙한 계단을 따라 프런트가 있는 1층으로 내려갔다. 비척비척 걷는 폼이 아직도 술이 덜 깬 듯싶었다.

프런트는 말이 프런트이지 허름한 안내 데스크였다. 여관 주인으로 보이는 남자가 둥근 대화창에 뭉툭한 코를 바짝 내밀고 내게 먼저 인사했다. 자동차 타이어처럼 양쪽 볼에 통통하게 살이 오르고 머리가 반나마 벗어진 사람이었다.

"잘 주무셨소?"

여관 주인은 마치 나를 잘 알고나 있다는 듯 싱긋 웃으며 거들떠보았다. 나도 애써 웃음을 지어 보이며 응답했다.

"안녕하십니까? 한데, 이거 어찌 된 영문인지 잘 모르겠습니다."

"이 양반, 거 참, 큰일 날 뻔했다니까요. 어젯밤 술에 취해 길에 쓰러져 있는 걸 부부가 발견해 여기로 데려 왔다오. 부축하는 일에 내가 좀 거들었지요."

책상다리를 틀고 조간신문을 읽고 있던 여관 주인은 쯧쯧, 혀를 차며 말했다. 몸피는 작지만 네모난 얼굴에 광대뼈가 유난스럽게 튀어나와 야무지게 보였고 카랑카랑한 음성은 암팡진 데가 있었다.

"아, 그렇습니까? 고맙습니다. 이거 원, 쑥스럽습니다."

"술도 엔간히 마셔야지, 암튼 천만다행이오. 추운 겨울에 길에 누워 잠들다간 동사하기 딱 십상이지요. 무슨 일로 술을 그렇게 퍼먹었는지 모르겠소만, 그러다간 초상날 줄 아시오. 보아하니 장가는 간 것 같은데 부인도 좀 생각하셔야지요."

부인도 좀 생각하셔야지요, 라는 여관 주인의 충고에 아직 총각인데요, 라고 대답할 생각조차 들지 않고, 대뜸 '동사'라는 말이 화살처럼 날아와 가슴에 꽂혔다. 눈이 무릎까지 쌓인 날, 집 밖에서 한뎃잠을 자다 얼어 죽은 친구가 불현듯 뇌리에 떠올랐기 때문이다.

연말에 실시되는 제15대 대통령 선거를 앞두고 연초부터 시끌벅적했을 때였으니까, 벌써 3년이 지났나 보다.

술을 퍽이나 좋아한 고등학교 동창생 녀석이 한겨울에 잔뜩 취해가지고서 자기 집 대문 앞에 쌓여 있는 눈을 푹신한 이부자리인 줄 알고 누워 잠들다가, 그 자리에서 그만 얼어 죽은 일이 생각났기 때문이었다.

녀석은 김대중 선생이 대통령에 당선되지 않으면 자기 손에 장을 지지겠다고 호언장담했던 친구다. 나는 친구와 그리 자별한 사이는 아니었지만, 그가 유별난 데가 있어서 늘 관심을 가지고 지켜보던 터였다.

친구는 노상 술을 옆에 끼고 살았다. 평소에 자기는 술을 먹고 죽을 팔자라고 말해 왔었다. 그는 소아마비로 한쪽 다리를 심하게 절뚝거렸지만, 그리스 신화와 팝송을 좋아하고 문학과 연극에 조예가 깊은, 극도로 섬세한 영혼을 지닌 낭만주의자였다.

그런 그가 정말이지 자기 말마따나 술을 먹고 저 세상으로 가게 된 것이다. 사랑하는 사람들을 지상에 남겨 놓고서(친구는 종교가 없었다). 다방이나 나이트클럽을 전전하며 DJ로 밥벌이를 하면서 그런대로 살아오던 동창 녀석이었는데 말이다.

훗날 안 사실인데, 녀석은 이 세상을 떠난 그날도 김대중 당선을 미리 축하한답시고 근사하게 한턱내겠다며 친구들을 불러내 술을 샀다고 한다. 그의 전셋집은 시내 변두리의 야트막한 언덕에 자리 잡은 낡은 기와집이었다. 중학교 국어선생인 그의 부인은 출근을 하려고 대문을 여는 순간 얼마나 놀랐던지 자지러지는 비명소리를 내며 심장이 멎을 뻔했다고 한다.

스스로 그럴싸하게 낭만을 즐기고, 또 그것을 인생 최고의 멋인 양 하면서 남들에게 낭만이 무엇인지를 옴팡지게 보여주려고 했던 동창은 젊은 날에 그렇게 죽었다. 낭만인가 뭔가 하는 꼴같잖은 게 펄펄 살아 있어야 할 녀석을 죽음으로 옭아 묶은 것이다.

가여운 내 친구. 함박눈이 내리는 겨울밤, 그의 몸은 대문 앞에서 눈으로 이불을 삼고 소가죽 크로스백을 베개 삼아 납빛으로 가라앉으며 서서히 얼어붙었던 거다.

나는 지금도 친구의 죽음에 띄엄띄엄 희미한 의문을 갖고 있다. 친구는 자청해서 극도의 낭만을 실험하고 그 이야기를 많은 친구들에게 들려주기를 소망했을 것이라고…….

"뭘 그리 생각하세요? 이 양반, 아직 술이 덜 깨신 모양이구면."

옆구리를 쿡, 찌르는 것 같은 여관 주인의 낭창한 음성에 화들짝 놀라 어깨를 움찔했다.

"어? 예, 예. 미안합니다. 그래, 그분들이 맡겨놓고 간 게 무엇이죠?"

여관 주인은 데스크 위에 있는 노란 보자기를 손으로 가리켰다. 보자기 위에는 'GIFT CARD'라고 쓰인 상품권 봉투 한 장이 놓여 있었다.

먼저 노란 보자기를 풀어보았다. 보자기에는 흰색 플라스틱 용기와 김치 등 반찬들을 넣은 세 개의 작은 플라스틱 용기들이 들어 있었다. 큰 플라스틱 뚜껑을 열었다. 전복죽이었다.

'내가 전복죽을 좋아한다는 걸 그분들이 어떻게 알고······.'

알록달록한 색깔을 띤 봉투를 열었다. 크리스마스 카드였다. 카드에는 만년필로 쓴 글씨들이 적혀 있었다.

메리 크리스마스!

다급하게 GIFT CARD 봉투를 뜯어보았다. 카드 안에는 만 원짜리가 신권으로 열 장 들어 있었다. 조심스럽게 돈을 싼 흰 종이에는 이렇게 적혀 있었다.

몸조심하세요.

집에 가실 때 되도록 택시를 이용하시고,

점심과 저녁을 꼭 드십시오.

적은 돈입니다.

선한 마음으로 받아주시고 자존심에

상처가 없기를 진심으로 바랍니다.

나는 가슴이 뜨거워 오는 것을 느꼈다. 갑자기 여관 주인이 원망스러웠다.

"사장님, 그분들 그냥 보내면 어떡해요? 연락처를 알아놨어야죠."

"나를 탓하지 마세요. 그게 말입니다, 휴대폰 번호를 알려 달라고 부탁했더니 그분이 한사코 거부했지 뭐예요."

"아까도 오셨다면서요? 절 깨우지 그랬어요?"

"그분이 오셨기에 방으로 전화벨을 여러 번 울렸지요. 그분은 손님이 잠에서 깨어나길 바랐던 것 같았어요. 손님이 일어났다면 객실로 올라가셨을 거요. 하지만 손님이 일어날 기색이 안 보이자 그냥 돌아가셨지요. 아무튼 그분들 참 고마운 분들입니다. 술에 취해 길바닥 위에 잠자던 손님을 예까지 데리고 온 건 그분들이었으니까요. 그분들이 아니었더라면 큰일 날 뻔했다니까요. 더욱이 고마운 건, 아 그게 말이죠."

여관 주인은 '큰일 날 뻔했다'라는 말을 도대체 몇 번이나 했는지, 이번이 세 번짼가 네 번짼가 될 것이다.

"됐습니다, 사장님. 그러니까 그분들이 절 살렸다는 말씀이죠? 그건 그렇고, 여관비는 얼마입니까?"

나는 손사래를 치며 여관 주인의 말허리를 잘라 말했다. 여관 주인은 어젯밤의 일을 좀 더 자세히 설명하지 못한 게 아쉽다는 표정을 지으며 말했다.

"여관비요? 그걸 말하려던 참이었어요. 여관비는 간밤에 이미 그분이 지불했으니 신경 쓰지 마십시오."

"아니, 뭐라고요? 여관비를 지불했다고요?"

"여관 일을 하면서 그런 분들은 처음 봤어요. 새벽녘에 리어카 고물상 할머니의 돈을 털어가는 노상강도도 있는데 말이죠. 그분들 참 선한 사람들입니다."

"아, 네, 네…… 그렇군요……."

어안이 벙벙해진 나는 말끝을 흐렸다.

"고맙습니다. 메리크리스마스!"

나는 여관 주인에게 어색하게 인사를 했다.

"네, 안녕히 가십시오. 메리크리스마스."

여관 주인이 멋쩍은 듯 무신경하게 맞장구를 쳤다.

꾸덕꾸덕해진 점퍼 주머니에 두 주먹을 찔러 넣고 남산을 뒤로하고 여관을 빠져나왔다. 겨울의 따사로운 햇살이 남산에 퍼지고 난 오전 열 시가 조금 넘어서였다. 한 시간 후에는 교회에서 성탄예배가 있지만 가고 싶지 않았다. 군대를 제대하고 난 후론 한 번도 빠져본 적이 없는 성탄절 예배였는데 말이다.

마음이 착잡해졌다. 마음 한구석에 자리 잡은 자질구레한 불편함은 어디서 온 걸까. 성탄 예배를 빼먹어서? 그렇담 신앙은 내게 숙명적인, 아니 본능적인 것이란 말인가. 아아, 하지만 오늘은 정말이지 예배고 뭐고 모든 게 귀찮구나. 성탄예배 한 번 거르는 게 무슨 대수인가.

그런 생각을 하고 있는데, 어제저녁의 기억이 눈사태처럼 마음을 덮쳐 왔다. 갑자기 메스꺼움을 느꼈다. 우중충한 잿빛 나무숲 비탈에 침을 퉤, 뱉었다. 세상이 더 무거워 보였다.

'우라질, 교회는 무슨 교회…… 말짱 거짓말이야, 거짓말. 더 이상 속지 않을 거야. 위선자들. 위선자들로 득실거리는 세상이야.'

2
자취방

금요일의 따스한 겨울 햇살은 눈이 부실 정도로 찬란했다. 지붕 위에 쌓인 눈덩이 몇 개가 버석대는 소리를 내며 거리에 떨어졌다. 길거리는 눈 녹은 물로 진창길이 되었다. 진창물을 피해 이리 사뿐 걷고 저리 폴짝 뛰고 하면서 걸은 덕분에 요행히 신발이 젖지는 않았지만 마음은 개흙밭같이 질척거렸다.

아직도 술기운이 남아서인지 속이 뉘엿거리고 팔다리가 맥이 풀려 녹작지근했다. 남산의 탑을 뒤로 하고 경사진 굽잇길을 서너 개 돌아 2차선 한길로 나왔다. 회똑회똑 걸어 11시 언저리에 오피스텔에 당도했다.

신문사를 그만두고 받은 알량한 퇴직금과 기자 생활 5년 동안에 허덕허덕 모아둔 돈과 은행에서 융자를 받은 돈으로 어렵사리 마련해놓은 25평짜리 사무실 겸 주거였다. 뭐 딱히 내세울 만큼 값비싼 오피스텔은 아니었지만, 내 딴에는 온갖 꾀를 짜내어 장만한 것이었기에 애착이 가는 보금자리였다. 하지만 이곳에서 지내는 동안 나는 돈에 쪼들려 하루라도 발 편잠을 잘 수 없었다.

독촉장이 오지 않았는지 오늘도 신경이 쓰였다. 우편함의 우편물들이 밖으로 머리를 내밀고 삐죽이 튀어나와 있었다.

'빌어먹을 독촉장……그것도 왔겠지.'

후다닥 우편들을 뒤졌다. 성마르게 우편물 한 개를 집어 들었다.

'그러면 그렇지. 이게 안 올 리가 있나. 은행 놈들이 누군데.'

나는 은행에서 보낸 독촉장인가 뭔가를 방바닥에 내동댕이쳤다.

"망할 독촉장!"

누가 볼세라 우편물들을 점퍼 안팎 호주머니에 되는 대로 쑤셔 넣고 '1234' 번호표가 붙은 호실로 산망스레 왔다. 아파트를 살 때 분양사무실 직원에게 부탁해 12층 34호로 잡은 것은 게으름을 청산하고 좀 질서 있게 생활하려는 뜻에서였다.

군대생활을 할 적에 4열종대로 서서 제식훈련이나 행진을 할 때 인솔자의 '하나, 두울, 셋, 넷, 하나 둘 셋 넷, 하나 둘 셋 넷' 구령에 목청껏 복창한 경험이 유별났기 때문이었다.

병아리처럼 노란색 상의를 입고 나들이를 나온 유치원생들도 인솔 교사의 '하나, 두울, 셋, 넷' 구령에 맞춰 걸어가는 모습을 볼 때면 그렇게 멋지고 아름다울 수가 없었다.

호실 문 앞에 놓여 있는 신문 두 부를 허리를 굽혀 집어 들었다. 관리비는 제때 못 내더라도 어떻게든 끊지 않고 구독하는 신문들이었다. 한 신문은 보수 성향의 신문, 또 한 신문은 진보 성향의 신문.

문을 열고 방에 들어섰다. 총각 냄새가 코를 훅 찔렀다. 어질러진 내 방.

수북이 쌓인 설거지 그릇들, 개놓지 않은 이불, 몽정 정액이 말라붙은 팬티, 기름땀에 전 점퍼, 꾸덕꾸덕하게 굳은 양송이 수프, 말라비틀어진 싸구려 사과, 비눗물이 튀어 배긴 화장실 거울, 언제부턴가 멈춰 선 구닥다리 탁상시계……

라면 한 개를 끓여 먹은 후 침대에 몸을 날려 벌러덩 드러누웠다. 잠이 오지 않아 몸을 뒤척였다. 애꿎게 시간을 축내며 뭉그적거리고 누워 있노라니 먹은 라면이 소화가 안됐는지 속이 까끄름하고 마음은 심란하기만 했다.

벌레가 살갗에 기어 다닐 때 느끼는 것과 같은 매우 기분 나쁜 기억들이(웬만하면 기억하고 싶지 않은 기억들) 스멀스멀 기억의 표피를 근질였다. 나는, 엉겨 붙은 기억의 잔해들을 치우고 한시바삐 그 현장에서 빠져나오려고 애썼지만, 그럴수록 그 기억의 잔해들은 더욱더 형체가 분명해지고 내 몸은 높다란 벽에 쇠사슬로 꽁꽁 묶인 채로 매달려 있는 것 같았다.

아버지와 어머니의 얼굴이 몽실 떠올랐다. 나는 어머니의 뱃속에 있을 때부터 교회를 다녔다고 한다. 이른바 '모태신앙'이다. 발음도 그러하거니와 뜻도 별난 모태신앙.

모태신앙은 교회 안에서는 '못된 신앙'이라고 희화화하여 불리는 말이다. 발음이 비슷한 다른 단어를 가지고 말장난을 하는 일종의 언어유희인 셈이다. 이 말을 머릿속에 그려보면서 나는 씁쓰름한 웃음을 지었다. 내 신앙상태야말로 못된 신앙 같다는 께적지근한 느낌을 가끔씩은 지울 수 없었으니까.

이런 생각을 하다 보니 '못된걸'이란 말이 설핏 머릿속에 떠오른다. 일제강점기 초기, 여성해방을 주창하고 서구문화를 동경했던 신여성을 당시 사람들은 '모던걸'이라고 불렀다.

모던걸은 무릎이 보일락 말락한 짧은 양장 치마를 입고 뾰족구두를 신고 다녔는데, 특히 단발의 외모는 모던걸의 파격적인 패션이었다. 유교사회의 봉건적인 상징이었던 댕기 머리나 쪽 찐 머리를 싹둑 잘라버린 모던걸을 세인들은 '모단毛斷걸'이라고 비아냥댔고, 여기서 더 나가는 말이 '못된걸'이었다.

'못된걸'과 '못된 신앙'은 비교할 게 못 된다. '못된걸'은 남성 우월의 가부장적 사회체제에서 부당한 억압과 순종을 강요당하고 살아야만 했던 한국 여성들의 주체의식의 산물이었지만, '못된 신앙'은 아무 데도 내세울 게 없는 순 엉터리 신앙이기 때문일 것이다.

초등학교 시절 성탄 전야에 교회 청년들을 졸졸 따라다니며 이 동네 저 동네 아랑곳 않고 숨 가쁘게 돌면서 새벽송을 부르던 기억이 났다.

10여 명으로 구성된 성가대원들이 성도들의 집을 일일이 방문해 대문 앞에서 〈기쁘다 구주 오셨네〉, 〈고요한 밤 거룩한 밤〉 같은 캐럴을 목청껏 부른 후 일제히 "메리 크리스마스!"라고 외치면, 방과 마루를 전기불이나 호롱불로 미리 밝혀둔 성도 가족들이 "메리 크리스마스!" 하며 화답했던 새벽송이었다.

새벽송의 백미는 방문을 받은 성도가 캐럴이 끝나고 엿, 사탕, 인절미 등이 들어 있는 선물 자루를 성가대장에게 건네줄 때였다. 잘 사는 집은 조청이며 식혜며 맛있는 음식을 정성스레 준비해뒀다가 푸지게 내놨다. 산자를 내놓는 집도 있었다. 그러면 성가대원들은 즐거운 비명을 지르며 "감사합니다."를 연발했던 것이다.

'그때는 성탄절이 참 좋았는데…….'

신발이 눈에 파묻혀 흠뻑 젖은 것도 모르고 뭐가 그리 좋다고 새벽을 맞기까지 뛰고 키득거렸던 크리스마스이브의 추억이 아련하게 떠올랐다. 그러다가 불현듯 뇌리에 어제저녁 교회에서 일어난 고약한 장면이 스쳐갔다.

아랫입술을 지그시 깨물었다. 잠시나마 좋았던 기분은 눈 녹듯이 사라지고 씁쓸한 현실로 돌아온 것이다. 마음이 돌같이 굳어졌다.

'젠장! 기분 엿 같네, 엿 같아! 그 광경을 목격한 게 잘못이었어.'

3
문전박대

　전날 밤 교회에서 받은 충격으로 가슴이 아려 왔다. 투명해지는 몸을 침대에서 벌떡 일으켰다. 그러고는 수도꼭지를 틀어 찬 물로 푸푸, 세수를 하고 북북, 양치질을 했다. 하지만 기분이 좋아지기는커녕 왝왝, 구역질을 하며 몸을 부르르 떨었다.

　말주변이 있던 내가 담임 목사님한테서 행사를 맡아달라는 부탁을 받았던 건 한 달 전이었다. 행사를 멋들어지게 진행하기 위해 나는 서점에 가서 성탄절 행사에 관한 책을 두 권이나 사서 읽고 연구하며 나름 열심히 준비를 했다.

　우리 교회는 아파트 단지 뒤편짝에 있는 작은 산자락에 자리 잡고 있었다. 주섬주섬 옷을 챙겨 입고 바지 주머니에 두 손을 푹 찔러 넣고서 행사 시작 한 시간 전 교회에 도착한 때는 겨울 해가 서산에 지고 박명이 시작되면서 아파트 사이사이로 가로등 불빛이 켜졌을 무렵이었다.

여유를 두고 교회에 온 건 교회 행사에 경험이 많은 조 전도사에게서 조언을 구하기 위해서였다. 조 전도사가 나에게 진행요령을 친절하게 알려주는 동안 식당에서는 권사님과 집사님 몇몇이 밤참거리로 밥, 나물, 콩나물국을 준비하고 있었다.

예배당 강대상 전면 붉은 휘장 한 가운데에는 '축 성탄 메리 크리스마스'라는 반짝이 색종이로 오려 붙인 글자들이 조명등에 빛나고 있었다. 휘장의 오른쪽에는 위에서 아래로 '지극히 높은 곳에서는 하나님께 영광이요 땅에서는 하나님이 기뻐하시는 사람들 중에 평화로다'라는 성경구절이 두 줄로 나붙어 있었다.

조 전도사와 얘기를 나누던 바로 그때였다. 예배당 입구에서 큰 소리가 났다. 무슨 좋지 않은 일이 벌어지고 있다고 직감했다.

"이봐요, 허방 짚지 말고 당장 썩 나가래두? 귀가 먹었어?"

남들이 멀리서도 듣기를 바라는 것 같은, 쩌렁 울리는 담임

목사님의 우쭐한 음성이었다.

나는, 평소와는 너무나 다른 목사님을 보고 어안이 벙벙했다. 아니, 비현실을 목격하는 게 아닌가 하는 생각에 심장이 벌렁거려서 들고 있는 볼펜으로 애꿎은 허벅지를 쿡쿡 찔렀다.

목사님에게 얻어듣는 사람은 교인이 아닌 손님이었다. 그는 술에 취해 혀 꼬부라진 말로 비비적댔다.

"아따, 너무하네요, 목사님. 오늘은 크리스마스이브 아닌가벼? 내일 새벽에는 예수님이 오신당께. 안 그러우? 흐흐흐."

듬성듬성 빠진 이가 유난스러웠다. 목사님은 이맛살을 찌푸렸다.

"어휴, 술 냄새. 이거 보시오. 오늘 같은 날 교회에 와서 깽판을 치면 어떡해? 보름 전에도 왔잖소? 냉큼 나가시오."

교회에 수금을 하러 온 전문 거지였다. 어디서 넘어졌는지 이마엔 엉성하게 반창고를 붙이고 두 눈이 움푹 파인 것을 빼놓고는 차림새가 궁상맞지 않고 말쑥했다. 단수가 높은 거지로 보였다. 거지는 50살쯤 되어 보였다. 그는 눈썹을 한껏 치켜세운 목사의 언동에 아랑곳하지 않고 능청을 떨며 말했다.

"목사님, 그러지 마슈. 성탄절에 이러면 벌 받아요, 벌."

"오늘은 그냥 돌아가시오. 다음에 봅시다."

하지만 방문객은 눈썹 하나 까딱하지 않았다. 그는 잠시 맡긴 돈을 돌려달라는 사람처럼 이죽거렸다.

"아따 짜게 놀지 말고 오늘은 큰 걸로 한 장 주슈. 성탄절 선물로."

그의 손에는 반으로 접은 만 원짜리 지폐로 보이는 돈 몇 장이 들려 있었다. '큰 것'이란 만 원짜리 지폐 한 장을 뜻했다. 거지 행각을 벌이는 이 사람은 성탄절이 대목이었던 모양이다. 아마도 그는 이 교회 저 교회를 전전하며 단단히 한몫 잡을 게 분명했다.

"이봐. 전문가 거지님. 이리저리 쏘다니면서 교활한 연기로 숱한 교회들을 잘도 괴롭혀 왔겠지? 맨 처음 당신을 봤을 때나 지금이나 얍삽한 건 똑같구먼."

"워따메, 징하게 꺼칠허네요. 내가 뭘 연기했다고?"

"이런 사기꾼 같으니라고. 당신은 처음엔 말 못하는 벙어리인 척했었지. 순진한 목사들은 잘도 속았겠지만 나한테는 어림없지, 어림없어. 더는 강짜부리지 말고 코 떼이기 전에 냉큼 사라지시오. 오늘은 성스러운 날이니 소금 뿌리지 말고."

"아따, 거, 점잖은 신사에게 위째 그라요?"

"이 사람, 교회를 호구로 아나? 어디서 땍땍대는 거야?"

목사의 목소리는 거칠고 위압적이었다.

처음부터 끝까지 이 광경을 목격한 나는 여느 때 없이 얼마나 놀라고 마음을 졸였는지 모른다. 심장이 두방망이질하고 당혹스러워 입 안이 타들어가는 것을 느끼면서 어쩔 줄 몰라 했다. 할 수만 있다면 만 원짜리 한 장을 얼른 봉투에 넣어 그 사람에게 주면서 "메리 크리스마습니다"라며 여짓여짓 말하고, 교회에서 마련한 한 끼 식사를 대접하고 싶은 마음이 굴뚝같았지만, 목사님께 어쭙잖은 행동으로 비칠까 봐 망설이던 중이었다.

그때였다. 기차 화통을 삶아 먹은 듯한 목사의 음성이 귀청을 찢었다.

"어이, 조 전도사. 빨리 이리 와봐. 이 사람, 이거, 교회에 얼씬거리지 못하게 당장 쫓아내! 오늘은 국물도 없어, 없고말고!"

거지는 목사와 강대상 한가운데 번쩍번쩍 빛나는 십자가에 힐끗 시선을 던지고는 뜻 모를 웃음을 지어 보이며 말했다.

"흥, 잘 먹고 잘사슈."

그러는 사이 조 전도사가 총총걸음으로 예배당 입구로 왔다.

그는 거지의 구부정한 등을 투덕투덕 살진 손으로 떠밀었다.

"다음에 오시죠. 오늘은 교회가 특별히 바쁜 날이라서요."

"긍게, 전도사님. 살살 혀요. 워메, 힘이 겁나게 세네. 요로 코롬 안 혀도 되잖아요?"

조 전도사가 머리를 긁으며 말했다.

"이것 참, 미안합니다. 안녕히 가십시오."

"으이그, 말치레하고는. 말이나 못하면 밉지나 않지. 잘 있으슈."

어디선가 한줄기 선득한 바람이 쌩 불어와 거지의 머리카락을 흩날렸다. 거지는 비틀거리면서 어두운 아파트 벽을 따라 건들거리며 큰길 쪽으로 걸어갔다. 시커먼 어둠이 그를 삼켰다. 그는 곧 시야에서 가뭇없이 사라졌다.

순식간에 벌어진 일련의 광경을 보며, 나는 지금 이게 현실인가 내 눈을 의심했다. 그러자 오장이 뒤틀리면서 등에서는 식은땀이 겨드랑이를 타고 흘러내렸다.

"뭐야, 이건? 스크루지가 따로 없네? 순 엉터리야, 엉터리. 쯧."

이날 받은 충격으로 혈관에 바늘 파편들이 박혀 있는 것 같아 심장이 쥐어짜듯 저렸다. 이런 일로 스트레스를 받으면 정신 건강에 좋지 않다는 것을 알면서도 스트레스를 받으니 어쩌랴(그 일로 인해 며칠 동안 두통약을 복용해도 낫질 않았다).

웬만한 사람보다는 신앙심이 있다고 자부한 나는 마음 한 구석에 늘 꿈틀거리며 치켜드는 의문이 있었다. 그건 다름 아니라, 스스로 경건하다고 어깨를 으쓱대는 신앙인들이—성직자들과 교회 지도자들, 아니, 성직자니 지도자니 무슨 거창한 타이틀을 굳이 들먹거릴 것도 없이—가지고 있는 이중인격 때문이었다. 겉과 속이 다른 신앙인들의 위선적인 행태에 한두 번도 아니고 여러 번 실망해오던 터였다.

나는 신문기자 생활을 하면서 대부분 사람들은 선한 척하지만 본심은 스크루지 영감의 심보를 가졌다고 결론을 내렸다. 목사나 신부는 성직자이기에 응당 자애로운 마음을 지녀야 하고, 또 지니고 있을 거라고 굳게 믿어왔다.《레 미제라블》의 미리엘 주교처럼 말이다.

미리엘 주교.

장 발장을 새사람으로 변화시켜 사회에 유익한 인물로 만들었던 사랑과 용서의 사도다. 그는, 굶주린 조카들을 위해 빵집에서 빵 한 조각을 훔친 죄로 19년이나 감옥살이를 하고 나온 장 발장을 자신의 집에서 하룻밤을 묵게 하면서 환대했다. 하지만 가난한 장 발장은 그 은혜도 잊고 은그릇을 훔쳐 달아났다.

얼마 후 경찰들이 장 발장을 붙잡아 그가 범인임을 확인하려고 그를 데리고 미리엘 주교에게 왔다. 미리엘 주교는 시치미를 떼고 말했다.

"내가 그에게 은그릇과 함께 준 은촛대를 가지러 오셨구려. 그러잖아도 왜 은그릇만 가져갔을까 이상하게 생각하고 있던 참이오."

주교는 장 발장에게 선물로 준 것이라고 하면서 한술 더 떠 벽난로 위에 있던 두 개의 은촛대를 가져다가 장 발장의 손에 쥐어 주었다.

오늘 우리 교회 목사가 보여준 모습은 미리엘 주교의 그것과는 너무나 다르지 않은가. 빌어먹을! 슬프고 분한 감정이 내 마음을 와락 덮쳤다. 속눈썹에 걸린 무거운 눈물방울을 손으로 닦아냈다. 차오른 눈물을 흘리지 않으려고 미간에 잔뜩 힘을 줘도 소용이 없었다. 굵은 눈물이 뺨을 타고 줄줄 흘러내렸다. 꽉 다문 입술 사이로 짠 눈물이 들어왔다. 그러자 내 영혼은 걷잡을 수 없이 절망으로 신음하였고 가냘픈 믿음은 산산조각이 나버렸다.

그 순간 나는 소위 진리를 깨달아 외치고 가르친다고 하는 사람들에게 견딜 수 없는 환멸을 느꼈고, 그러한 인간들로 드글대는 세상이 꼴도 보기 싫어졌다. 강대상 붉은 휘장에 나붙은 '축 성탄. 메리 크리스마스'를 보며 나는 탄식했다.

'아아, 엿 같은 크리스마스. 누구를 위한 크리스마스냐?'

피가 역류하고 분이 나서 장의자 난간에 이마를 쿵쿵 찧어 댔다. 하지만 목사에게 들이대고 따질 용기가 나지 않았다. 불손하게 그래 봤자 아무런 소용도 없었을 것이다. 어차피 이 문제는 단순한 해프닝이 아니고 내가 왜 교회와 불화하는가에 대한 거대 담론이기 때문이었다.

4
남산 순환도로에서

교회를 빠져 나와 곧장 달려온 곳은 남산도서관 쪽으로 통하는 순환도로다. 높은 곳에 있으면 막혔던 숨통이 다소간 트이지 않을까 하는 기대여서다. 아니, 발걸음이 무작정 그곳으로 인도했다.

지금은 겨울이라 그렇지 매미가 울어대는 여름철이나 단풍이 물드는 가을철에는 나뭇잎 사이로 교교히 떨어지는 달빛을 맞으며 하늘에 조롱조롱 매달린 별들을 세는 나만의 케렌시아다. 거기에서 추억을 곱씹고 옛 애인의 향취를 맡노라면 나는 부활한다.

하지만 오늘은 기분이 별로다. 그래서 그런지 울적하다. 지린내와 퀴퀴한 냄새가 코를 자극하는 길모퉁이를 이리 꺾

고 저리 돌아 어둠 속에 웅긋중긋 돌출한 간판들과 삐뚤삐뚤
한 슬레이트 지붕 처마들을 하나아, 두울, 세엣, 네엣, 슬렁
슬렁 세다가 숨이 턱까지 차오를 때 '오시입' 하고 숨을 몰아
쉬면 정확히 순환도로에 발을 걸쳐놓는다. 나는, 나이를 빨리
먹지 않도록 천천히 숫자를 센 것을 다행으로 여긴다.

  순환도로의 비탈진 곳에 얼마 전 오픈한 편의점이 있다. 야
밤에 비척거리는 취객이 시선을 발치에 떨어뜨리고 아래로
오줌을 힘차게 갈기면 허공을 부유하다 닿는 곳.
  그 편의점에서 평소에는 잘 먹지도 못하는 소주 한 병을 샀
다. 체질적으로 알코올 분해 능력이 약해 포도주 한 잔에도
석양 노을처럼 얼굴이 빨개지고 심장이 요란한 소리를 내며
두근거리는 나다. 그런데도 오늘만큼은 모든 인습도덕에 아
랑곳없이 몹시 취하고 싶다. 땅콩 한 봉지도 샀다.

  소주병을 패딩점퍼에 꿰차고 순환도로를 허위허위 걷다가
한적한 벤치에 퍼질러 앉았다. 대학생 때 남산에 올라와 희재
와 함께 앉았던, 섧은 기억 속에 가둬 놓았던 그때 그 자리 벤
치다. 그때는 등받이가 없는 평 벤치였는데, 지금은 짙은 커
피색 등받이가 있는 황갈색 아카시아 벤치다. 난데없는 고적
감이 가슴속에 스며든다.

'못난 놈……. 쓸데없는 자존심을 부리다가 그녀를 놓치고 말았던 거야. 그녀는 지금 어디서 무엇을 할까? 7년이 훌쩍 지났군.'

과거가 아득한 옛날 같기도 하고 엊그제같이 가깝게 느껴진다. 혹은 그 언저리 어디쯤 분수 바닥에 외롭게 가라앉은 동전처럼…….

그동안 마음에 어지럽게 흩뿌려진 기억의 편린들을 얼마나 쓸어내렸던가. 마음에 길게 드리운 희재와의 추억들을 털어내려고 했지만, 그럴수록 그녀는 내 텅 빈 가슴에 저릿하게 파고든다.

그녀가 사무치게 그리워진다. 저 추억의 지평선에서부터 밀려오는 아련한 기억이 가슴을 때린다. 플라스틱 뽕방망이로 줄기차게 대가리를 내리쳐도 목을 내밀고 올라오는 두더지처럼.

겨울밤은 점점 더 어두워져 간다. 띄엄띄엄한 가로등에서 나오는 불빛이 회색빛처럼 느껴진다. 날씨가 끄물대더니 눈발이 흩날리기 시작한다. 세상은 흩날리는 눈으로 부옇게 흐려지고 있다.

나비처럼 길에 살짝 앉은 눈송이들은 구를 생각도 않고 그 자리에서 드러눕는다. 나는, 굵어지는 눈발을 멀거니 바라보곤 실없이 웃으며 아릿한 기억을 더듬는다. 공허한, 아니 납덩이처럼 무거운 내 가슴에 희재가, 내 애인이었던 희재가 들어온다.

'희재…… 흐흐, 희재에게 사랑을 고백한 날은 비가 잘도 내렸는데…….'

문득 희재가 선물해준 십자가 목걸이가 보고 싶어졌다. 그녀를 지우려고 애쓰면 애쓸수록 지워지지 않도록 해준 목걸이.

느꺼움이 북받쳐온다. 난데없이 무릎이 후들후들 떨리면서 저릿저릿한 통증이 말초신경계를 타고 온몸을 칡넝쿨처럼 휘감는다. 가슴을 쥐어짜는 통증과 함께 명치끝이 타는 듯 아파온다.

소주를 입에 가득 털어 넣었다. 알코올이 목구멍을 타고 배속 깊숙이 내려갔다. 벤치에 옹그리고 앉은 나의 육신은 흐느적흐느적하고 지친 영혼은 가엾게 떨리고 있었다. 나는 땅콩 몇 알을 입에 넣으며 슬프게 웃었다.

'흐흐, 희재의 별명이 땅콩이었지.'

땅콩…….

대학 3학년 가을 학기였던가. 희재를 집으로 바래다주면서 학교 앞 리어카에서 땅콩을 사 먹었을 때, 땅콩을 파는 아저씨가 희재를 보고 땅콩처럼 태깔이 곱다며 붙여준 별명이었다. 7년이 지났어도 그 기억은 용케도 어제 일처럼 또렷하다.

희재 생각에, 마른 대지에 물이 스며들 듯 마음속에 연모의 정이 사무쳤다. 그녀가 없는 빈 의자였지만 그녀의 숨결이 내 뺨에 와 닿는 것 같았다. 왜 헤어질 수밖에 없었는지 기억조차 해내기 싫은 고통스런 세월이었다.

코끝이 아려왔다. 네잎클로버같이 생긴 큰 눈송이 하나가 그물그물한 불빛을 타고 눈앞에서 휘돌더니 눈썹 위에 사뿐히 내려앉았다.

'아아, 오늘 나는 눈송이 하나의 무게도 견뎌낼 힘이 없구나!'

눈송이들이 춤추는 밤하늘을 머리에 이고 어느새 소주 한 병을 죄다 들이켰다. 그러자, 몸이 불처럼 뜨거워지고 숨이 가빠지더니 심장이 쿵쾅거려 옥조이는 걸 느꼈다. 그 자리에서 일어설 의지조차 없었다.

'그래, 그냥 이렇게 있자. 눈이 펑펑 쏟아져 나를 하얗게 덮을 때까지…… 설마 얼어 죽으랴?'

안구 깊숙한 곳에 괴어오른 굵은 눈물이 양쪽 볼에 주르르 흘러내렸다. 낯선 사람이 내 옆을 언뜻 스쳐 지나가기라도 한다면 한사코 그 사람을 붙잡고 내 처지를 막무가내로 하소연하거나, 그의 품에 얼굴을 처박고 엉엉 울거나, 그것도 아니면 그저 괜스레 시비를 걸거나 해서 품격을 스스로 훼손하고 싶은 충동도 살짝 일었다.

승용차들이 루프에 하얀 눈 이불을 뒤집어쓰고 기신거리며 지나갔다. 자동차들이 내는 뽀드득, 소리가 바람결에 실려 귀를 간질였다. 나는 한참이나 외롭게 벤치에 기대어 눈발에 살짝살짝 비치는 서울의 우울한 야경을 넋 나간 사람마냥 바라보았다.

그렇게 얼마나 오랫동안 시선을 던지고 있었을까. 손톱 밑 가시처럼 아픈 기억들이 아련히 피어났다가 사라지고, 또 사라졌다가 피어났다. 그 몽롱한 기억의 회로의 끄트머리에 흰색 블라우스와 청바지 옷차림을 한 대학생 때의 희재의 모습이 환영 속에서 아른거렸다.

기억들이 밤공기 속에 풀어졌다. 몽롱한 의식의 저편에서 고교시절 읽었던 현진건玄鎭健의 『술 권하는 사회』가 떠올랐다. 서서히 술기운이 밀려들면서 눈꺼풀이 처져왔다. 푹신한 이불 속에서 잠이 들고 있다는 생각을 했다. 아름다운 죽음을 잠시 동경했다가 곧 철회하고, 철회했다가는 동경했다.

　삶과 죽음의 경계선이 위험하게 모호해지면서 어리마리하게 점차 의식이 혼미해져갔다. 파닥거리는 영혼의 파장을 희미하게 느끼면서……. 나는 중얼중얼하는 기도를 했다. 아득하게 높은 하늘로 기도소리를 떠나보내며…….

　크리스마스이브의 내 마지막 흐릿한 기억은 거기까지였다. 그 후론 무슨 일들이 있었던 것인지 모른다. 여백이 있었다. 사각사각 눈 내리는 남산 벤치에서 깜빡 잠이 들었던 것이다. 나를 발견한 사람은 교수 부부였다.

5
궁리

새해를 맞고 며칠이 지나갔다. 내 마음속에는 크리스마스 이브 사건이 묵직하게 남아 있었다. 추운 1월 한 달이 이러구러 후딱 지나갔다.

1월 말에도 많은 우편물들을 받았다. 우편물들 가운데 가슴을 철렁 내려앉게 하는 건 신용카드 회사에서 날라 온 카드 사용료 납부 독촉장이었다. 망할 독촉장! 기분이 좋다가도 순식간에 기분 잡치게 하는 독촉장을 카드회사에서 받은 건 사실 이번이 처음은 아니었다.

신문사를 그만두고 돈이 말라본 적이 서너 번 있었지만, 용케도 이리 틀어막고 저리 틀어막으면서 안간힘을 다해 아등바등 버티어오던 참이었다. 하지만 이번에야말로 꼼짝 못하고 막다른 데까지 내몰리게 되었다.

딱히 어디 가서 돈을 꿔올 데도 없고, 가지고 있는 것들을 전당포에 맡겨봤자 별반 값지게 쳐줄 만한 물건들도 없으니 사정이 딱해도 여간 딱한 게 아니었다. 신산스러운 고비가 몇 번 있었지만 이번에야말로 꼼짝없이 죽었구나, 하는 생각이 들었다. 불현듯 '신용불량자'라는 불유쾌한 말이 머리를 스쳤다.

수습기자 시절에 이태 동안 정부 경제부처와 금융권을 출입하면서 심각한 사회문제로 대두된 신용불량 사태에 관심을 갖고 두세 번 기사를 냈던 일을 새삼스럽게 떠 올렸다, 쓴 웃음이 나오면서 혼잣말로 뇌까렸다.

'이거야, 원, 내가 신용불량자가 될 판이군.'

공연히 마음이 헛헛할 때면 지금의 내 나이를 문득문득 떠오르게 되고, 또 나이가 떠오르면 나이와 성숙도의 상관관계에 관한 공자의 언급에 부득불 착념하지 않을 수 없게 된다. 30세를 이립而立이라 하고, 40세를 불혹不惑이라고 했던 성현의 말씀 말이다.

이립이란 무엇인가. 그것은 복잡한 세상살이에서 옳고 그름을 판별할 수 있는 높은 도덕률을 지닐 만큼 스스로 뜻을 세운 것을 말한다. 그리고 불혹이란 사물의 이치를 터득해 온갖 미혹들에 현혹되지 않고 언제나 바른 가치를 추구하는 것을 뜻한다. 인생 전체를 통틀어 나이 40세는 남자로서는 뜻과 포부를 완성하는 절정의 시기라고 할 것이다.

나는 불혹은 고사하고 이립도 아니 되었으니 부끄러울 따름이다. 바둑에서는 초단을 졸렬하나마 자기 것은 지킬 줄 안다고 해서 '수졸守拙'이라고 한다. 나는 지킬 것도 없으니 수졸도 못 되는 셈이었다. 이래저래 나는 일찍이 채만식이 규정한 '레디메이드 인생'이라는 생각이 언뜻 들어 자조 섞인 쓴웃음을 지어야 했다. 40세도 안 되었는데 벌써부터 골방에 처박아 둘 기성품이라니! 까닥하면 인생 절반도 못 살아 어이없게 뒤웅박 팔자가 될 판이었다.

생각이 거기에 미치자 머리카락이 쭈뼛 섰다. 돼먹지도 않은 글재주로 책 쓰기를 고집하다간 집도 절도 없는 노숙자로 전락하거나, 아니면 반반한 얼굴로 애먼 사람들을 후리는 사기꾼이 될지도 모른다는 암울한 생각에서였다.

시답잖은 순수문학을 고집하다가 먹고살기가 힘들어 선정적인 대중문학으로 선회했다는 글쟁이 얘기가 새삼 남의 얘기로 들리지 않았다. 작가면 뭐하나. 독자들이 좀 알아주고, 신문사 인터뷰 요청도 몇 군데 들어오고, 책을 내면 최소한 초판은 팔려야 할 게 아닌가. 암만 생각해봐도 나는 허울 좋은 하눌타리였다.

하지만, 그렇다고 또 다시 직장생활을 할 수는 없는 노릇이었다. 숨 막히는 직장인으로 산다는 건 죽기보다 싫었다. 그럴 거면 전도 창창한 신문기자직을 왜 걷어치웠겠나. 남들은 한번 직장을 잡으면 정년퇴직할 때까지 줄창 버틴다는데, 나는 무슨 까닭인지 5년을 겨우 넘기고 넌더리가 났다. 천생 팔자가 눌은밥인가 싶었다. 남의 수하로 애면글면 죽살이치며 일해봤자 그게 무슨 대수인가. 그러니 죽이 되든 밥이 되든 구멍가게를 하거나 아니면 신문배달이라도 해야 할 필요를 절박하게 느꼈다.

머리를 싸쥐고 자꾸 이런 생각을 하니 남의 간섭을 안 받고 최소한의 생활을 해나갈 수만 있다면 뭐든 할 수 있을 것 같은 자신감이 어느 날 불쑥 생겼다. 그때 '벙어리 삼룡이'를 기억해 낸 건 우연이 아니었다. 얼굴은 몹시 얽고 머리는 불밤송이 모양의 외모에, 서서 걸을 때는 마치 옴두꺼비 같고 말 못하는 벙어리 삼룡이 말이다.

그런 삼룡이었지만 삼룡이는 진실하고 충성스럽고 부지런하고 세차서 집주인의 진일 마른일 할 것 없이 못하는 일이 없었다.

그런 삼룡이에 비하면 내 조건은 땅과 하늘 차이 아닌가. 그렇다면 자존심이고 뭐고 체면을 차릴 한가한 때가 아니었다. 하지만 일에는 젬병이라서 노동판에서 품을 팔아 생활을 꾸리기란 당초부터 틀려먹었다. 별수 없이 내 딴에 할 수 있는 일을 찾아야 했다. 적당한 노동력을 투입해 소득을 올릴 수만 있다면 한번쯤 도전해볼 만한 가치가 있다고 여겨졌다. 게다가 그 일이 낭만이니 보람이니 하는 고상한 게 있다면 그야말로 금상첨화 아니겠는가.

그러다 보니 미상불 내 재주로는 호락호락 할 수 있는 일이란 게 거의 없었다. 생판 노동 한번 제대로 해보지 못한 내가 거뜬히 할 수 있는 일이란 정작 없었던 거다.

일은 취미 삼아 할 수도 있으련만, 노동이란 취미가 없어도 해나가지 않으면 안 되는 처절하고 냉엄한, 운명적인 어떤 것이라는 사실은 이때 실감했다. 가뭄에 뿌지직뿌지직, 갈라지는 논바닥처럼 가슴 찢기는 처절한 인간고! 그야말로 목구멍이 포도청이었던 거다.

6
군밤 장사

그로부터 며칠 후였다. 설날 연휴가 시작되는 2월 15일을 보름쯤 앞둔 때였다. 선배 작가가 소설책을 출간해 홍대 앞에서 북콘서트를 연다고 하기에, 없는 돈에 동양란 화분 한 개를 사 들고 축하해주러 갔다가 저녁밥을 얻어먹고 2호선 전철을 탔다.

홍대입구역 바로 다음 역이 신촌역이다. 나는 무심코 차창 밖으로 '신촌역'이란 표지를 보고는 전철이 발차하기 직전 문이 거의 닫힘과 동시에 용수철처럼 객실에서 튕겨 나왔다. 갑자기 심장의 피가 절벽에 부딪히는 파도물결처럼 소용돌이치고 온몸의 촉수들이 곤두서면서 머리에 난데없는 물벼락을 맞은 것처럼 정신이 번쩍 들었던 것이다. 희재, 느닷없이 희재가 내 가슴을 꽉 채웠기 때문이었다.

대학 3학년 가을이었던가. 나는 희재와 함께 신촌기차역에서 기차를 타고 일산 백마역에서 내려 '애니골'에서 데이트를 한 적이 있었다. 희재와 나는 토요일 오전 신촌역에서 만났다. 우리는 영화관에서 영화를 본 후 기차를 타고 일산 백마역에서 내렸다. 철로를 넘어 10여 분 걸어가면 먹거리촌인 풍동 애니골이 나온다. 멋들어진 식당과 카페들이 들어선 애니골은 젊은이들을 유혹하는 낭만의 공간이었다. 80년대만 해도 통기타와 한 잔의 막걸리로 젊은 아베크족들과 신혼의 부부들이 추억을 만들어가던 명소였다.

나는 언젠가 선배 기자한테서 애니골 얘기를 듣고는 마음속에 묻어 놓고 있었다. 애인과 함께 애니골에서 사랑을 속삭인다면 거의 틀림없이 두 사람은 결혼에 골인하게 될 거라는 선배의 말에, 기회가 닿으면 희재와 함께 꼭 애니골에 놀러와야겠다고 벼르던 참이었다. 마침내 애니골 여행이 실현되었으니 얼마나 가슴이 두근거렸는지 모른다. 소문대로 애니골은 정말 근사한 곳이었다.

희재는 며칠 전 강남 뱅뱅사거리에서 나와 함께 쇼핑을 했다. 우리는 스키니진 청바지, 하얀 티, 발목까지 올라오는 앵글 부츠를 샀다. 희재는 석유 냄새 같은 새옷 냄새를 제거하려고 세탁소에 옷가지를 맡겨 드라이클리닝을 했다고 한다. 클리닝 향기가 은은히 밴 옷들로 개비하고 나온 희재는 데이트 날 자못 눈부시게 예뻤다. 얼마만큼 예뻤냐 하면, 길 지나던 행인들이 희재에게 시선을 던지지 않는 사람이 없었을 정도로 말이다.

그 가을 저녁 자작나무 아래 피워놓은 모닥불 옆에서 우리는 서로 손을 잡기도 했고, 통기타 연주를 하는 라이브 카페에서는 내 어깨에 바짝 기대어 옹송그리고 있는 희재의 가늘가늘한 입술에 은근슬쩍 키스를 했다(애니골에 오길 잘했지 싶었다). 희재는 그때 눈을 감았다. 눈을 휘둥그레 뜨지 않고.

이렇게 희재와 잊을 수 없는 추억의 데이트를 갖게 해준 신촌기차역이었다. 기차역으로 내려가면서 희재에 대한 그리움이 차올랐다. 그녀는 지금 어디서 무엇을 할까.

두 손을 오리털 점퍼에 찔러 넣고 걸은 지 얼마 되지 않아 상가 골목에 들어섰다. 구수한 냄새가 코를 간질였다. 군밤이었다.

"아, 군밤. 그렇지. 희재와 애니골에 갔을 때도 이 골목 어딘가에서 군밤을 한 봉지 사 들고 갔었지."

반가운 마음에 문득 군밤 한 봉지를 사고 싶었다. 헙수룩한 군밤 장수는 쉰 살쯤 되어 보였다.

"장사 잘 됩니까? 한 봉지 부탁합니다."

"아, 예. 한 봉지라. 조금만 기다리세요."

군밤 기계에서 막 나온 고만고만한 군밤들은 껍질이 알맞게 터져 노릇노릇한 속살들을 드러내었다. 그 순간, 나는 봉싯봉싯한 군밤들이 참 아름답다는 생각이 들었다. 조금만 건드려도 터져버릴 것 같은 오동통한 속살이 한창 물오른 싱그러운 여자의 풍만한 가슴을 연상하게 했기 때문이었다.

군밤 장수는 능숙한 장인의 솜씨로 군밤들을 구워 내 개중 보기 좋은 놈 한 개를 톡 까서, "자, 한 개 맛보세요." 하는 것이었다. 여자의 터질 것 같은 관능적인 유방을 상상하며 황홀한 생각에 잠겨 있던 나는 군밤 장수의 말에 퍼뜩 내 정신으로 돌아왔다.

"아, 네, 네. 고맙습니다."

군밤을 입에 쏙 넣어 씹으니 어찌나 맛있는지 그야말로 둘이 먹다 하나가 죽어도 모를 만큼 맛이 일품이었다. 군밤이 맛있는 줄 알고 있었다만, 배가 출출해서 그런지는 몰라도 이렇게 맛있다니! 그러자 낯선 아이디어가 번갯불이 지나가는 것처럼 뇌리를 번쩍 스쳐 지나갔다. 눈앞을 가린 뿌연 안개가 걷히고 환해지면서 길이 보이기 시작했다.

'이거다! 내가 할 수 있는 일이!'

고르디우스의 매듭을 칼로 싹둑 자르고 놀란 눈으로 바라보았던 알렉산더 대왕처럼 내 표정이 한껏 상기된 것을 보고 군밤장수는 의아하게 여긴 듯 물었다.

"왜 그렇게 놀라죠? 군밤 맛이 이상한가요?"

"아, 아닙니다. 무슨 생각이 나서요."

얼굴을 살짝 붉힌 내게 군밤봉지를 건네주며 군밤 장수가 말했다.

"보아 하니 글이나 쓰는 한량 같은데, 일이 뜻대로 안 풀려 고민이 많은 것 같구려."

군밤 장수가 답작거렸다. 그와 오간 말이 몇 마디밖에 되지 않지만, 나는 금방 그가 예사로운 사람이 아니라는 걸 느꼈다. 가만 보니까, 그는 반드레한 말도 말이려니와 품새 또한 험한 장사만 해먹고 사는 장사꾼은 아닌 듯싶었다. 밑도 끝도 없이 나는 이상하게 그에게 굴종하고 싶은 충동을 받았고, 그래서 그런지 그에게 마음속에 있는 얘기를 기탄없이 꺼내도 좋겠다는 생각이 들었다. 군밤 장수는 그런 나를 잘 알고 있다는 듯 말했다. 갑자기 그의 낯빛이 밝아졌다.

"맞지요? 작가 흉내를 내고 싶은 양반."

"아니? 어쩌면 저를 이렇게 잘 아시죠?"

"그야, 척 보면 삼천리죠."

군밤 장수는 한쪽 입꼬리를 올리며 하하하하, 하며 너털웃음을 지어 보였다. 웃는 입이 큼지막한 돌사과 하나가 들어갈 만큼 대문짝만하게 벌어졌다.

"성품이 시원시원하고 대범하게 보여 좋습니다, 선생님."

나는, 나도 모르게 사근사근한 이 사람을 '선생님'이라고 불렀다. 적어도 이 순간만큼은 내 인생을 그에게 걸어도 되겠다는 어떤 운명적인 마력에 이끌렸기 때문이었다.

"선생님은 왜 군밤을 굽는 일을 하고 있습니까? 본래 직업은 이게 아니었죠? 궁금합니다. 제게 교훈이 될 것 같아서요."

군밤 장수는 또 가지런한 하얀 이를 드러내며 환한 미소를 지었다.

"교훈이라니요! 교훈은 무슨 교훈……. 누군가를 교훈할 위치에 있는 사람은 못 됩니다."

그는 고개를 절레절레 흔들었다.

"겸손하신 말씀입니다. 오늘 제겐 등불 같은 말씀이 절실해서요. 선생님은 원래 뭘 하셨는가요?"

붙임성 있게 졸라대는 내게 그는 어쩔 수 없다는 듯 잠시 뜸을 들이더니 이윽고 말품을 팔았다.

"실례지만 먼저 통성명부터 합시다. 나는 유주현이라고 하오. 존함이 어떻게 되시오?"

"저는 김현수라고 합니다."

"그렇군요. 김현수 씨. 그럼 '김 형'이라고 불러도 괜찮겠소?"

"어이구, 별말씀을. 저는 기껏해야 30대 중반입니다. 그냥 '현수 씨'라고 불러주십시오. 한데 존함이 낯설지 않아요. 혹시 소설을 쓰시지 않았습니까?"

"맞아요. 한때 소설가 행세를 했지요. 중편 몇 편과 장편 두 개를 써서 내놓았지요."

"아, 저도 조금은 알고 있습니다. 죄송하게도 선생님 작품은 읽지는 않았지만, 참여소설로 세간의 주목을 받았던 것으로 기억하고 있습니다. 사회의 부조리를 고발하고 인간성 회복을 주장하는 글들을 쓰시다가 전두환 군사정권에 밉보여 작품 활동을 중단했다고 들었습니다만…… 이런 나쁜."

"허! 잘 알고 있네요. 날 알아주는 사람도 다 있군요. 이것 참, 살맛이 납니다."

그는 내 말중동을 자르고 음성을 높여 말했다. 그가 말을 끊지 않았더라면 나는 "이런 나쁜 놈들!"이라고 말하려고 했다.

여하튼 그가 반가운 말투로 말했을 때 그의 낯빛은 아침 햇살처럼 밝아졌고 회색 눈동자는 무슨 희망을 바라본 듯 살짝 떨리고 있었다. 하지만 그것은 순간이었다. 그의 안색은 이내 흐려졌다. 그리고 씁쓸히 웃으며 말했다,

"5공 정권 사람들한테 핍박을 받은 탓도 있지만, 그보다는 실은…… 미천한 글재주에 일찍 실망해 글쓰기를 중단한 지 10년이 넘었지요. 먹고살려고 이 짓을 하고 있고…….”

나는 그의 말이 채 끝나기도 전에 금방 죽이 맞아 가슴이 울컥했다. 동류의식이라고나 할까, 어쩔 수 없이 공유하는 동병상련의 감정 말이다.

손에 들고 있는 뜨뜻한 군밤봉지에서 나오는 고소한 군밤 냄새가 진동했다. 나는 그와 운명 공동체가 되어 진심으로 그가 잘 되기를 바랐다. 그는 잠시 바장이더니 말을 이어갔다.

"언제까지나 무지렁이 반거들충이로 살 수는 없지 않겠소? 세상 구경 한답시고 빈들빈들 논 지 너무 오래되었어요. 아까운 세월이 속절없이 스러져가는 꼴을 한숨만 쉬며 탓할 게 아

니라, 죽을 때 죽더라도 글을 쓰면서 살아야 할 것 같소. 우리네 삶을 열심히 글로 담아내려고 하오. 사람이 한 번 죽지 두 번 죽는 건 아니잖소?"

그렇게 말을 했을 때, 그는 머리띠를 질끈 동여매고 광장의 연단 위에서 결의문을 다기차게 낭독하는 노조 지도자처럼 두 눈빛이 번뜩였다.

나는 그가 탄탄대로를 걷기를 바라면서, 마음 한구석에는 군밤을 굽는 기계와 수레의 향배는 어떻게 될 것인지 신경을 곤두세웠다. 본격적으로 군밤장사에 뛰어들려면 모르긴 몰라도 어림잡아 밑천이 중고 프라이드 차 한 대를 살 만한 만큼의 돈이 들어갈 것 같았다. 군밤장사에 필요한 자본이 도대체 얼마인지는 잘 모르겠지만, 그만한 돈을 마련하기에는 무일푼 가난뱅이인 나 아닌가?

유 작가는 그런 내 마음을 훤히 알고 있다는 듯 불쑥 말했다.

"김 형. 아니, 현수 씨. 현수 씨의 속사정까지야 훤히 알지는 못하지만 이거 한번 해보지 않을래요? 보기보다는 수입이 짭짤해요. 수양도 되고요. 궁하면 젓가락으로 죽 먹는다고, 천운이 올 때까지 아무튼 뭔가 해야 되지 않겠소?"

뜻밖의 제의에 마음을 추스르고 자시고 할 짬도 없는 나는 한편으론 놀랍고 또 한편으론 쑥스러워 그저 망연히 한숨 섞인 말을 내뱉을 수밖에 없었다.

"고맙습니다만, 정말 부끄럽게도 가진 게 없는 사람입니다. 젊어서 고생은 사서도 한다고, 팔팔할 때 쇼부를 봐야지 주춤주춤하다간 말뚝 빠진 허수아비 신세가 될까 봐 근심하던 중이었습니다. 지금 제 처지가 찬밥 더운밥 가릴 만한 팔자가 아닙니다, 선생님."

낌새를 보아 군밤기계와 장비들을 내게 공짜로 주려는 것 같았다. 하지만 차마 나는 공짜로 이것들을 달라는 말이 나오지 않았다. 우리 속담에 '벼룩도 낯짝이 있지'라는 말이 있는데, 내가 이 속담의 의미를 실감나게 느껴본 건 이때가 처음이었지 않나 싶다.

"허허허. 하고 싶은 마음은 있는 모양이구려. 이 손때 묻은 수레와 군밤기계와 장비들이 하잘것없는 허줄한 물건들이지만 내 손발과 같은 귀중한 것들이라오. 특별히 이 군밤 모자는 내가 가보처럼 애지중지 아끼는 것이지요. 전부 다 드리겠소. 이 물건들이 오늘 제대로 임자를 만났네요, 임자를."

거짓이라고는 털끝만큼도 없게 보이는 그였다. 그는 그윽한 눈길로 나를 바라보며 말했다.

"이 물건들 그냥 갖다 쓰십시오. 현수 씨 같은 어련무던한 사람도 없을 것이오."

그 말을 듣고 나는 공치사라도 하겠기에,

"변변치 못한 저를 혐의쩍게 여기지 않고 좋게 봐주시네요. 몸 둘 바 모르겠습니다. 이 빚을 어떻게 갚아야 할지요? 얼마라도 드려야 그나마 도리일 텐데 몇 푼 수중에 남아있던 돈이 솔솔 줄어들어 가진 게 없습니다. 남은 것이라곤 달랑 이 몸뚱이 하나랍니다. 그러니 어쩌죠?"
라고 말했다. 유 선생이 "그래도 최소한의 성의는 보여야 하지 않겠소?"라고 말할까 봐 입이 타들어갔다.

"괜찮아요. 마음이 한결 가벼워졌어요. 나는 이제 군밤에 이골이 날 만도 됐소. 군밤들을 구우며 세월을 낚았지만, 이제부터는 마음을 다잡고 아름다운 우리말들을 낚을 생각이오. 더 이상 에돌다간 목적지를 잃고 평생을 헤맬 거란 생각을 진작부터 해오던 참이었소. 군밤장사는 오래 하지 마세요. 단 하루를 해도 성심을 다해 한다면 인생을 배울 거요."

그가 나를 정면으로 바라보며 벙긋이 웃었다. 나는 고개를 까닥거리며 입이 함박만 해졌다. 군밤장사를 하기로 일단 마음먹은 바에야 옥쇄할 각오로 당장 이 일을 해야겠다는 의욕이 넘쳤다.

"좋습니다, 선생님. 어젯밤에 앓던 이가 빠지는 꿈을 꿨는데, 오늘 선생님을 만나려고 그랬던 모양입니다. 쇠뿔도 단 김에 빼랬다고 제가 뭘 더 뜸을 들이겠습니까? 언제부터 할 까요?"

선뜻 튀어나온 내 말에, 유 선생의 눈빛은 초점을 모으고 번쩍 빛났다.

"내일부터 당장! 에멜무지로 한번 도전해보십시오. 성격이 걸걸해서 잘할 수 있을 것 같네요."

그날 저녁, 나는 군밤장수 선배로부터 군밤을 굽는 노하우를 공짜배기로 전수받았을 뿐만 아니라, 수레와 기계를 관리하고 보관하는 법, 노점 단속반의 눈을 적당히 피하는 법, 주변 상인들과 어울리는 법, 장사 요령 등을 살뜰하게 배웠다. 쇠뿔도 단김에 빼랬다고, 머리털 나고 난생 처음 해보는 장사를 하겠다며 어쨌거나 떡하니 덤비고야 말았던 것이다.

군밤장사가 그 어렵고 어렵다는 장사들 중에는 비교적 쉬운 장사이기로서니, 결코 만만하게 볼 게 아니었다. 이것 또한 엄연한 장사란 점에서 추호도 업신여길 일이 아니었다. 그럼에도 든손으로 하겠다고 나섰으니 내가 이런 배짱도 가졌나, 하는 생각에 적이 놀라지 않을 수 없었다.

유 작가는 내 어깨에 두 손을 얹고 "잘 되길 바라겠소. 인연이 있으면 또 만납시다."라고 작별인사를 했다. 그렇게 말하고는, 그는 차가운 밤공기를 가르며 어디론가 총총히 사라졌다. 그가 어슬어슬 떠난 자리에는 묵직한 여운이 감돌았다.

7

조우

다음날부터 나는 해가 떨어지기 무섭게 신촌기차역으로 달려가 군밤장사에 나섰다. 군밤 장사는 나를 오지게 삶의 한복판에 밀어 넣었다. 나는 자못 나 자신에게 어지간히 몰두할 수 있었다. 그것은 목마른 내 영혼의 목젖에 날마다 몇 방울의 생수를 적셔주었다.

군밤을 굽는 일은 그리 어렵지 않았다. 노동이라면 숙맥인 내가 군밤을 굽고 파는 일에는 득돌 같아서 스스로 보기에도 신통했다. 한 봉지에 2천 원인 군밤은 하루에 50봉지만 팔아도 수지맞는 장사였다. 부리나케 밤을 구워대지 않아도 거뜬히 구워내는 50봉지다. 물경 10만 원어치다. 그걸 다 팔면 순수입으로 6만 원을 거뜬히 손에 쥘 수 있었다(막노동꾼 일당은 2

만원이었다). 물론 매일 50봉지가 팔린 건 아니었다. 눈도 아니고 비도 아닌 싸라기눈이 온다든지, 구청 단속반원이 뜬다든지 하면 헛물켤 때도 있었다.

　군밤장사를 할 때 제일 어려운 건 수치심을 극복하는 것이다. 동창들이나 신문사 사람들이 나를 알아보면 어쩌나 하는 좀 창피한 생각이 간혹 들 때도 있다(하루에 두 명이나 만난 적도 있다).

　눈코 뜰 새 없이 정신이 쏙 빠질 정도로 바쁘게 일하다 보면 그런 너절한 생각이 마음을 비집고 파고들 여지도 없지만, 장시간 동안 손님이 없을 때 하릴없이 맹하니 서 있으면서 행인들을 넋 놓고 바라보노라면 느닷없이 남우세스러운 생각이 들곤 한다. 그러니 혈기방장한 젊은 놈이 웬만큼 얼굴에 철판을 깔고 자존심이고 뭐고 다 깔아뭉개지 않고서는 이런 일은 엄두도 못 낼 판이다(실제로 나보다 젊은 군밤장수를 나는 보지 못했다).

　열없어서 줄창 책만 뒤적이는 것도 손이 시려 노상 할 짓이 못 되고, 그렇다고 엉덩이를 흔들며 지나가는 여자들을 뻔질나게 바라보는 것도 점잖은 짓이 못 되었다. 부끄러움을 가려주는 가림막 같은 것으로는 유 선생이 물려준 달창난 귀달이

방한모가 그나마 제격이었다(물건을 잘 간수하지 못하는 내가 귀
달이 방한모를 분실하지 않은 건 거의 기적에 가까웠다). 색깔은 바
위같이 거무칙칙하고 털은 우악한 곰처럼 복슬복슬한 방한모
자를 푹 눌러쓰고 새치름하게 서 있으면 우리 어머니라도 나
를 몰라볼 만큼 거의 완벽한 변신이었다.

그렇게 잔뼈가 굵어지며 다다 군밤 사업에 종사한 지 달포
가 후딱 지나갔다. 그동안 게을렀던 습관도 많이 고쳐졌다.
새벽이 다가오기까지 늦게 자고 해가 중천에 걸린 정오가 다
되어서야 가까스로 일어나는 버릇도 고쳐지고, 수시로 머리
가 쑤시고 지끈거리는 고질적인 편두통도 사라졌다. 오피스
텔 방은 하루걸러 청소를 하고 이곳저곳에 향수를 뿌려놓은
게 효험이 있었던지 퀴퀴한 냄새가 없어져 좋았다.

힘쓰는 일이라면 어리바리했던 허릅숭이 나였지만, 이젠
장삿속에 제법 빠삭하고 세상 돌아가는 것에도 다다져서 누
가 봐도 수완 좋은 어엿한 장사꾼이었다. 낮엔 바깥출입을 삼
가고 저녁엔 군밤을 팔아야 했으니 절로 한가하게 빈둥거릴
짬이 없었다.

안팎으로 돈이 들어와 부자가 된 기분이었다. 재료비, 가
스비, 깔세를 빼고 거뜬히 이백만 원 하고도 삼십만 원을 벌

었으니 말이다. 곰비임비 모은 이 돈은 내겐 참으로 알찬 것이었다.

　그 덕분에 그간 밀렸던 공과금은 물론 밀린 카드빚을 갚았을 뿐만 아니라 서점에 가서 읽고 싶었던 책들도 샀다. 그럴 때마다, '나물 먹고 물 마시고 팔을 베고 누웠으니 대장부 살림살이 이만하면 족하지 아니한가' 하는 옛 성현의 말이 마음속에 언뜻언뜻 떠올라 어설프게 웃곤 했다. 안빈낙도의 삶을 조금은 체득했던 것이다.

　돈도 돈이거니와 돈으로 살 수 없는 짜장 값진 수확은, 남의 사정 아랑곳하지 않고 제 잘난 맛에 살았던 우쭐한 생각을 버리고 가난하고 초라한 사람들을 이해하고 존중하는 마음이 조금은 생기게 되었다는 것이다. 남들한테 인사할 때 허리를 90도 각도까지 꺾어 하는 버릇은 이때 생긴 것이었다.
　군밤을 사주는 사람이 여자든 남자든, 나이가 많든 적든, 차림새가 반듯하든 아니든, 좌우지간 그 사람이 누구건 간에 꾸벅 인사를 해댔다. 그렇게 인사성이 밝다보니 군밤을 사는 사람들이 나에게 인상이 좋다느니 정직하게 보인다느니 칭찬하기 일쑤였고, 몇몇은 단골이 되어주기도 했다.

인사를 할 때마다 느끼는 것이지만 폴더 인사란 생각보다는 쉬운 일이 아니다. 아스팔트 바닥에 별의별 하찮고 시시한 것들이 꽤 많이 나뒹굴고 있다는 것은 그때 처음 알았다. 허리를 완전히 굽혀 인사를 할 때면 땅바닥에 굴러다니거나 은신해 있는 것들이 말똥말똥한 눈에 잘도 보였다. 껌종이, 전단지, 볼펜 스프링, 콘돔, 단추, 나달나달해진 명함, 1원짜리 찌그러진 동전 따위의 구지지한 것들…….

예전엔 길바닥에 이런 것들이 널려 있으리라곤 상상조차 못 했다. 장사하는 날을 거듭할수록 나는 이런 것들이 친구처럼 느껴졌다. 하나하나가 삶의 진실이라고 생각되었기 때문이었다. 단추랄지 동전이랄지 하는 것들은 내게 행운을 가져다 줄 거라는 생각이 들어 어느 날부터 이것들을 보면 기뻤고, 발견하는 즉시 주워서 주머니에 넣었다. 단추며 동전이 주머니에 가득 채워져 있으면 이상하게 마음이 평온해지고 얼굴 표정도 고르잡을 수 있었다.

그런데도 티껍게 나오거나 반말을 지껄이는 손님을 만나면 한마디 톡 쏘아 붙일까 욱하는 마음이 여전히 있었다. 이런 개떡 같은 치들에게 허리를 굽혀 인사를 할라치면 내가 왜 이렇게 비굴하게 살아야 하나, 하는 억하심정이 확 솟구쳐 올라와서 장사고 뭐고 당장 때려치우고 싶은 충동이 일어날 때도 있었다.

   하지만 그런 생각이 들 때마다 꾀죄죄한 자존심을 애써 내려놓아야 한다고 스스로를 경책했다. 그런 식으로라도 자신을 죽이지 않으면 나는 평생 내 인생을 살지 못하고 딴사람의 인생을 살게 될지도 모를 거라는 자각에서였다.
   그런 점에서 90도 각도 인사는 군밤장사의 성패를, 아니 내 인생의 성패를 좌우하게 하는 습관이었다. 그래서 나는 장사를 하려고 집에서 나오기 전에는 반드시 거울 앞에 서서 배꼽까지 내려다보이는 폴더 인사를 일곱 번씩 연습한 후에라야 집에서 나와 장사에 임했던 것이다.

   군밤장수를 하면서 내게 일어난 또 하나의 특기할 만한 것은 세계관의 변화다. 나의 기존의 세계관 변화에 영향을 주었던 사람은 하버드대학교의 지질학과 동물학 교수인 스티븐 제이 굴드였다. 창조와 진화에 관심이 많았던 나는 신문기자 때 굴드가 쓴 에세이들을 접하며 그의 사상을 틈틈이 엿보았다.
   굴드는 진화론자였다. 그는 기독교의 창조론에 결코 찬동하지는 않았다. 하지만 그는 진화가 점진적으로 이루어진다는 종래의 진화론에 반기를 들고 갑작스럽게 일어난다고 주장해 기독교인들에게 호감을 산 고생물학자다.

"진화는 진보가 아니라 다양성의 증가다."라고 주장한 이 박식한 학자의 책들을 닥치는 대로 읽으면서 나는 그가 말하는 "멋진 삶$^{Wonderful\ Life}$"이 무엇인가에 대해 진지하게 고민하기 시작했다. 그러면서 굴드가 그런 것처럼 나 또한 점점 불가지론자가 되어갔다.

굴드는 《새로운 천 년에 대한 질문$^{Questioning\ the\ Millennium}$》이란 간결하고 매력적인 에세이를 썼다. 나는 이 에세이를 읽고 나서부터 '천 년(밀레니엄)'에 대한 관심이 더욱 커졌다. 그것은, 서기 2000년을 불과 몇 년 남겨놓지 않은 서기 1000년의 막바지 시대에 살았던 사람으로서 지구의 종말에 대해 어쩔 수 없이 갖고 있는 긴장 때문이었다.

1000년부터 시작해 1999년으로 끝나는 두 번째 밀레니엄을 통과하고 2000년부터 시작하는 세 번째 밀레니엄을 살게 된다니! 이 얼마나 가슴을 벅차게 하고 흥분하게 하는 일인가!

세기말도 아니고 천 년을 마감하고 새로운 천 년의 문턱에 서 있는 나는 경이로운 시간을 통과해야 한다는 사실에 놀라움을 금치 못했다. 새 천 년이 다가오면서 나는, 1000년이 끝

나는 시간과 2000년이 시작하는 시간이 접혀지는 바로 그 순
간 인류의 운명은 어떻게 되고, 또한 나의 운명은 어떻게 되
는가에 대해 궁금증이 날로 더해져갔다.

서기 2000년은 예수가 탄생한 지 2,000년이 되는 해다. 역
사학자들은 실제로 예수가 탄생한 해를 기원전 4년으로 보고
있지만, 일반인들은 2000년을 예수 탄생 2천 주년으로 생각
하고 있다.

언제부터인가 나는 2000년 시작과 함께 막연하게 천 년을
살지도 모른다는 환희와 함께 예수님이 재림할지도 모른다는
생각에 잠기게 되었다. 크로노스의 시간과 카이로스의 시간
이 결합되면서 이 세계가 이전에는 경험하지 못한 전혀 새로
운 질서를 펼칠지도 모른다는 생각 말이다.

그럴 때면 희망과 두려움이 교차하면서 어떤 신성한 초청
에 압도당했던 게 사실이다. 요한계시록에 나오는 '천년왕국'
을 은근히 기대하고 싶은 마음은 그때 형성된 것이다. 예수가
재림하여 천 년 동안 지상을 통치한다는 요한계시록의 예언
을 그 전에는 한낱 부질없는 종교적인 망상이라고 생각했지
만, 새 천 년이 다시 시작하면서 그 예언이 현실에서 실제로
일어날 수도 있다고 생각했던 것이다.

지금도 나는 그러한 열망이 종교적 광기에서 기인된 것이라고는 생각하지 않는다. 그것은 일반 역사와 기독교의 구원사적 역사를 결합한 내 나름의 역사관의 발로였다. 하지만 기독교의 종말관에 치중한 나의 역사관, 적어도 '밀레니엄'에 관한 역사적 인식은 굴드 교수의 《새로운 천년에 대한 질문》이란 책을 읽고서 건강하게 교정될 수 있었다.

굴드 교수는 이 책에서 기독교 종말론의 진위 여부를 떠나 세계의 종말을 점치려고 1,000년을 계산해 내려는 수많은 시도들이 모두 실패로 돌아갔다고 주장했다. 인간들의 작위적인 이러한 시간 예측으로 신의 시간을 예측한다는 것은 무리라고 굴드 교수는 생각했다.

그 때문에 진정한 2000년의 출발점이 언제인지는 누구도 모른다는 것이다. 굴드 교수는 '자연적 윤리'와 '초월적 윤리'를 혼동해서는 안 된다고 하면서도, 양자 간의 공통점을 발견하고 차이점을 존중하면서 희망과 절망을 동시에 안고 담담하게 사는 삶의 지혜를 가질 것을 독자들에게 촉구했다.

설날 연휴를 사나흘 지나서였다. 요 며칠 동안 초봄처럼 포근했던 날씨는 찬 공기가 유입되면서 밤사이 기온이 뚝 떨어졌다. 쌩쌩, 소리를 내며 건물 사이를 휘도는 도시의 차가운 늦겨울 바람이 볼을 때리고 매섭게 바짓가랑이를 파고들었다. 체감온도가 영하 20도 밑으로 떨어져 온몸을 채운 탓에 평상시 같으면 인파로 복작거렸을 골목이 한산했다.

두꺼운 내의 위에 남방셔츠와 스웨터를 두둑이 걸쳐 입고, 그 위에 점퍼를 입은 것도 모자라 방한용 외투까지 껴입었다. 그래도 추울지 몰라 긴 털목도리로 목과 마스크를 쓴 입이며 턱 주변을 친친 감싸고, 겨우 눈만 빠끔 내놓은 채 군밤 모자를 푹 눌러썼다.

그렇게 단단히 중무장을 하고는 그날도 나는 제 시간에 맞춰 수레를 끌고 신촌에 와 다르르 군밤을 구웠다. 그런데 행인들이 날씨가 괴팍하다고 도대체 군밤을 거들떠보려고도 하지 않았다.
몇몇 식당들이 서둘러 문을 닫는 바람에 골목길의 조도는 한층 낮아졌다. 벌써 밤 9시가 넘었고 시간은 자꾸 가는데, 여느 날 같으면 좋이 30봉지는 팔렸을 군밤을 겨우 10봉지도 팔지 못했다. 장사를 망친 것이다.

이런 때는 서둘러 철수하는 게 좋지 싶은데 대여섯 봉지의 군밤이 문제였다. 이거라도 팔아야 하는데 30분이 지나도록 개미새끼 하나 얼씬하지 않은 거였다. 그래, 하는 수 없이 물건들을 대충 갈무리를 하고 주섬주섬 짐들을 챙기려던 바로 그때 중저음의 목소리가 들렸다.

"추위에 수고 많으십니다. 많이 팔았습니까?"

그 목소리는 지금도 기억에 생생하다. 언뜻 들어도 겸양과 권위가 있으면서도 가슴을 촉촉하게 적시는 정감어린 목소리였다. 옆을 돌아보니 목소리의 주인공은 중후한 남자였다.

남자는 검은 색 캐시미어 롱코트에 회색 신사모를 쓰고, 연한 베이지색 목도리를 목에 두르고, 보르도색 샘소나이트 가방을 든 끌끌한 신사였다.

"하하, 왜 그렇게 달뜬 표정으로 날 보고 있지요?"

"멋진 신사분을 보게 되어서요. 군밤을 사시려고요?"

"그렇소. 두 봉지만 주시오. 아내가 군밤을 좋아하거든요."

"그렇군요. 군밤은 건강에 좋지요. 잠시만 기다려주십시오."

나는 이 손님처럼 잘생기고 토실토실한 군밤들을 골라 봉지에 넣었다. 봉지가 반도 채워지기 전이었다.

"잠깐, 좋은 군밤 말고 하질의 것들을 골라 넣어요. 저기 저놈. 여기도 있네."

"하질이라뇨? 왜 안 좋은 군밤들을?"

"하하, 그래야 이 군밤들이 거든하게 팔리지 않겠소? 내가 좋은 군밤들만 가져간다면 안 좋은 군밤들은 내 뒤에 오는 손님들에게 돌아가지 않겠소?"

"……."

"왜 멀뚱히 그러고 있지요?"

"그리 안 하셔도 됩니다만, 굳이 뜻이 그러하시다면."

군밤 봉지를 손님에게 건네면서 이 점잖은 손님에게 방한모를 벗고 인사하는 게 예의라는 생각이 들었다.

"감사합니다, 선생님. 오늘 깊은 인상을 받았습니다. 선생님의 존함이라도 좀 알고 싶습니다."

손님이 나를 빤히 쳐다보더니 눈이 휘둥그레졌다.

"아니? 이게 누구요? 어디서 본 듯한 얼굴인데……. 혹시 그 사람?"

"그 사람이라뇨?"

"남산…… 그래, 맞다, 남산! 접때 크리스마스이브날 남산에서 술에 취해 쓰러져 있던 그 사람! 우리 초면 아니죠? 하긴 나는 그대를 봤으나 그대는 나를 알 턱이 없지요."

나는 강렬한 전류에 감전이라도 된 것처럼 심장이 멎는 듯했다.

'아아, 그분이구나! 나를 여관에 데려다 준 그분!'

그런 생각을 하고 있으면서 어리둥절하고 있는데 신사분의 음성이 귀에 들렸다.

"맞지요? 그 사람?"

"아, 네, 네, 맞습니다. 제가 그 사람입니다. 선생님이 저를 여관에 데려다 주신 분이신가요?"

"그래요. 이것 참, 세상 좁군."

현기증이 일어나면서 땅바닥에 털썩 주저앉았다. 그러고는 나도 모르게 무릎을 꿇었다. 내 심장은 터질 듯 뛰고 있었고, 목소리는 떨리고 있었으며, 두 눈에서는 주르륵 눈물이 흘러나왔다.

"선생님은 제 생명의 은인이십니다. 제가 그동안 얼마나 애타게 찾았다고요? 제 큰절을 받아주십시오."

"어이구, 거 무슨 말씀이시오? 이 얼어붙은 땅에서요. 어서 일어나시오. 나는 절을 받을 만한 사람도 못 되고, 또한 그대에게 절을 받을 만큼 선행을 하지도 않았어요."

"천만의 말씀이십니다. 선생님께서는 제 절을 받을 만한 충분한 자격이 있으십니다. 진심으로 절을 올리고 싶습니다. 그러니 못 본 체하시고 제 절을 받아주십시오."

신사는 나의 간곡한 호소에 난색을 하며 내 손을 잡아 일으키려고 몸을 구부렸다. 그때 넙죽 엎드려 그에게 큰절을 올렸다.

"선생님께서 제 생명을 구해주셨습니다. 선생님이 아니었던들 저는 필시 얼어 죽고 말았을 것입니다. 평생을 생명의 은인으로 여기며 살겠습니다."

나는 일어나서도 몇 번이나 목례를 하며 그에게 감사를 표명했다.

"하하, 과분한 칭찬이시오. 당연한 일을 한 걸 가지고……. 그런데 죽음이 그렇게 두려웠습니까?"

"부끄럽습니다. 죽음이 꼭 두렵다기보다는 죽음이 뭔지도 모르고 죽는다는 게 두려웠고요, 또 하나는……."

"또 하나는요?"

"아, 예, 그건 다름 아니고 사랑하는 사람을 만나지 못하고 죽는 거지요."

"하하, 이루지 못한 사랑이 있었구려. 실례지만 그대의 성함이 어떻게 되시오?"

"김현수라고 합니다."

"아, 김현수 씨. 이름이 좋아요. 나는 이필선이라고 하오."

그는 손을 내밀어 악수를 청했다. 귀티가 나는 손이었다.

"교수님 같습니다만, 제가 잘못 본 건 아닌지요?"

"하하, 눈썰미가 있으시군요. 방금 전까지는 교수였지요. 오늘 퇴직처리가 된 날이라, 이 골목 식당에서 동료교수들과 식사를 하고 집으로 돌아가는 길에 군밤이 생각났지요. 아무튼 참 반갑습니다."

그는 지갑을 꺼내어 군밤 값을 지불한 후 명함을 내게 건네주었다.

"여기 내 전화번호가 있으니 언제든 연락 주세요. 자, 그럼 신의 가호가……."

그 말을 마지막으로 그는 주차장 쪽을 향해 걸어갔다. 내게 "신의 가호가"라고 말한 걸 보니 그는 기독교인 모양이었다. 하긴 Y대가 미국 선교사가 세운 미션스쿨이니 아무래도 교수들은 기독교인이 많을 것이다. 나는 희미한 불빛 아래 손에 들려 있는 그의 명함을 뚫어지게 바라보았다. 명함에는 이렇게 쓰여 있었다.

'Y대 이과대학 수학과 교수 이필선'

나는 명함을 지갑에 넣어두었고, 혹 분실할 가능성에 대비해 휴대폰에 이필선 교수의 전화번호를 저장해 두었다.

8
소설가 박태원

크리스마스 사건은 내 삶에 묵직한 변화를 일으켜주었다. 이름 석 자를 대면 남들이 좀 알아보는 작가가 되려고 무진 애를 썼건만, 빈약한 문학적 재능에 절망해 얼마나 끙끙 가슴 앓이를 해왔던가. 높은 절벽에서 깊은 낭떠러지로 끝없이 추락해 끝내는 달팽이처럼 소멸해버리지는 않나 하는 고독감과 소외감으로 우울한 나날들을 보냈었다.

나이 삼십 중반에 앞으로 살아갈 날들이 살아온 날들보다 더 버겁게 느껴졌다. 굳이 특별해지려는 욕망도, 평범해지려는 용기도 포기하며 지냈다. 그럴 때면 밑에서부터 치솟아 올라온 무력감으로 인해 온몸의 모세혈관은 막히고 심장은 멎고 호흡은 정지된 미라가 된 기분이었다.

나에게 시간은 정지된 것처럼 보였다. 사랑도, 희망도, 기대감도 없이 그저 먼지만 풀풀 나는 마른 뼈다귀 같은 자였다. 그런 내가 이필선 교수와 인연을 쌓기 시작하면서 다시한 번 삶에 희망을 품게 되었다는 것은 참 알다가도 모를 일이었다. 그와의 만남으로 이제부터 밋밋한 내 인생의 도화지는 7가지 무지갯빛 물감들로 그려져 나갈 것 같은 기대감으로 충만했다.

나는 그 기대가 객쩍은 공상이 아니라 중독성 강한 현실이될 거라고 믿었다. 《연금술사》의 주인공인 양치기 청년 산티아고처럼 말이다. 나 또한 나 자신의 보물을 발견하기 위한 멋진 모험을 하게 될 것이다. 나는 이제부터 이필선 교수와 함께새로운 세계를 향해 생기가 넘치는 여행을 시작할 것이다.

이필선 교수와의 극적인 만남에는 한 문학인이 매개가 되었다는 것은 암만 생각해봐도 재미있고 신기하다. 그 사람은 다름 아닌 박태원 소설가다. 시답잖은 한담이나 늘어놓는다고짜증을 내지 마시라. 이 얘기를 꺼내지 않고서는 내가 왜 이필선 교수와 운명을 함께하는 사이가 되었는지 나 자신부터도얼른 납득하기 어려우므로 이제부터 이 얘기를 해보련다.

내가 박태원의 소설을 만난 건 뜻밖의 행운이었다. 왜냐하면 그것은 풀이 죽은 내게 문학을 할 수 있도록 용기를 북돋아주었을 뿐만 아니라, 박태원 선생 같은 분을 만나게 되면 내 인생에 어떤 전기가 마련되지 않을까 하는 어떤 막연한 기대감 때문이었다.

그게 언제 적 일이냐 하면 작년 추석 명절 때 일이었다. 신문사를 그만둔 지 일 년 후 나는 수필집을 한 권 출간했다. 요행히 그것은 베스트셀러는 아니더라도 '반짝 베스트'로 조금은 세간의 주목을 끌었다. 다음 해 나는 소설집 한 권과 이어서 인문 에세이 한 권을 출간했다. 하지만 두 권 다 문단과 대중들로부터 외면을 받았다.

작가의 재능이 없다는 것을 깨달은 나는 앞으로 죽을 둥 살 둥 용을 써도 유명작가가 되기엔 글러먹었다고 생각했다. 생각할수록 고통스러웠다. 작가의 자질이 근본부터 의심이 들고 내 실력의 한계를 알아차리게 된 것이다. 작가로서의 내 무모한 실험은 거기까지였다. 게다가 가진 돈을 몽땅 주식에 털어 넣었다가 해당 회사의 부도로 주식이 휴지조각이 되는 바람에 거의 빈털터리가 된 거나 다름없게 되었다. 그 꼴에 뭐가 재미난다고 고향에 내려가랴?

하지만 추석은 추석이다. 서울역에서 추석 연휴 철도 승차권을 예매한다기에 이른 아침에 전철을 타고 역으로 갔다. 역사는 표를 사려는 사람들로 복닥거렸다. 나는 웅긋중긋 줄 서 있던 사람들 속에 끼어 있었다.

어느 순간, 대합실 게시판에 붙은 한 광고지가 문득 시선에 들어왔다. 그건 책 광고였다. 《소설가 구보 씨의 일일》이란 소설이었다. 귀를 솔깃하게 하는 유별스러운 책 제목도 제목이지만, 그보다는 그 소설을 쓴 작가의 얼굴사진에 자꾸 눈길이 갔다. 얼굴에 썩 맞지 않는 큰 안경에 이마 중간까지 한일자로 덮은 둥근 머리칼을 본 순간 나는 하마터면 깔깔깔, 웃을 뻔했다.

억지로 웃음을 참고 있는데, 한 줄기 강렬한 빛이 내 마음속에 확 덮여왔다. 산야의 지축을 흔드는 천둥소리를 동반한 번갯불 같은 빛이었다. 그러자 내 심장은 급히 뛰기 시작하고 온몸의 촉수는 곤두세워졌다. 야릇한 희망이 용솟음쳤다.

내면에서 신을 발견하고 일체가 되는 몰아경을 체험한 사람처럼, 그때 나는 그 자리에서 몸이 뻣뻣이 굳어 있는 채 한참 동안을 서 있어야 했다. 열차표를 예매하려는 대기 행렬에서 이탈해 그렇게 게시판 앞에 서 있었던 것이다. 그러다가 두 주먹을 불끈 쥐고 뇌까렸다.

"그래, 다시 시작하자. 작가의 씨가 따로 있나?"

이렇게 글쓰기를 새로 시작한 게 몇 개월 전이었다. 하지만 글이라는 게 마음먹는다고 해서 술술 나오는 건 아니다. 글쓰기를 새로 시작하기로 일단 각오는 했지만, 막상 그럴듯한 소재도 없거니와 혹 소재가 있더라도 글로 표현할 엄두조차 낼 수 없었다.

그래서 한 일이라곤 기껏해야 박태원 선생을 연구하는 것이었다. 말이 연구이지 박태원 선생의 문학을 연구하다기보다는 그가 어떻게 살았는지, 무엇을 위해 살았는지에 대해 톺아보는 것이었다. 그러면서 나는 박태원 선생의 매력에 흠뻑 빠져버리게 된 것이다. 그의 기괴한 행색, 독특한 문장, 냉소적인 세계관을 엿보는 것은 내게는 큰 즐거움이었다.

시인이자 소설가인 박태원 선생은 나처럼 영화광이었다. 지금으로부터 90년 전쯤 일제 치하의 경성에서 할리우드 영화들이 개봉되었다는 것은 신기하기조차 하다. 그 당시 종로와 광화문에는 최신 시설을 갖춘 현대식 영화관들이 있었다.

박태원 선생은 서양 영화든 방화든 가리지 않고 영화라면 죄다 관람을 하였고, 어떤 영화는 대사를 줄줄 외울 만큼 두 번이고 세 번이고 관람을 하였다고 한다.

그래서 그런지 그의 창작 기법은 영화적 기법이 종종 동원

되었다. 그의 대표작인 《소설가 구보씨의 일일》은 바로 이러한 영화적 분위기가 물씬 배어 있다.

하지만 뭐니 뭐니 해도 박태원 선생에 대한 나의 특별한 관심은 그의 여성 편력이었다. 박태원 선생의 여자들과의 경험을 '여성 편력'이라고 말하면 그가 버럭 화를 낼지도 모르겠지만, 시중에 알려지지 않은 은밀한 것들까지 더하면 여성 편력이라고 해도 과언은 아닐 성싶다. 이것을 꼬치꼬치 따지고 들면 그도 할 말이 없을 것이다.

박태원 선생을 여성 편력의 소유자라고 하니까, 여러분은 그가 무슨 카사노바 같은 호색한이라고 오해하지 않길 바란다. 여성을 바라보는 선생의 기본적인 태도는 외잡스러운 것과는 거리가 멀었다. 아름답고 지적이면서 청순한 여자에 대한 그의 여성상은 그 자신의 삶뿐 아니라 그의 소설이나 수필을 관류하는 주요 관심사였다.

이성에 대한 사색과 탐구는 그의 작품 속에 늘 나타나는 주제였다. 여성성에 대한 그의 자의식은 소설 속에 항시 존재하는 타자와의 상호관계에서 엿볼 수 있다. 박태원의 여성에 대한 태도는 전통적인 가치 규범에서 오는 성 억압과 자본주의적인 서구의 자유분방한 문화에서 오는 성 해방 사이에서 언제나 갈등하고 고뇌하는 남자다.

그것을 순박하다고나 할까, 아니면 강박관념에서 헤어나지 못하는 우유부단함이라고나 할까, 아무튼 한 여자를 만나 결혼을 하기 전까지는 그는 순수한 청년이었던 것만은 분명하다. 조금은 진지하게, 그리고 참을성 있게 이 책을 끝까지 읽는 사람이라면 박태원의 이러한 면모는 나와 어느 정도 닮았다는 걸 확인하게 될 것이다.

박태원의 여성 편력에 대해 이렇게 길게 언설하니까 나더러 여성 편력의 전력을 가졌다고 색안경을 쓰고 볼까 봐 은근히 신경이 쓰인다. 나는 박태원 선생의 여성 편력과 상당히 닮은 데가 있어서 나의 여성 경험을 토설하고 있는 것이다.

사실 내가 박태원 선생에 대해 무엇보다 흥미를 가지게 된 건 그가 고등학교 때 연상의 친구 누이를 짝사랑한 것과 당대 문단의 기인인 이상李箱과 그의 친구 정인택鄭人澤 이렇게 셋이서 한 여자를 두고 벌였던 삼각관계 스캔들이었다. 박태원 선생의 생애에 있었던 이 두 사건은 나의 청년시절과 다소 흡사한 데가 있었다.

박태원은 열다섯 살 때 친구네 집에 놀러갔다가 친구의 누이를 보고 첫눈에 반해 그때부터 동경의 마음을 품은 적이 있었다. 그는 혼자서 끙끙 앓았을 뿐, 짝사랑하던 여자에게 용감히 나서서 '사랑한다'는 말을 단 한 번도 하지 못했다.

나 또한 그랬다. 고등학교 2학년 겨울, 성탄을 며칠 앞둔 어느 날, 나는 친구가 다니는 교회에 놀러갔다. 고등부 성탄 축하 캐럴 송 공연에서 독창을 맡은 친구가 자기의 노래 솜씨를 뽐내려고 나를 강권해 어쩔 수 없이 따라간 것이지만, 실은 그 교회에 예쁜 여고생들이 수두룩하다는 친구의 말에 귀가 솔깃해졌기 때문이다.

과연 그 교회에는 눈을 휘둥그레 하게 하는 예쁜 여학생들이 몇 있었는데, 그중 한 여학생은 순정만화에 나오는 주인공처럼 예쁜 외모를 지녔었다. 그 여고생은 3학년 졸업반이었으므로 나보다 1년 선배였고 나이도 한 살 많았다.

그 여학생을 보는 순간 순식간에 마음을 빼앗겨 연모하게 되었다. 얼마나 지독하게 격통이 있었던지 겨울 방학 내내 그녀의 뒤꽁무니를 밟고 다니느라 밥도 잘 못 먹고, 잠도 잘 못 자고, 공부를 망쳤던 적이 있다. 그 탓에 나는 몸무게가 7킬로그램이나 줄어들어 얼굴에 병색이 있었고, 수학을 놓쳐 '일류 대학'에 들어가지 못했다.

그 내상으로 나는 젊은 시절 끝 모를 방황을 해야만 했다. 바보같이 나는 그녀에게 '사랑해'라는 말은 고사하고 '좋아해'라는 말 한마디 못 했다. 박태원처럼 말이다. 박태원은 나보다 반세기를 앞서 사신 분이라서 짝사랑하는 여자에게 말 한마디 건네지 못하고 가슴앓이를 했다손 치더라도, 고등학생쯤 되면 웬만치 연애가 허용되었던 시대를 살았던 나는 한번쯤은 '좋아해'라는 한마디 말을 했을 수도 있으련만, 그녀 뒤에 숨어서 끙끙 앓기만 했으니 나야말로 어리숙한 진상이었다고 면박을 당해도 싸다고 생각한다.

아무튼 내가 박태원을 좋아하게 된 것은 바로 이런 이유에서였다. 시대와 상관없이 그나 나나 연애에 있어서는 오십보백보로 약간의 차이는 있지만 본질적으로는 피차일반이었기 때문이다. 하지만 정작 내가 박태원을 진짜로 흠모하고 그에게 한없는 연민과 응원을 보낸 이유는 다름 아닌 삼각관계였다. 나 또한 박태원처럼 대학시절 삼각관계로 적잖은 고통을 겪었기 때문이다.

세 남학생의 경쟁 구도의 중심에는 윤희재가 있었다. 어느 날 나는 그녀에게 홀딱 반해버리고 말았다. 사랑에 빠진 남자들이 대개 그렇듯이 나 또한 그녀와의 만남을 운명적인 것이라고 여겼다. 저 잿빛 밤하늘에 별들이 뿌려지기 전부터 그녀는 내 가슴에 얼굴을 파묻고 심장의 박동 소리를 들었을 거라는……. 아아, 그녀는 내가 그토록 찾아 헤맸던 나의 영원한 신부였다. 프시케의 미모에 놀란 큐피드가 자기가 쏜 화살에 자기의 심장을 찔려 아름다운 프시케와 사랑에 빠지게 된 것처럼, 나도 애지중지 간직해 온 한 개의 남은 황금화살을 날려 보내 내 심장에 정통으로 꽂았다. 바로 그 순간 사랑에 허기진 나는 새로 태어나게 되었던 것이다. 내 영혼마저 말이다.

제2부

내 연인 희재

9

희재, 나의 옛 연인

병역 의무를 마친 나는 신문방송학과 2학년으로 봄 학기에 복학을 했다. 우리 대학은 가을에 축제를 했다. 예나 지금이나 축제는 젊음과 낭만이 일렁이는 청춘의 장이고 대학생활의 꽃이다. 3일 동안 열리는 축제 기간에 느끼는 스트레스는 애인이 없다는 거다. 애인이 없다면 여자 친구라도 있어야 할 텐데, 나는 변변한 여친 한 명 없었다,

늘씬한 나무들이 휘늘어져 있는 푸른 잔디광장에서 애인과 함께 참석하는 쌍쌍 파티는 축제 행사에서 가장 큰 인기를 끌었다. 남학생들은, 오른손으로는 멋진 애인의 잘록한 허리를 살짝 감싸고, 왼손으로는 그녀의 가느다란 손을 잡고 서로의 얼굴을 바라보며 경쾌한 4분의 3박자 선율에 맞추어 우

아하게 회전하는 포크댄스 왈츠 한 번 춰보지 않고서는 대학 생활을 공치는 것이라고 여겼다. 한데 애인이 어디 그리 쉽게 생기는 일이랴?

나는 어디에서 꿔 오든 납치하든 어떻게든 '일일 애인'을 급히 구해 파티에 나가지 않으면 안 되었다. 불가불 나는 신촌에 사는 사촌 누이에게 전화를 걸어 애인이 되어주도록 애걸했다.

누이는 얌전스러운 데가 있었다. 이태 전 대학을 나온 사촌 누이도 대학생활 동안 연애 한 번 해보지 않은 순진녀였다. 사촌 누이는 파티를 하는 두세 시간만 내 애인이 되어주기로 약속하고 우리는 함께 쌍쌍 파티에 참석할 수 있었다.

정숙하고 사려 깊은 사촌 누이는 내 기를 살려주려고 오버까지 해가며 애인같이 최선을 다했다. 하지만 애인은 진짜여야 한다. 누이가 제아무리 애인답게 연기를 하기로서니 어찌 진짜 애인다울까? 사랑하는 사람을 위해 자기의 생명까지 주어야 진짜 애인일 것이다. 아무튼 사촌 누이가 내 파트너 역할을 해준 덕분에 나는 2학년 가을 축제를 그럭저럭 해결했다. 하지만 애인이 없는 건 내게는 커다란 고통이었다.

가을 축제가 종료되고 다시 일상으로 돌아왔다. 하루하루
가 따분하고 무료한, 영 재미없는 일상이었다. 그래, 고작 하
는 일이라곤 수업을 듣고, 수업이 끝나면 중앙도서관에서 이
런저런 책을 본다든가, 혹은 맥없이 신문을 들척인다든가, 혹
은 그저 얼쩡거리든가 하는 따위의 판에 박은 일이었다.

　은행잎이 우수수 떨어지는 늦가을 토요일 오후였다. 그날
도 나는 여느 때처럼 도서관에서 역사책을 읽고 있다가 눈앞
의 작은 움직임에 문득 시선을 돌렸다. 내 시선은 한 여학생
에게 우뚝 멈췄다. 그 순간 나는 얼마나 놀랐는지 모른다.
　'아, 도로테아!'
　대각선 맞은편에서 책을 읽고 있던 여자는 영락없는 도로
테아였던 것이다.
　고등학교 때 우연히《헤르만과 도로테아》를 읽고 나서부터
도로테아는 나의 연인이었다. 그 도로테아가 지금 내 앞에 있
다니! 그 순간 나는 하늘에 커다랗게 걸려 있는 무지개 위를
맨발로 뛰어가는 느낌이었다. 심장이 요란하게 두방망이질
쳤다.

　'그녀는 지금 무슨 책을 읽고 있는 걸까.《헤르만과 도로테
아》일까, 아니면 단테의《신곡》일까, 그것도 아니라면 심훈의

《상록수》일까.'

　나는 그녀를 빤히 볼 수는 없는 노릇이어서 두 손으로 얼굴을 감싸고 손가락 사이로 내비친 그녀의 아리따운 모습을 힐끗힐끗 훔쳐봤다. 그렇게 이십여 분쯤 흘렀을까. 벽시계의 초침이 정확히 일곱 번 똑딱거리고 시곗바늘이 여섯 시를 가리키자 그녀가 자리에서 사뿐 일어났다. 교정이 어둑어둑해질 시각이었다. 더 이상 도서관에 있지 않고 집에 가려는 게 분명했다. 나는 하마터면 소리칠 뻔했다.

　'기다려!'

　나는 오늘 어떻게든 그녀의 눈을 가까이에서 바라보며 말을 걸어야 한다. 그리고 최소한의 정보는 알아둬야 한다. 이름은 모르더라도 무슨 과 몇 학년 정도는……. 십여 걸음 뒤에서 발소리도 죽이고 그녀의 뒤를 따랐다. 가장 자연스럽게 그녀에게 말을 거는 방법을 강구하면서…….

　그런데 아뿔싸! 다 된 죽에 코 빠뜨린다고 일이 헝클어지고 말았다. 누군가 내 등을 탁, 쳤다.

　"어딜 가니?"

　뒤돌아보니 내 친구 건우였다. 나는 애써 태연한 척했다.

　"응, 집에 간다. 너는?"

"도서관에서 공부하다 정문 앞 식당에서 짬뽕밥 하나 사 먹으려고 가는 길야. 너도 함께 먹을래?"

"어? 아냐. 난 가야 해."

"어딜?"

"……."

"짜식, 싱겁기는. 무슨 고민이라도 있니?"

"아니. 고민은 무슨. 하여튼 난 가야 해. 나중에 보자."

"그래, 다음 주에 보자. 안녕."

"안녕."

쪼물쪼물 어정대다간 그녀를 놓칠세라 인사를 대충 하는 둥 마는 둥 했다. 그렇게 간신히 친구 녀석을 떨쳐내고 앞을 바라보았다. 한데 분명히 앞서가던 도로테아가 신기루처럼 사라지고 만 거였다. 숨 몇 번 쉬면서 시답잖은 대화를 나누는 그 짧은 시간에 어찌 이런 허망한 일이 생길 수 있나 싶어, 나는 오른손으로 내 이마를 후려치며 자책했다.

'젠장, 똥멍청이!'

그런 일이 있은 후로 나는 도무지 학업에 전념할 수 없었다. 낮이건 밤이건 도로테아가 눈앞에 어른거렸기 때문이었다. 하지만 시간이 지나면서 도로테아의 얼굴은 기억 속에 흐려져 갔다. 나는 행여나 도로테아의 얼굴을 잊을지 몰라, 그녀의 얼굴을 소묘한 그림 종이를 노상 재킷 왼쪽 주머니에 넣은 채 캠퍼스를 활보했다.

그렇게 회색빛 겨울을 넘기고 3학년 봄 학기를 맞이했다. 겨울방학 동안 내게 있는 변화라면 영어를 죽어라 판 것이다. 반 지하방에서 타임지, 뉴스위크지, 이재옥 토플, 와이비엠의 주간 시사영어 등 영어책들을 닥치는 대로 옴팡지게 읽었다. 잠자고 밥 먹는 시간을 제외하고 하루 열다섯 시간씩을 머리가 터질 만큼 미친 듯이 영어를 공부했으니 영어 제깟 놈도 별 수 없이 끈질긴 내게 항복을 하고 말았던 것이다.

나는 산에서 불철주야 무공을 연마하여 최고의 경지에 도달해 하산을 해서 중원을 평정한 절대 신공처럼, 발걸음도 씩씩하게 3학년 봄 학기에 캠퍼스에 나타났다.

때마침 대학 당국은 전 대학생들을 대상으로 장학금을 건 영어 경시대회를 열었다. 나는 대회에 출전해 장원급제를 해 위풍도 당당히 대학 내 영어 최고수 자리에 등극하게 되었다. 이것은 나의 나머지 대학생활에 활력을 불어넣는 계기가 되었다. 대학의 시사영어클럽인 타임 클럽 회장으로 추대되었던 것이다.

타임 클럽은 정회원과 준회원, 그리고 비회원으로 구성된 대학 내 자발적인 영어 공부 동아리였다. 아침에 모이는 타임 클럽은 참석자들이 많으면 100명도 넘는 학내 최대의 서클로 부상했다. 영어깨나 하는 학생들은 다투어 정회원이 되려고 했다. 이 정회원들 중에서 훗날 신문기자, 방송기자, 방송국 PD, 대학 교수, 대기업 임원 등 사회에 영향력을 발휘할 인재들이 대거 배출되었다.

타임 클럽은 내게 국내 유수의 신문사에 들어갈 수 있도록 영어 실력 향상의 마당을 제공했다. 더욱이 클럽은 내 인생에 뜻 깊은 인연이 있는 서클이다. 그것은 내가 이 서클 활동을 통해 애인이 생기는 행운을 움켜쥐었기 때문이다. 그것은 내게 일생일대의 축복이었다.

그 축복의 날은 타임 클럽이 시작한 지 한 달도 채 안 된, 캠퍼스에 개나리와 목련이 활짝 피고 철쭉이 잎을 내밀고 벚꽃이 막 꽃망울을 터뜨리려는 신록의 봄날 아침이었다.

애인이 없는 4월은 잔인하다. 봄은 괜스레 약간은 탈선의 유혹에 자청해서 빠져들고 싶고 밋밋한 일상의 궤도에서 이탈하고 싶은 충동의 계절이다. 그래서 봄은 연애 걸기 좋은 계절이다. 밤을 지새우며 의미 없는 수다를 늘어놓아도 흥이 되지 않으니까.

라일락꽃 향기가 흩날릴 때 따스한 햇살을 출렁거리는 머릿결로 받으면 가냘픈 맥박은 뛰고 발걸음은 가벼워진다. 빨강, 파랑, 노랑, 하양, 분홍, 초록 등 색깔들이 자연 속에서 다투어 자태를 드러내면 총각들은 하모니카로 사랑의 노래를 부르고 처녀들은 마음이 울렁울렁 울렁거린다고 하잖나. 그래서 휘영청 달 밝은 보름에 부르는 십오야十五夜도 봄철에 불러야 제맛이 난다.

캠퍼스엔 어딜 가나 울긋불긋 개나리와 진달래꽃이 활짝 피어났다. 개나리와 진달래는 잎보다 먼저 꽃이 피어나는 열정적인 꽃나무들이다. 아아, 이 찬란한 봄날에 나는 치명적인 큐피드의 화살을 상상하며 공상에 빠진다. 내게 눈먼 큐피드의 화살을 날려줄 요정은 누구랴? 내 피는 끓는다. 사랑하는 애인을 위해 깎아지른 절벽 틈에 피어 있는 들장미 한 송이를 꺾는, 뜨겁고 격정적인 남자의 심장처럼.

양지바른 잔디밭에서 아지랑이가 어른어른 흔들리고 비원과 과천 어린이동물원에서 꽃놀이하기에 더할 나위 없이 좋은 어느 봄날, 우리 타임 클럽은 여느 날과 마찬가지로 오전 9시에 정경대학 AV강의실에서 모임을 가졌다.

그날도 70여 명의 회원들이 모여 공부 열기가 후끈 달아올랐다. 발표회가 시작한 지 5분쯤 후였다. 출입문이 빼꼼 열리더니 여학생 네 명이 부끄러운 듯 얼굴은 타임지로 반쯤 가리고 발꿈치는 살짝 들고 슬며시 강의실에 들어오는 거였다. 하나같이 보랏빛 라벤더 꽃처럼 예쁘고 청순한 미녀들이었다.

여대생들은 이른 아침부터 테니스를 하고 왔는지 라켓을 가방에 쑥 끼어 넣은 채 강의실에 들어왔다. 내 눈은 하얀 눈으로 덮인 설원에서 황갈색 순록을 본 듯 번쩍 띄었다. 내 마음은 그 네 명의 여대생 중 한 명에게 사로잡혔다. 순간적이었다. 내 마음을 들쑤셔 놓은, 도서관에서 보았던 그 도로테아였다.

그녀는 얼굴이 사과처럼 작고, 코는 오뚝 솟아 있고, 눈은 시원하게 크고, 입술은 도톰하게 내밀었다. 그녀의 이름은 윤희재였다. 역사학과에 재학 중이었고, 학년은 나와 같은 3학년이었다. 나는 3년 병역의무를 마치고 복학했으므로 대학 학번은 내가 희재보다 3년 이른 셈이다.

며칠 후 나는 총무의 도움을 받아 희재를 클럽의 정회원으로 가입시켰다. 그때부터 희재는 한 번도 빠지지 않고 타임 클럽 강좌에 참석했다. 예의 그 청바지 뒷주머니에 타임지를 아무렇게나 쑤셔 넣은 채로 말이다. 빛바랜 청바지를 입은 가녀린 그녀가 교정을 거닐 때면 수수해보이면서도 어찌나 섹시한지 남학생들의 눈은 그녀를 놓치지 않았다.

까만 눈동자를 가진 희재는 우리 영어클럽의 붙박이였다. 그녀는 영어클럽 안에서 가장 인기가 많았다. 예쁘고 참신한 데다 교양 있고 학구열도 있었기 때문이었다. 성실성과 책임감은 그녀의 독특한 매력을 한층 더 높여주었다.

존재만으로 빛나는 그녀는 많은 남학생들의 심장에 불을 질렀다. 그런 그녀가 여태껏 애인이 없다는 건 도무지 이해할 수 없었다. 미인은 소문만 요란하지 고독하다지 않나. 사내들이 그녀에게 접근을 못하는 것인지, 아니면 그녀가 웬만한 남자들은 쳐다보지도 않는 것인지 종잡을 수가 없었다.

미인은 쟁취하는 법이다. 용기 있는 자만이 미인을 차지한다고 하지 않던가. 희재 생각에 안달복달하며 애간장이 녹아서 다른 일들이 도통 손에 잡히지 않았다. 온종일 가슴이 두근거리고 심장은 터질 것 같았다.

자나 깨나 기회를 엿보던 내게 행운이 찾아왔다. 희재가 수업을 모두 마치고 귀가하려는 목요일 오후였다. 그날 일기예보에도 없는 비가 억수로 쏟아지길 다행이었다. 나는 우산을 들고 그녀가 수업을 마치고 나오는 인문과학대학 건물 앞에 쏜살같이 뛰어갔다. 인문과학대학관은 캠퍼스에서 제일 높은 곳에 있었다.

그녀를 만나면 시치미를 떼고 우연히 만나는 것처럼 연극을 해야 한다. 그녀가 "여긴 어쩐 일이예요?"라고 말간 목소리로 묻겠지. 그러면 나는 멋지게 우산을 펴서 내 왼손으로 그녀의 머리 위에 씌워주며 언덕을 내려오기만 한다면 반은 성공이라고 생각했다. 그리고…… 그리고 이건 정말 제일 중요한 건데, 그건 내 오른손을 그녀의 어깨 위에 살짝 올려놓는 것이다.

'아아, 그 순간 비가 세차게 내려야 할 텐데…….'

내 발걸음은 어느새 인문과학대학관에 당도했다. 현관에서 비에 젖은 우산을 탈탈 털어 접은 후 건물 안으로 들어갔다. 널따란 로비에는 이따금 몇 사람이 오갈 뿐 한산했다. 가쁜 숨을 고르고 어느 쪽에서 희재가 나타날지 눈을 두리번거리며 주위를 살폈다.

'이 건물 안은 온통 희재의 숨결들로 가득 차 있구나.'

그때였다. 2층 계단에서 희재가 내려왔다. 복도 쪽에서 걸어오는 척하던 나의 시선과 희재의 시선이 정확하게 만났다. 희재는 흠칫 놀라는 표정을 지었다. 그 순간, 나는 시간이 멈춰지고 오직 나와 그녀만이 있는 공간이 그 상태로 영원하길 바랐다. 이 공간에 큰 돌이 있다면, 그녀를 향한 내 사랑이 얼마나 애틋하고 또한 그녀 곁에서 영원히 지켜주겠다는 약속을 글자로 새겨 넣은 기념비를 만들어 우리 둘의 시선이 머문 곳에 세워 놓았으면 하는 생각이 문득 들었다.

"어머? 회장님, 여긴 어쩐 일이세요?"

희재가 두 눈을 화등잔처럼 뜨고 보송보송한 얼굴로 인사했다. 나는 초장부터 내 예상이 적중한 데 대해 속으로 쾌재를 부르며 말했다.

"정문 앞에 볼일이 있어 기숙사에서 내려가는데 비가 어찌나 많이 오는지 이 건물로 오게 되었어요."

"어머나. 그렇게 비가 많이 와요? 우산이 없는데."

희재는 내 우산을 흘낏 바라보며 말을 이었다.

"비가 그칠 때까지 기다려보죠, 뭐. 바쁘시면 먼저 가세요."

그녀가 비가 그칠 때까지 한사코 기다리겠다면 그건 그야말로 오늘의 대사가 수포로 돌아가는 것이었다.

"난 오늘 시간이 널널해요. 이렇게 비가 오는데 희재 씨를 놔두고 나 혼자 가라고요? 어이구, 왜 이러십니까? 나를 나쁜 놈으로 만들려고 작정을 했군요, 작정을. 빗줄기 모양새가 금방 그칠 것 같지 않아요. 그냥 가요."

　나는 중세의 기사가 멋지게 검을 빼 드는 것처럼 들고 있던 우산을 위로 들고는 쫘악, 펴 보였다. 작년에 매형한테서 선물 비슷하게 받은 근사한 우산이었다. 우산은 드래곤의 양 날개처럼 우아하고 위용 있게 보였다.
　"멋져요! 아주 멋져요!"
　"이 우산, 희재 씨와 함께 있으니 더 멋져 보이네요."
　"회장님은 사람을 기분 좋게 해주는 소질이 있어요."
　나는 기분이 좋아 이가 들어날 만큼 히죽 웃었고 한층 자신감이 생겼다.
　"자, 그럼 갈까요?"
　내 몸짓은(내가 생각하기에는) 마치 숙련된 웨이터가 오른손을 정중히 내밀어 손님을 테이블로 안내하는 것처럼 유연하고 멋졌다. 나는 빗방울의 감촉을 느끼며 희재보다 한 발 앞서 나갔다. 희재는 망설이는 기색조차 없이 두 세 걸음 뒤에서 나를 따라 현관으로 나왔다.

　밖은 여전히 비가 내렸지만 아까보다는 굵고 세차지는 않았다. 눈썹까지도 살랑이게 하는 비를 머금은 바람이 가슴을 촉촉하게 적셔주었다. 비가 그치지 않은 건 다행이었다. 굵은 비가 아니었는데도 우산 지붕에 후드득후드득, 빗방울 떨어지는 소리가 선명히 들려왔다.

'아, 고마운 비님. 어쩜 이다지도 소리가 멋지실까.'

교정 안에는 사람들의 발길이 뜸했다. 정문으로 나가는 경사진 길옆 화단에 흐무러지게 핀 아네모네는 축복의 비를 흠뻑 머금어 더없이 행복해 보였다. 그 화단 뒤로 길을 따라 죽 늘어선 라일락꽃이 내뿜는 감미롭고 향긋한 향기는 젖은 땅에서 내뿜는 흙냄새와 섞여 코를 찔렀다.

나는 이날 느낀 물큰한 향내보다 더 넋을 잃게 하는 향기를 맡아본 적이 없다. 그 순간 세상은 별안간 나와 희재를 위해서만 존재하는 것 같았다. 순식간에 사방은 생명의 속삭임들로 가득해 보였다.

비를 흠뻑 안은 나무 이파리들이 가로등 불빛에 반짝거렸다. 싱그러운 풀 냄새와 희재의 머리카락에서 풍기는 향긋한 샴푸 냄새가 한데 섞여 내 코끝을 간질였다. 세상이 온통 그녀의 향기로 가득한 것 같았다.

잠시 어색한 침묵이 흘렀다. 침묵의 공백을 어떻게든 메우려고 해도 딱히 좋은 말이 생각나지 않았다. 오른쪽 관자놀이가 갑자기 지끈거렸다.

사람들의 눈길이 닿지 않을 만한 연못 옆을 걸을 때였다. 나는 걸음을 멈춰 세우고 행여나 남들이 우리 둘을 볼세라 슬그머니 우산을 내려 우리를 가렸다.

"왜 그러세요?"

희재의 두 눈이 별처럼 반짝거렸다. 희재는 엷은 미소를 지어보이면서도 살짝 놀란 표정이었다. 어둑발이 내린 우산 속에서 그녀의 얼굴은 길가의 가로등 불빛에 어른거려 분홍색을 띠었다. 희재는 우산 아래로 빗방울 듣는 소리를 살짝 느끼며 사슴 같은 눈망울로 나를 쳐다보았다. 기억의 병이 있다면 그 순간 희재의 표정을 그 병 속에 담아놓으면 좋겠다는 생각을 문득 해보았다. 그녀가 그리울 때면 언제든 병마개를 열어 그녀의 향기가 진동하도록 말이다.

"희재 씨, 꼭 하고 싶은 말이 있습니다."

"네? 무슨 말?"

희재의 머리카락에 떨어진 빗방울이 빗줄기가 되어 그녀의 **빰**을 타고 내려왔다. 나는 얼른 수건을 꺼내어 빗방울을 닦아주었다. 희재는 부끄러운 듯 가슴께로 시선을 떨어뜨리고 살짝 얼굴을 붉혔다.

그 순간 비에 젖은 희재의 긴 머리카락에 가려 있던 그녀의 얼굴이 목덜미까지 드러나 보였다. 여자의 목덜미는 남자로 하여금 용기를 나게 한다. 나는 이때다 싶어,

"희재 씨, 사랑합니다. 사귀고 싶습니다."

라고 말했다.

이 말은 내가 희재에게 사랑을 고백하려고 연습해 둔 말이 아니었다. 연습해 두었던 고백은 이보다 훨씬 근사하고 길었는데 말이다. 어떻게 이 말이 생각났는지 모른다. 이 말을 내 뱉었을 때, 내 심장은 크고 빠르게 고동쳤고 음성은 심하게 떨리고 있었다.

나의 기습적인 프러포즈에 희재는 서 있는 자리에서 얼어붙은 폭포처럼 꼼짝도 하지 않았다. 모든 생명 있는 것들은 물론 생명 없는 무생물들조차도 일제히 숨을 멈춘 채 심장이 얼어붙을 것 같은 어색한 침묵이 영원처럼 흘렀다.

그 짧은 순간 나는 쑥스러움을 넘어 어찌나 창피하고 당황했던지 바로 옆에 쥐구멍이라도 있으면 거기에 머리를 처박고 싶었다. 무슨 말이라도 내뱉어서 이런 어색한 분위기를 깨뜨려야 했다. 머릿속이 하얗게 된 나는 되는 대로 말했다.

"한번 진지하게 생각해 본 후 조속히 그 결과를 통보해주십시오."

무슨 외교관계나 비즈니스 통첩장 같은 이 말을 생각하면 지금도 얼굴이 화끈거린다. 얼마나 말을 못 했으면 하고많은 말들 중에서 고작 한다는 게 이런 유치한 말을 내뱉었을까. 신문기자가 된답시고 노상 논술 작문에 몰두하다 보니 이런 괴상한 문장을 쓴 거였다.

지금 암만 생각해봐도 그때 내가 왜 그랬는지 입이 광주리만 해도 핑계 댈 말을 찾지 못하겠다. 그런데 희한한 것은, 어떻게 생겨먹었는지 나도 걸작이었지만 희재의 반응도 걸작이었다.

"네…… 생각해볼게요……."

그러고는 희재는 버스 정류장 쪽으로 후다닥, 달아났다. 그런 희재를 붙잡을 수도 없고 놓아줄 수도 없게 된 나는 나조차도 알 수 없는 말을 늘어놓았다.

"어? 어? 이러면 내가 면목이 없잖아요?"

그날 그렇게 나는 희재와 멋쩍게 헤어졌다. 희재는 다음날부터 타임 클럽에 나오지 않았다. 그녀를 볼 수 없게 된 나는 거의 반 미친 사람처럼 지냈다. 희재가 촌스러운 내게 실망하다 못해 혐오하는 마음이 생겨 클럽을 영영 떠나지 않을까 염려가 되어서였다.

일주일이 지나서 클럽 사무실에 내 앞으로 편지가 왔다. 발신자는 '비 오는 날'이었다. 나는 직감적으로 이 편지가 희재로부터 온 것이라는 걸 알아챘다.

'그러면 그렇지. 올 것이 왔군. 퇴짜편지겠지.'

편지를 개봉했다. 편지에는 이렇게 적혀 있었다.

현수 씨에게.

'현수 씨'라고 불러도 되죠?

많은 고민을 했습니다. 그리고 결정했습니다.

현수 씨와 교제하기로⋯⋯.

진심이 배어 있었기에 현수 씨 마음을 받아들입니다.

좋은 애인이 되기로 약속할게요.

희재.

나는 엉엉 울면서 이 편지를 백 번도 더 읽었다. 휴지로 눈가를 얼마나 많이 꾹꾹 눌러댔던지 눈두덩이 발갛게 퉁퉁 부을 정도였다.

희재와 나는 이렇게 사귀기 시작했다. 희재가 나의 퀸이 된 때는 희재처럼 화사하며 온후하고 역동적인 5월이었다.

10
결별

신문기자 시험을 준비하던 나는 대학의 중앙도서관이 내 집이었다. 잠자는 시간과 밥 먹는 시간, 그리고 수업 시간 외에는 도서관 열람실에 노상 틀어박혀 공부에 전념했기 때문이었다. 희재는 이른 아침부터 내 옆 좌석에 줄곧 진을 치고 있으면서 내 공부를 도왔다. 희재는 점심 도시락 2인분을 자기 집에서 챙겨 가지고 오는 것을 잊지 않았다.

희재는 내가 자료를 복사해달라고 부탁하면 기민하게 복사실에 가서 복사를 해온다거나, 배가 출출하다고 보채면 라면땅과 김밥을 얼른 사온다거나, 한자와 한글 맞춤법 문제를 내고 채점을 한 후 90점을 획득하지 못하면 꿀밤을 먹인다거나, 쪽지편지를 써서 내 책상에 살짝 떨어뜨려 놓는다거나,

겨울에 내가 입을 털스웨터를 뜨개질한다거나, 혼자 꼼지락거리며 뭔가를 한다거나, 하여튼 그녀는 그녀대로 굉장히 분주했다.

그러던 우리 사이가 금이 가기 시작했다. 졸업을 앞둔 4학년 때였다. 일교차가 15도가 넘은 탓인지 유리창에 서리가 끼기 시작하는 늦가을, 우리 사이는 갈등이 빚어지게 되었다.

오해의 발단은 아주 사소한 것에서부터 비롯되었다. 어떤 사람에게 사소한 것은 다른 사람에게는 중대한 것일 수도 있다. 그 반대의 경우도 있을 것이다. 또 어떤 사람에게 무의미한 것은 다른 사람에게는 의미 있는 것일 수도 있다. 이 또한 그 반대의 경우도 있을 것이다. 지금 곰곰 생각해봐도 희재와의 오해와 갈등을 원만히 푸는 해법은 결코 간단한 것은 아니었다.

나는 희재와 사귀면서 늘 궁금한 게 있었는데, 그건 내가 그녀의 첫사랑인가 하는 거였다(다른 연애하는 남자들도 나처럼 그랬는지 궁금하다). 희재와 사랑이 무르익고 신뢰가 쌓여가던 어느 날이었다. 희재는 교정의 한갓진 벤치에서 자기의 첫 연애 스토리를 알려주었다(나는 지금도 그녀가 왜 이런 불필요한 얘길 내게 들려줬는지 의아하다).

희재는 대학 2학년 때 한국에서 제일가는 대학인 S대 의대생과 첫 미팅을 했다고 한다. 희재의 말에 의하면, 그 의대생은 첫눈에 희재에게 끌리는 데가 있어 데이트를 신청해 두 사람은 시내에서 영화도 보고 커피를 마시느라 몇 번 만났다고 한다.

이런 이야기를 들으면 별로 기분이 좋은 건 아니었지만 그렇다고 촌스럽게 얼굴을 붉힐 일은 아니어서 인내심을 발휘해야만 했다. 하지만 인내심도 한계가 있는 법이다.

희재는 내 신경을 건드리는 이야기를 꺼냈다. 한겨울에 희재는 S대 의대생과 그의 남자 친구 두 명과 함께 설악산에 1박 2일 일정으로 여행을 갔다는 것이다. 희재는 같은 과 친구 두 명을 불러냈다고 한다(희재 말로는 그래야 안심이 된다고 했다). 그러니까 남학생 셋, 여학생 셋이 짝이 되어 설악산을 다녀왔다는 것이다.

솔직히 말하자면, 나는 이 얘기를 들으면서 여기까지는 언짢은 표정을 감추느라 내 깜냥엔 어금니를 앙다물었다. 식은 땀이 겨드랑이를 타고 흘러내릴 정도였으니까. 배알이 꼴린 나는 희재에게 불쑥 질문을 했다.

"그 친구, 잘 생겼어?"

이런 질문을 해야겠다고 계획한 적도, 생각해 본 적도 없었

다. 순간적으로 튀어나온 질문이었다. 여하튼 내 질문에 희재는 내색도 안 하고,

"응, 미남이야. 서울에서 자랐고 아빠와 엄마가 의사래."
라고 천연덕스럽게 대꾸하는 거였다.

그런 희재가 얄미웠다. 그 의대생이 옆에 있다면 짓궂은 말로 시비를 건다든가, 아니면 잘난 면상에 주먹을 한 대 날리고 싶은 생각이 들었다. 아무 말도 안 하고 있으려니 화딱지가 나서 속이 부글부글 끓어오르기 시작했다. 하지만 나는, 희재 앞에서 괜한 말을 했다가는 쪼잔한 인간으로 비칠까 봐 애써 태연한 척했다.

"그러니까 설악산엔 왜 갔는데?"

"아, 그건 울산바위까지 올라가려고. 꼭 한번 가보고 싶었거든. 그런데 나 때문에 등산이 망쳤지 뭐야."

"망쳤다고? 왜 망쳤는데?"

'망쳤다'는 그 말 한마디가 그렇게 위안이 될 수 없었다. 하지만 그것도 잠시였고, 호들갑을 떠는 희재는 여전히 얄미웠다. 희재는 뭐가 그렇게 즐거운지 호호, 웃고는 말을 이어나갔다.

"으응, 그건 말이지, 내가 눈길에 미끄러져 발을 삐었지 뭐야. 나 때문에 일행이 중도에 등정을 포기해야만 했어."

나는 희재가 얼마만큼 다쳤는지는 관심도 없고, 그 다음에 어떤 일이 벌어졌는지에 대해서만 오로지 촉각을 곤두세웠다.

"발을 삐었다고? 그러면 어떻게 내려왔는데? 구급대원이 오기라고 했나?"

"그럴 경황이 아니었어. 남학생들이 교대로 나를 업고 내려왔거든. 가까스로 산을 내려와 구급차를 타고 속초시에 있는 병원에 가서 치료를 받은 후, 택시를 타고 서울에 올라왔지 뭐야."

희재는 그때 추억이 일생에 잊지 못할 즐거운 추억이라도 된다는 듯 연신 웃어댔다. 나는 말끝마다 퐁퐁대는 그런 희재가 갑자기 낯선 사람처럼 보였다. 그래서 뻔히 퉁맞을 줄 알면서도,

"남학생들이 교대로 업었단 말이지? 좋았겠네. 이봐요, 희재 씨. 한창 뜨거운 나이의 젊은 남녀가 손길이 스치기만 해도 연모가 몽글몽글 싹튼다던데, 그 남자와 좁은 택시 안에서 살을 맞댔다고? 참 희한한 꼴 다보겠네, 다보겠어. 그게 은밀한 공간이라 다행이었지, 하마터면 소문이 짜하게 퍼졌을 뻔했군 그래."

하고 빈정거렸다.

희재는 내 기분을 전혀 눈치채지도 못하고 또 한다는 소리가,

"다른 오빠들도 수고가 많았지만 내 짝꿍 오빠가 제일 수고가 많았어. 땀을 뻘뻘 흘렸거든. 참 믿음직스러운 오빠지?"

하고 말했다.

"이것 봐, 희재 씨. 짝꿍이 뭐야, 짝꿍이. 나 말고 짝꿍이 또 있었단 말이지?"

"아, 미안. 그 말은 취소. 미팅에서 만난 파트너였으니까 짝꿍이라고 불렀던 거지."

이렇게 말하고는 희재는 입을 뾰로통해 가지고 눈을 흘겼다.

"근데, 현수 씨 말투가 기분 나빠."

"말투? 기분이 나빠지려고 하는 쪽은 오히려 나거든?"

"오늘 참 이상하네? 화났어? 까닥하면 본전도 못 건진다는 건 잘 알 테지?"

"이봐요, 말이 많군 그래. 말끝마다 톡톡 쏘아붙이지 않으면 고맙겠군. 여자가 할 말 못할 말 다 내뱉으면 어떡해?"

"남자라면 말이 많으면 좋고? 누가 말이 많은데?"

"……. '여자'라는 말은 좀 그렇군. 좌우간 택시에는 누가 함께 탔고?"

"그 오빠."

"'오빠, 오빠' 하지 마. 헤프긴. 아무나 오빠야? 미팅으로 만나 교제했다는 그 사람 말이지?"

"응, 참 헌신적으로 나를 대해주었지."

나는 이런 이야기를 미묘한 음조로(아니, 거침없이) 내뱉는 희재가 미웠다. 도끼눈을 뜨고 하마터면 '그 새끼'라고 할 뻔 했던 내 자제력은 여기까지였다.

"헌신 좋아하네. 둘이 잘도 놀았군. 그놈한테 업히려고 일부러 발을 삔 건 아니고? 처녀가 총각 등에 업혔으니 그날 설악산이 색기로 넘쳤겠구먼."

이 말은 내가 무심코 내뱉은 말이 아니었다. 희재의 말꼬투리를 잡아 걸고넘어지려는 순 억지 생트집이었다. 내 입은 걸기가 사복개천 같았다.

말마다 대거리하며 거칠게 쏘아대는 내게 희재는 어처구니없다는 표정이었다. 볼때기가 씰룩쌜룩하는가 싶더니 안색은 홍당무가 되었고, 쌍심지를 켠 두 눈에서는 금방이라도 불이 뿜어져 나오는 듯했다.

"아니? 뭐라고? 그 말 당장 취소해, 당장! 무례하기 짝이 없네. 왜 사람을 그렇게 미심쩍어 해? 아까부터 비아냥대는 걸 참아왔는데, 이제 보니 순 악당이야. 내가 사람 잘못 봤어. 이제 보니 현수 씨는 사디스트 기질이 다분한 사람이네."

"뭐라고? 사디스트? 말이면 다야?"

"그래, 말이면 다다. 가는 말이 고와야 오는 말도 곱지. 그래, 안 그래?"

희재는 나를 잡아먹을 듯이 표정이 싸늘해졌고 바락바락 악쓰고 소리를 질렀다. 그러고는 열람실에 있는 자기 소지품을 아무렇게나 핸드백에 집어넣은 후, 매서운 눈으로 나를 노려보더니 횅하니 도서관을 빠져나갔다.

그토록 표독한 얼굴 표정, 화난 목소리, 매서운 눈빛은 희재와 사귀면서 처음 보는 것이었다. 그때 내 얼굴은 핏기 없는 죽은 사람의 얼굴처럼 납빛같이 창백하게 굳어졌다.

그때가 꽃잎들이 시드는 가을 끝물이었다. 나는 그깟 일로 희재와 절교 상황까지 이르리라곤 생각 안했지만, 희재는 그때부터 타임 클럽에도 나오지 않고 이제나저제나 끝내 나를 만나주지도 않았다.

설악산이 생각날 때마다 안 그러려고 해도 내 깜냥엔 은근히 부아가 치밀고 있는 터에, 나도 자존심이 있는지라 자기가 잘나면 얼마나 잘났나 씩씩대며 퉁기는 작전을 취했다. 하지만 사실은, 최악의 상황이 올까 봐 속마음으로는 초조하지 않았던 건 아니다.

조바심은 더해갔다. 결국 올 것이 오고야 말았다. 꿈에도 생각지도 않은 일이 현실이 될 줄이야! 희재와 나는 화해할 기회조차 붙잡지 못하고 끝내 헤어지고 말았던 것이다.

돌이켜 보면, 희재와의 갈등은 사소한 것이 발단이 되었다고는 하지만 꼭 그런 것만은 아니었던 것 같다. 겉으로는 멀쩡했지만 속으로는 갈등이 똬리를 틀고 있었던 것이다. 그건 희재가 나 말고도 또 한 명의 동아리 회원에게 힐끗힐끗 눈길을 주었기 때문이었다. 과도하리만큼…….

희재는 "과도하다"는 내 판단을 반박할지 모르겠다. 하지만 어쩐지 내게는 희재가 그 남학생에게 약간은 마음을 주고 있다고 비쳐졌다. 물론 이따위 갈등은 희재와 나 둘이서 도서관에서 죽치고 앉아 취업 준비에만 오로지하던 가을 이전에 빚어졌던 일이었다.

희재와 그 친구가 히죽거리다든가 묘한 눈빛으로 서로를 바라본다든가 할 때는 나는 이상하게 속이 뒤틀렸고, 그럴 때면 내 속 좁음을 스스로 나무라며 생각 저편으로 날려보내려 했지만, 열나게 하는 광경이 무의식 속에서도 언뜻언뜻 나타날 정도였다.

순일한 희재의 마음을 훔친 상대가 다른 사람이라면 몰라도 하필 영어클럽에서 나와 제일 친하게 지내고 있던 김건우라는 사실에 나는 번번이 신경이 아니 쓰일 수 없었다.

　나와 같은 학번인 건우는 정치외교학도였다. 건우는 영어 클럽에서 나와 제일 친하게 지냈다. 키가 훤칠하게 크고 얼굴도 귀공자 타입으로 미끈하게 잘생긴 건우는 영어 실력이 뛰어난 데다 성격이 활달하고 팝송을 잘 불러서, 클럽 회장인 나를 제치고도 남을 만큼 여대생들의 주목을 받았다.

　클럽 회원들은 언젠가 우르르 시외로 MT를 갔는데, 거기에서 건우는 비틀즈의 〈예스터데이〉를 능숙한 기타 솜씨로 어찌나 멋지게 불러댔던지 남학생들마저 반해버릴 정도였다. 건우는 4학년 졸업학기에 사법고시에 합격했다. 내가 신문사에서 일하는 동안 그는 사법연수원을 수료하고 경찰청에 특채로 채용되어 경찰 내에서 전도가 유망한 간부로 활약하고 있다.

　나는 희재에게 드러내 놓고 건우 이야기를 하는 걸 애써 삼갔지만, 희재가 정말로 나를 결혼상대로 여기며 나만을 사랑하는가 하는 생각을 하면 마음 한구석에 찜찜한 뭔가가 남아 있었던 게 사실이다.

　아무튼 설악산에 함께 놀러갔다는 의대생과 동아리 친구인 건우는 내가 희재에 대한 자신감이 떨어질 때면 연적과 같은 느낌이 들었다는 게 내 솔직한 심경이다. 그런 묘한 감상에 젖어 있노라면 문득 내 안에 애정 결벽증이나 혹은 강박증 같은 어떤 편집증적인 인격 장애가 있지 않나 반신반의하며 쓴웃음을 지었다.

건우는 희재와 나와의 평온한 교제에 은근히 눈엣가시 같은 존재였다. 건우의 존재가 희재와의 갈등을 일으키는 내재적인 요인이었다면, 일순간에 꽈광, 하며 폭발물이 터지는 것 같이 갈등을 촉발시킨 외부적 요인도 있었다. 이 얘기를 빠뜨려서는 내가 왜 희재와 갈라서게 되었는지 이해하기 곤란할 것이다.

4학년 여름 방학 때였다. 나는 희재와 함께 용산의 미8군 사령부를 방문했다. 고등학교 친구가 카투사로 그 기지에서 근무했기 때문이었다. 내 친구 신건일 상병은 사령부 헌병대에서 통역병으로 복무하고 있었다.
결론부터 말하면, 이날은 일이 꼬여도 단단히 꼬이는 바람에 나와 희재의 신뢰관계가 치명상을 입게 되었다는 것이다.

나 혼자서 친구를 면회해도 될 것을, 그러니까 한여름에 무슨 연유로 가기 싫다는 희재를 억지로 대동하고 미군부대를 갔는지 모를 일이다. 이따금 마초 기질이 불쑥불쑥 튀어나오는 나는 충분히 그러고도 남았다. 그러니 연애생활에 탈이 안 나는 게 오히려 이상하지 않겠나.

불과 한 시간도 안 되는 미구에 우리 앞에 어떤 일이 벌어질지 까마득히 모르면서, 희재와 나는 사령부 정문을 통과해 친구가 근무하는 헌병대에 도착했다. 작열하는 태양에 한껏 달궈진 지면의 열기로 숨이 턱턱 막혔다. 희재는 벌써부터 지친 듯 힘들어했다. 그녀의 예쁜 이마에 송공송골한 땀방울이 맺혔다.

부대 안에서 허리를 구부정하게 꺾고 휘적휘적 걷는 카투사와 마주쳤다. 그는 마치 우릴 아는 것처럼 가늘게 미소를 흘렸다. 그에게 내 친구를 아느냐고 물었다. 그는 지붕이 검은색인 단층 막사를 손가락으로 가리키며 친절하게도 호실까지 알려주었다.

"117호실입니다. 지금 아마 숙소에 있을 거예요."

숙소에 도착해 117호실 초인종을 눌렀다. 벽에 달린 인터폰 스피커에서 영어로 들어오라는 저음의 남자 목소리가 들렸다.

"오케이, 캄 인."

미군으로 보이는 포시러운 남자였다. 순간 나는 이 목소리의 주인공이 007 숀 코너리처럼 멋들어진 검은 털이 가슴을 뒤덮은 백인 병사일 거라고 상상해봤다. 내 예상은 3초도 안 되어 빗나갔다. 목소리의 주인공은 흑인 병사였던 것이다.

20대 중반쯤 되어 보이는 같은 또래의 남자 흑인을 한 건물 안에서 이렇게 가까이에서 본 건 처음이라서 마음이 들뜨고 신기했다. 또 희재가 보는 데서 내 영어가 흑인병사와 얼마나 무던히 통하는지도 보여 줄 겸 해서도.

에어컨을 켜놓았지만 무더웠던지, 그는 웃옷을 벗어던지고 털 없는 가슴을 드러낸 채 침대에 엉거주춤 걸터앉아 무슨 잡지를 읽고 있던 중이었다. 그는 갑자기 찾아온 젊은 남녀의 시선을 아랑곳하려는 기색도 없이 옷 입을 생각조차 하지 않고 우리를 보고 빙긋 웃었다. 그가 웃었을 때 드러난 하얀 이가 커튼 사이로 들어오는 오후의 햇살에 반사되어 다이아몬드처럼 반짝거렸다.

나는 그에게 신건일 상병의 친구이고, 나와 함께 방문한 여자는 내 여자 친구라고 소개한 후 신 상병의 소재를 물었다. 그는 지쳐 보이는 우리에게 사과 박스보다 작은 냉장고에서

코카콜라를 꺼내 쭉 들이켜라고 권유했다.

구릿빛보다 더 까만 그의 팔뚝에는 늑진한 진땀이 배어 있었다. 이번에도 그는 하얀 이들을 드러내놓고 씨익, 웃어보였다. 넉살 좋은 그와 한 시간만 얘길 해도 금방 친숙해질 것 같았다. 흑인 병사는 내 친구가 숙소 바로 앞 소연병장에서 축구를 하고 있다고 알려주었다.

"희재 씨, 빨리 올 테니 여기서 잠시 기다릴래? 나 혼자 다녀올게."

희재가 거북살스럽다는 어조로 말했다.

"현수 씨…… 나를 떼쳐놓고 나가면…… 난감하게. 더, 더군다나."

나는 희재가 미처 말을 끝나기도 전에 휘몰아 말했다.

"밖이 무더우니 잠시 여기 있어요. 후딱 다녀올게."

흑인 병사에게 친구를 찾아 돌아올 때까지 내 여자 친구가 그 숙실에 있어도 괜찮겠느냐고 물었다. 흑인 병사는 흔쾌한 대답과 함께 고개를 연신 끄덕거렸다. 희재는 난감한 표정을 지었다.

불안한 눈동자로 나를 바라보는 희재를 그곳에 남겨놓고 나는 연병장에 가서 친구를 만날 수 있었다. 나는 그날 왜 희재를 그 흑인 병사와 함께 있게 했었는지 그 심리를 지금도 이해할 수 없다. 아무튼 나의 이 경솔한 행동은 희재와의 신뢰관계에 사달이 나게 했다.

일이 꼬이자니 묘하게 꼬였다. 그건 약속 시간보다 한참 늦은 후에야 나를 흑인 병사의 숙소로 돌아오게 한, 야속한 운명의 장난인지 뭔지가 있었기 때문이었다. 내 친구는 축구시합을 하고 있으므로 중간에 빠져 나갈 수 없다고 하며 조금만 기다려달라고 하는 거였다. 그렇게 25분을 넘게 기다렸다.

빌어먹을! 연장전까지 보느라고 25분이 휙 지나간 거였다. 흑인 병사 숙소에 남겨두고 온 희재가 퍼뜩 생각났다.

마음이 급해져 터벙걸음으로 숙소로 왔다. 하나 그곳에는 희재가 없었다. 그녀의 휴대폰은 꺼져 있었다. 가슴이 철렁 내려앉았다. 나는 그제야 돌이킬 수 없는 실수를 저질렀다는 것을 깨닫고는 얼굴이 화끈거렸다. 휴대폰 전화 메시지를 열어보았다. 휴대폰엔 희재로부터 온 짧고 가시 돋친 메시지가 들어 있었다.

나쁜 놈! 매너는 완전 빵이야.

희재의 표현은 정도가 심했음에도 불구하고 나는 끽소리도 못했다. 부루퉁해 있는 희재에게 이러니저러니 그럴듯한 변명을 해봤자 또다시 티격태격 말다툼을 하게 될 것이고, 그렇게 되면 그나마 남은 화해의 가능성마저 산통이 깨질까 봐 우려되었기 때문이다.

실은 이제 와서 털어놓는 말인데, 희재는 어물쩍 넘어가는 스타일이 아니다. 맺고 끊음이 분명한 여자다. 마음을 주다가도 그게 아니다 싶으면 언제든 홱 돌아설 수 있는, 얼음 같은 심장을 가진 여자다.

그 때문에 나는 그녀와 교제하면서도 그녀의 내면에 깃들어 있는 파충류처럼 차가운 뭔가를 가끔씩은 께름칙하게 여겨오던 참이었다. 내가 그녀에게 함부로 대하면 그녀는 그녀 안에 숨겨놓은 칼같이 날 선 시퍼런 냉소를 발동시켜, 애인인 나를 인정사정없이 충분히 차버리고도 남을 여자였다.

여하튼 나는 희재를 몹시 좋아하고 사랑했지만, 이상하게 그녀와 이러쿵저러쿵 오해를 빚는 일들이 생기는 바람에 서로 갈등은 깊어지고 신뢰는 떨어져 우리 사이는 자꾸 벌어져 갔고, 급기야는 4학년 가을학기 중간고사가 끝나갈 즈음 뜬금없는 설악산 이슈가 도화선이 되어 절교 사태에 이르게 된 것이다. 이것은 전적으로 등신같이 행동한 내 잘못 때문이었다.

대학을 졸업하고 신문사에서 일할 때였다. 어느 가을날 기
사를 마감하고 해 질 녘 광화문을 걷다가 우연히 희재의 역사
학과 동창을 만났다. 나는, 희재의 여자 친구로부터 그녀가
미국으로 유학을 갔다고 들었다.

'그렇군…… 그렇게 되었구나…….'

희재의 말이 문득 생각났다. 희재와 헤어진 격절의 시간 동
안 내 삶을 지탱하게 해준…….

"대학을 졸업하면 현수 씨와 결혼해 아들딸 낳고 가정주부
로 살면서 현수 씨가 잘 되도록 도울게. 만날 그러도 되지?"

"으응, 좋아, 좋고말고."

"어이구, 꿈 깨요."

희재는 히히, 웃고는 내 허벅지를 꼬집었다.

"나는 고고학자가 될 거예요."

희재가 고고학자가 된다는 말을 들을 때마다 나는 가상히
여기면서도, 그녀가 나로부터 영영 달아나버리면 어쩌나 하
는 불안감이 마음 한구석에 없지 않아 있었던 게 사실이다.

애석하게도, 나는 희재와 왜 헤어질 수밖에 없었는지 여태
그 인과관계를 정확하게 파악하지 못하고 있다. 우리 사이에

뭐가 문제가 있었고 뭐기 장애물이 되었는지 미처 아퀴를 맞출 겨를도 없이 헤어지게 된 것이다. 잘잘못을 탓하고 따지고 분석하고 무어라 꼬집어 말할 수 없는, 싱거운 결별……. 내 가슴속 깊고 진실한 좌소에 사랑한다고 썼다가 아직껏 한 번도 지운 적이 없는 것이었는데…….

남들이야 연애 몇 년 하면 서로에 대해 시들해진다느니 피곤해진다느니 권태를 느낀다느니 어쩌고저쩌고하지만, 우리는 그런 사치스런 과정도 없이 그야말로 싱겁게 남남이 되었다.

그날 밤 나는 물거품처럼 부풀다가 스러져버린 애처로운 내 사랑의 꿈을 기억의 늪에서 소환하며 목까지 솟구쳐 차오르는 슬픔을 억눌러야만 했다. 지나간 시간들을 다시 잡을 수만 있다면 똑같은 실수를 반복하지 않아야겠다고 곱씹으면서…….

11

이 교수를 스승으로 모시다

오피스텔에서 라면으로 대충 점심을 때운 후, 고등학교 때한 번 읽어보았던 염상섭의 장편소설 《삼대三代》를 정독하고싶어 책꽂이에서 책을 꺼냈다. 일제강점기에 일본으로 유학까지 다녀온 진보적 자유주의자인 조덕기의 우유부단한 성격에 짜증이 나고 있었는데, 며칠 전 신촌기차역에서 만난 이필선 교수가 문득 생각났다.

이 교수가 준 명함을 책상에 올려놓았다. 교수의 모습이 눈에 아른거렸다. 교수가 명함을 건네주었을 때 공손하고 점잖은 말투와 어감이 귀에 생생했다.

"내 전화번호가 있으니 언제든 연락 주세요. 나도 김현수씨에게 관심이 많습니다."

예의 바른 그분이 내게 괜스레 명함을 주었을 리는 없을 것이다. 우리는 두 번밖에 만나지 않았지만 이 교수는 내게 관심이 있다지 않았나?

누군가를 알아나간다는 건 가슴 설레는 일이다. 휴대폰의 폴더를 열었다. 애인에게 첫 전화를 하는 것처럼 심장의 박동이 뛰기 시작했다. 숨을 크게 들이쉰 다음 마음을 진정시켰다. 그리고는 이 교수의 전화번호를 하나씩 꾹꾹 눌렀다. 뚜르르르, 하는 발신음이 들리고 곧 이어 컬러링 뮤직이 들려왔다.

"여보세요, 여긴 이 교수 댁입니다."

수화기 너머에서 들려오는 밝고 고운 목소리는 여자의 목소리였다. 순간 나는 이 분이 교수 부인이라는 걸 눈치챘다.

"아, 안녕하세요? 저는…… 김현수란 사람인데요, 이 교수님과 통화하고 싶어 전화 드렸어요. 혹시 사모님 아니신지요?"

"네, 맞아요. 반갑습니다. 김현수 씨죠? 전화를 기다리고 있었어요. 남편은 음식물 쓰레기를 버리려고 잠시 나갔어요. 어쩌죠? 5분쯤 후에 다시 전화해주시면 안 될까요?"

"아, 그러면 언제 전화 올리면 될까요?"

그때 문을 여닫는 소리가 희미하게 나면서 남자의 목소리가 수화기를 타고 흘러왔다.

"으흐, 추워. 꽃샘추위가 장난 아니네."

"호호, 수고했어요. 여보, 있잖아요? 그분. 김현수 씨. 전화 왔어요."

"아, 반가운 전화로군."

수화기에서 나는 목소리로 보아 이 교수가 분명했다.

"반갑습니다, 김현수 씨. 잊지 않고 전화를 하셨네요. 그간 잘 지내셨습니까?"

"네, 덕분에요. 교수님을 한번 뵙고 싶습니다. 언제 어디서 뵙지요?"

"아, 오늘 당장요. 우리 집에서 만납시다."

"저녁엔 장사를 나가야 하는데요…… 일요일 저녁이 어떨까요?"

"허허, 군밤장사는 오늘부터 그만두세요."

"네? 뭐라고요? 군밤장사를 하지 말라니요?"

"허허, 그걸로 족해요. 이제부터 더 넓은 세상을 경험해야 하지 않겠습니까?"

"넓은 세상이라고요?"

"네, 넓은 세상. 더 넓은 세상에서 꿈을 이루십시오."

"군밤장사를 관두라."는 교수의 단호한 말에 충격을 받은 나는 "더 넓은 세상에서 꿈을 이루라."는 말에 야릇한 호기심이 생기면서 심장이 뛰었다.

"네, 알겠습니다. 메시지로 만나는 시각과 자택 주소를 알려주시면 고맙겠습니다."

"저녁 식사를 함께 하도록 해요. 괜찮겠죠?"

"네. 고맙습니다, 교수님."

그날 저녁, 약속 시간에 맞춰 나는 이 교수를 자택으로 찾아갔다. 교수 부부는 아파트 현관문을 반쯤 열어놓고 승강기 앞에까지 나와 반갑게 맞아주었다. 나는 한편으론 쑥스럽기도 하고 또 한편으론 감격스럽기도 해서 순간적으로 코끝이 시큰하고 눈에는 물기가 차올랐다.

이 교수의 자택은 남쪽으로 한강이 바라보이는 용산구 용강동 고층 아파트였다. 전망이 좋은 탁 트인 거실에서 가장 먼저 눈에 띈 것은 소파 위 벽면에 걸려 있는 두 개의 커다랗게 확대한 사진이었다. 하나는 교수 부부가 신혼 때 찍은 사진이었다. 또 하나는 교수 부부가 아들딸과 함께 스키장에서 찍은 사진이었다. 나는 스키를 탈 줄 알았으므로 이 스키장을 대뜸 알아보았다.

"아하, 멋진 곳에서 가족들이 함께 스키를 즐기셨네요. 캐나다 밴프 국립공원 안에 있는 레이크 루이스 스키장이죠?"

교수 부부는 짐짓 놀란 표정이었다. 이 교수가 말을 건넸다.
"눈썰미가 있군요. 스키를 타시나보죠?"
"네, 조금은."
그렇게 말하고는 교수를 핼끔 바라보았다. 은은하고 환한
조명등 불빛에 그의 얼굴 전체가 드러났다. 그 순간 나는 얼
마나 놀랐는지 모른다. 교수가 일제 강점기 소설가 박태원을
쏙 빼닮았기 때문이었다. 지금 눈앞에 있는 교수의 얼굴과 내
마음속 한편에 꾹 눌러 놓아왔던 박태원 선생 얼굴 사진이 데
칼코마니처럼 겹쳐지면서 나는 야릇한 희열에 휩싸였다.

한국문학을 엔간히 좀 아는 사람이라면 내 판단에 달리 반
박하지 못하고 쉽게 동의할 것이다. 작고 둥근 얼굴에 오만
가지 재주가 묻어나는 교수는 박태원의 영락없는 판박이처럼
보였기 때문이다. 박태원의 웃픈 사진을 나처럼 겁나게 뜯어
보지 않고 단지 한 번 힐끗 본 사람이라도 말이다.

교수의 전체적인 용모에서 풍기는 인상은 60년 전 슬픈 식
민지에서 방황했던 인텔리 지성인인 박태원의 환생으로 착
각할 만큼 두 사람은 닮았다. 크지도 작지도 않은 키와 아담

하고 꼿꼿한 체구, 둥글둥글한 얼굴의 적당한 위치에 쏙 내민 이국풍의 코에 어색하게 걸려 있는 커다랗고 굵은 검은 테 안경, 안경 속의 엄하고 형형한 눈빛…….

언뜻 보기만 해도 교수는 다양한 얼굴을 가지고 있는 것 같다. 보는 사람의 시선이 어디에 머무느냐에 따라 그는 냉철한 철학자가 되다가 낭만적인 여행자가 되기도 하고, 성스러운 구도자가 되다가 해맑은 소년이 되기도 한다.

그나저나 나는 환생을 믿지 않지만, 두 사람이 어찌나 많이 닮았는지 혹시 환생 같은 게 있지는 않나 눈을 의심할 정도였다. 만일 교수가 타임머신을 타고 일제 강점기로 되돌아가 한 손에는 단장을 붙잡고 또 한 손에는 노트를 쥐고 청계천을 한 가로이 걷는다면 얼추 짐작하건대 천변에 사는 사람들은 "어이, 구보 씨 안녕하쇼?"라고 알은척했을 것이다.

비스름한 두 사람이 다소 차이가 있다면 이마와 안경이다. 박태원은 몽당하게 다듬은 앞머리칼로 덮은 이마가 보통 사람들의 이마보다는 넓었던 데 비해 교수는 이마가 좁아 보였고, 박태원이 생명만큼 귀하게 소지했던 대모갑玳瑁甲 안경은 테가 두꺼운 검은색 로이드안경인데 비해 교수가 쓴 안경은 동그란 안경알도 같고 색깔도 검정인 것도 같고 테도 뿔로 만든 것도 같지만 단지 두께는 얇디얇았다.

상대에게 누구를 닮았다고 말하는 건 실례인 줄 알면서도 나는 하도 기가 차서 나도 모르게 불쑥 물었다.

"교수님, 누굴 많이 닮았다는 소릴 못 들었습니까?"

"하하, 누굴 닮은 것 같소? 어떤 문학인을 닮았다고 말하고 싶어서 그런 거죠?"

교수는 내 말에 기분 나쁘지 않다는 듯이 몽따고 말했다.

"네, 그렇습니다. 오늘 감개가 무량하게도 소설가 박태원 선생을 뵙는 것 같습니다."

교수는 마치 내 대답을 기다렸다는 듯 얼굴이 화사해지며 대뜸 물었다.

"하하, 이상李箱과 어울려 다녔던 그 괴상한 룸펜 말이오?"

"아, 박태원 선생을 알고 있으시네요."

"이거, 흥미롭군. 여보, 우리가 예상한 대로 이 분 재주가 많은 분 같구려."

교수는 함박웃음을 지으면서 부인을 보며 말하고는 반신반의하는 표정을 하며 내게 물었다.

"혹 문학을 하고 있습니까?"

나는 '문학'이라는 말에 우쭐해지며 어깨가 올라갔다.

"아, 예, 문학에 조예가 있는 건 아니지만, 어쭙잖은 재주로 책 세 권을 내본 적이 있습니다."

"와우, 대단하세요. 작가님이시로군요. 그래, 무슨 책을 썼는데요?"

교수 부인이 조금 놀란 듯 호들갑스럽게 말했다.

"아, 네, 그건 이 세계에 대한 젊은이의 생각을 담은 에세이입니다. 운 좋게도 이만 권 가깝게 팔렸답니다."

교수 부인이 못 믿겠다는 듯이 두 손으로 입을 가리며 "어머나! 작가님을 만났네요, 작가님을!"이라며 탄성했다. 그러고는 남편의 두 손을 붙잡고 "여보, 하나님이 우리 기도를 들어주셨어요."라고 말하는 거였다.

"맞아요. 응답해 주셨어요."

이 교수가 환한 얼굴로 의미심장한 맞장구를 쳤다.

"두 분께서는 뭔가 오해하고 계시는 것 같군요. 저는 평범한 사람에 불과합니다. 어쩌다 책을 출간했습니다만, 여태 문단에 이름 석 자 올리지 못했지요. 졸때기 무명작가입니다. 그런 저를 이렇게 환대해주시니 몸 둘 바를 모르겠습니다."

묘한 분위기에 부담을 느낀 내게 미안하다고 생각했는지 교수는 겸연쩍은 표정을 지으며 말했다.

"미안합니다. 형제님을 만난 게 좋아서 그런 것이니 오해

없길 바랍니다. 아까 그 박태원 선생 얘기나 더 들어봅시다. 그분은 일제 식민지 시대 때 소설가 아니오? 한국동란 때 북한으로 넘어갔다죠? 어떻게 그분을 알았지요?"

"맞습니다. 박태원 선생은 일제강점기 한국 문학을 빛낸 대표적인 소설가입니다."

"한 시대를 풍미한 독특한 문학인이라는 사실을 나도 좀 알고 있소. 내 서재로 가서 얘기합시다. 여보, 당신은 식사를 준비해요."

이 교수가 자리에서 일어나 나를 서재로 안내했다. 널따란 서재는 남쪽으로 한강이 보이는 창문이 나 있고, 창문 아래에는 고급스러운 티크 책상이 놓여 있었다. 서쪽 벽면에는 원목으로 만든 5단 유리 책장 두 개가 나란히 붙어 있었는데, 천장까지 맞닿은 책장의 칸마다 전문서적들로 질서 있게 가득 채워져 있었다.

칸마다 빼곡하게 들어찬 책들은 어느 것 하나 배죽배죽하게 삐져나온 데가 없이 가지런하고 보기 좋게 꽂혀 있었다. 책들이 정돈된 상태를 보면 그 사람의 성격을 안다고, 이 교수는 질서 있고 정연하고 치밀한 사람이라는 것을 짐작하게 했다. 책꽂이 정돈이 제멋대로인 나와는 어쩌면 정반대 성격을 가진 분 같아서 조금은 당황스러웠다.

신문기자로 취재활동을 하는 동안 몇몇 유명 인사들을 자택으로 찾아가 인터뷰를 해봤지만, 이 교수의 서재는 지금까지 내가 본 최고의 서재였다. 이 책들이 이 교수에게 영감과 지성을 불어 넣어 주었을 거라는 생각에 나는 문득 서가의 장서들에게 존경의 마음이 들었다. 이 교수는 이 책들을 읽고 또 읽으면서 인간과 세계와 신에 대해 탐색하고 사유하며 자신만의 독특한 인생관과 세계관을 형성해왔을 것이다.

　높은 천장에 매달린 전등이 발산하는 은은하고 엷은 누런 빛, 고풍 어린 책들이 풍기는 향긋한 냄새, 길게 드리워진 커튼이 흘려보내는 연두색 평화가 창문 속을 뚫고 들어오는 신선한 한강 공기에 섞이고 한데 어우러져서 교수의 마음과 영혼에 놀라운 통찰과 생명을 불어넣었을 것이다. 방 안에 있는 책들은 일제히 입을 열어 "당신에게 가장 소중하고 영원한 가치는 무엇이오? 당신이 알고 있는 것들은 무엇이오?"라고 내게 묻는 것 같았다.

　내 시선은 문득 책상 위에 있는 세 권의 책들에 머물렀다. 보통 책들보다 서너 배는 크고 표지는 가죽으로 된 책이었다.
　"성경책들 같네요."
　"허허, 금방 알아보네요. 맞습니다, 성경책들."

한 권은 낡고 손때 묻은 한글성경책이었고, 주황색 표지로 된 또 한 권은 영어성경책이었다. 책상 위에는 검정 바탕 표지에 금색 면의 또 한 권의 책이 펼쳐져 있었다. 그 책을 보는 순간 신성한 기운이 느껴졌다. 그 책은 'TANAKH'라고 씌어 있었다.

"이 책은 무엇인가요? 교수님."

"하하, 그건 기독교의 구약성경이지요. 유대인들이 보는 히브리 구약성경의 발음을 영어로 표기한 성경입니다. '타나크'라고 읽지요. 이 경전은 히브리 구약성경과 내용은 같지만 순서는 약간 달라요."

나는 유대인 경전에 관해 얻어들은 풍월이 있기에,

"아하, 히브리 구약성경과 내용은 같지만 순서는 약간 다르다고 하는 그 타나크 구약성경이군요."

라고 알은척했다.

"맞아요, 맞아. 잘 알고 있군요. 그래요, 타나크."

이 교수는 흡족한 표정을 지으며 이마를 반쯤 가린 머리카락을 손으로 쓸어 뒤로 넘겼다.

서재에 들어왔을 때 맨 먼저 눈에 띈 건 벽면에 나란히 걸려 있는 사진 액자들이었다. 이 인상적인 사진 액자들이 서재의 분위기를 더없이 멋들어지게 만들어주고 있다고 생각했다. 하나는 교수의 박사학위 사진이었고, 또 하나는 정치가나 사상가로 보이는 서양인 사진이었다.

두 사진은 마치 초상화를 그려 놓은 것같이 컸다. 나는 사진에 나타난 유 교수가 박사라는 걸 한눈에 알아봤다. 박사학위복은 학사나 석사 가운과는 다르게 환하고 찬란한 금색이 들어간 벨벳 등 장식물을 덧대놓아 금방 식별할 수 있기 때문이다.

멋들어진 후드를 착장한 박사 가운을 입고 박사모를 쓴 이 교수의 학위 사진은 내가 지금까지 봐 온 박사학위 사진들 가운데 제일 빼어났다. 박사 가운은 캐시미어 원단으로 만든 것 같았다. 앞단 양쪽 패널에는 고속도로 주행선같이 시원하고 화려한 금색 벨벳 트리밍이, 양 소매에는 가로방향으로 각기 세 개의 금색 벨벳이, 소매 끝에는 금색 술을 단 전통적인 가운이었다.

목둘레부터 앞단까지 내려오는 스톨은 오렌지 색상으로 띠를 둘렀는데, 아마도 그건 학위를 수여한 학교의 상징인 것 같았다. 검정색 박사모는 네 개의 각에 라운드를 줘서 부드럽고 푹근한 느낌을 자아내는 사각형 캡이었다.

"멋지십니다, 교수님. 어느 대학에서 학위를 받으셨습니까?"

"프린스턴대학이오."

"세계 최고의 명문대학에서 공부하셨군요. 대단하십니다, 박사님."

"실례지만, 전공분야는?"

"수학이오."

"수학? 와우! 수학으로 박사 학위를 받으셨다니 정말 대단하십니다."

이 교수가 수학박사라는 사실에 신기함과 함께 놀라움을 금치 못하면서 존경심부터 생겼다. 초등학교 때부터 나는 다른 과목들에 비해 유독 수학을 잘 하지 못해 속을 끓였다. 다시 태어나도 수학은 잘 하지 못할 것 같은, 수학에 일찌감치 손을 들어버린 '수포자'였던 것이다.

내 인생 역정에서 수학은 끊임없이 나를 괴롭혔다. 초등학교 때부터 버벅대던 수학을 중고등학교 때도 버벅대더니 결국 서울대는 쳐다볼 엄두조차 낼 수 없었다. 대학에서는 수학을 안 해볼 요량으로 신문방송학과가 있는 인문 계열의 정경대학에 와봤더니, 정말 재수 없게도 이곳에서도 수학이 교양 필수과목이었다. 수학 시험시간에 낙제를 면하려고 앞좌석 친구의 등을 볼펜으로 콕콕 찔러댔던 나였다. 신문기자 채용 시험에는 수학이 없어서 천만다행이었지, 수학이 있었더라면 나는 삼류 신문사도 들어가지 못했을 것이다.

수학 콤플렉스는 나의 세계관 형성에도 상당한 장애를 일으켰다. 고등학생 때 피천득의 수필을 읽고 반해버린 나는 장래 직업을 문인으로 삼으면 어떨까 희망해봤다. 그런 희망은 어떤 책을 읽다가(책 제목이 잘 기억이 나지 않는다) 플라톤이 했다는 말에 그만 기가 꺾이고 말았다. 플라톤은 자신이 2,400년 전 세운 학당인 아카데미아의 정문 팻말에 이런 말을 써놓았다고 한다.

수학과 기하학을 모르는 자는 이 문을 통과할 수 없다.

법정의 무슨 판결문 같기도 하고 죽은 뒤 천국행과 지옥행을 가르는 심판 선고문 같은 이 말을 접하고 정말이지 나는 얼마나 식겁했는지 모른다. 24년도 아니고, 240년도 아니고, 2,400년 전에 살았던 플라톤이 수학과 기하학을 어찌 알았다는 걸까? 그것도 기가 찰 노릇인데, 수학과 기하학을 모르는 사람은 어디 가서 철학을 합네, 하고 명함도 내밀지 말라는 말 아니겠나? 문학에 뜻을 품은 나로서는 간이 쪼그라들 수

밖에 없었다.

모름지기 문인이라면 철학을 웬만큼은 알아야 문인 행세를 할 텐데 수학을 모르는 사람은 문사철文史哲에 젬병이라 하니, 내 꼴에 무슨 글을 쓰랴 스스로 재주 없음을 한탄했던 것이다. 아등바등 애를 써본들 결과는 뻔할 노릇이었다.

한데 플라톤의 겁박은 성 어거스틴에 비하면 약과였다. 대학을 졸업한 후 사회에 나와 일할 때였다. 기독교인인 나는 왜 기독교 신앙에 호의적이지 못하고 부정적일까 괴로워한 적이 많았다.

어느 날 나는 우연찮게 어거스틴의 사상을 탐색할 수 있는 기회가 있었다. 그때 나는 신앙이 수학과 밀접한 관계가 있다는 어거스틴의 말에서 내 신앙을 갉아먹는 근본적인 원인이 무엇인지 실마리를 찾게 되었다.

잘 알다시피 어거스틴은 인간과 신에 대해 깊이 사색을 한 분으로, 후대인들에게 삶과 존재의 궁극적 목적과 의미가 무엇인지 남겨준 위대한 종교철학자다. 그런데 이 어거스틴이 "수학을 못 하는 사람은 신에 대해서도 알 수 없다."고 말했다는 거다.

그러잖아도 플라톤의 말에 트라우마가 있던 나는 어거스

틴의 엄포를 듣고는 철학이니 문학이니 하는 일에는 전혀 어울리지 않을 것 같다는 자포자기 심정에 빠졌다. 원죄 비슷하게 내 내면에 신앙심을 가로막는 훼방꾼이 다름 아닌 수학 때문이 아닌가 하는 찔림이 있었기 때문이었다. 그렇게 나는 그럴듯한 문인도, 신실한 신앙인도 되지 못할 것 같은 자괴감에 꽤 오랜 기간 빠져 있었다.

그런 내게 세계인이 알아주는 대학에서 수학 박사를 딴 이 교수를 만나게 된 건 굉장한 사건이었다. 나는 깊이 생각해보지는 않았지만(의식적으로 회피했는지 모를 일이다) 수학을 하는 사람들은 왜 철학에도 조예가 있을까 하는 궁금증이 있었다.

복잡한 논리를 표현함에 있어서 수학은 논리적, 추론적 사고를 필요로 한다. 철학은 말할 것도 없다. 그런 점에서 볼 때는 양자는 접근 원리가 비슷하다고는 막연히 생각해봤다.

하지만 양자 간 다른 점은 상상력이다. 짧은 생각인지는 잘 모르겠으나 철학은 상상력을 무엇보다 필요로 하는 영역인데 수학은 그렇지 않다. 그럼에도 나는 상상력을 수반하지 않는 학문이 과연 있을까 의문을 품었다.

그렇다면 수학도 철학과 마찬가지로 논리적이고 추론적인 원리에 창조적 상상력을 불어넣어 밝혀 낸 사실을 간결한 언어로 표현한 게 아닌가 하는 생각을 해봤다.

   이런 생각들을 하면서 어쨌든 철학을 하면서 수학 방면에
도 일가를 이룬 분들에게 존경과 찬사를 아니 보낼 수 없었다.
이 글을 읽는 독자들도 그러하리라고 본다. 사모스의 피타고
라스, 기하학의 창시자라 불리는 유클리드, 발견의 기쁨에 겨
워 "유레카!" 하고 소리친 아르키메데스가 수학자이면서 동시
에 철학자라는 사실은 웬만한 사람은 다 알고 있다. 아이작 뉴
턴, 알프레드 노스 화이트헤드, 버트런드 러셀, 루트비히 비
트겐슈타인 같은 분들도 출중한 철학자이면서 수학자였다.

   "제 생애에 수학박사를 직접 알게 된 건 처음입니다, 박사
님. 그런데 저 분은 누군가요? 사상가나 정치가 같은데요."
   책장 맞은편 벽에 걸려 있는 커다란 사진 액자에 눈길을 돌
려 이 교수에게 물었다. 사진 속의 근엄한 인물은 중세의 근
엄한 초상화에 나오는 사람 같았다.
   "저 분은 스코필드 목사입니다. 풀 네임은 사이러스 인거
선 스코필드."
   "가만 있자, 스코필드 관주성경을 만든 그분인가요?"
   "그렇습니다. 미국의 저명한 신학자요 목회자였지요."
   "생존해 계신가요?"

"돌아가신 지 아주 오래 됐어요. 1921년이니까 벌써 100년 가까이 되었군요."

"그런데 왜 수학교수 연구실에 신학자가 있는지 궁금합니다."

"허허, 그건 내가 제일 존경하는 분이니까요."

이 교수가 존경한다고 하는 말에 나는 스코필드 목사의 사진을 관심 있게 바라보았다. 은발 머리에 부리부리한 눈, 꽉 다문 입과 다부진 턱, 오대산같이 시원하게 뻗은 코, 당나귀 같은 귀, 은발 머리와 조화를 이루는 턱 밑 구레나룻…….

'아아, 신학자의 얼굴이란 바로 이런 거로구나.'

한눈에 스코필드는 의기롭고 강직하게 보였다. 나는 얼른 종교개혁가인 마틴 루터의 초상화를 떠올렸다. 네모진 화판에 꽉 들어차게 그린, 증명사진과 같은 마틴 루터의 초상화 말이다.

스코필드는 검은 사제복을 입고 머리에는 검은 사각모를 쓴 마틴 루터와 닮은 데가 있었다. 투사 같은 스코필드의 모습에서 나는 이분이 구한말 대한제국에서 태어났더라면 서재 필이나 도산 안창호 같은 독립운동가로 활약했을 거라는 생각을 해봤다.

"범상치 않은 분이시군요. 위인의 풍모를 지니고 있습니다."

"그렇습니다. 방금 전에도 말했지만 내가 가장 존경하는 분이지요."

"이 박사님이 존경하는 분이라면 저도 배울 점이 많겠네요."

"그래야지요. 집에 가거든 인터넷을 통해 이분이 누구인지 연구해보시구려. 다음 만날 때까지 숙제요, 하하."

"네, 잘 알겠습니다. 박사님이 존경하시는 분이신데 당연히 그래야지요. 그런데 저 지도는 이스라엘 아닙니까? 왜 이스라엘 지도를 부착해놓고 있습니까?"

이 교수는 기다렸다는 듯 대답했다.

"아, 그건 차차 알게 될 거요."

이 교수의 목소리는 부드럽고 나직하지만 강한 확신에 차 있었다. 내 눈길은 지도 위에 적어놓은 한 기이한 문구에 머물렀다. 거기엔 이렇게 쓰여 있었다.

내가 진실로 속히 오리라

나는 이 문구가 성경구절이라는 것을 단박에 알았다. 이것은 요한계시록에 나오는 말이었다. 하고많은 성경구절들 중에서 하필이면 왜 이런 으스스한 성경구절이 이스라엘 지도 위에 쓰여 있을까 일순 아리송한 생각이 들었지만, 성경구절

을 고르는 것도 사람마다 취향이 달라 그러려니 하며 무심히 지나치려 했다. 그런데 그 순간,

"현수 형제는 이 세상이 언제까지 지속될 거라고 보고 있소?"

라는 교수의 말이 귓전을 때렸다.

나는 교수의 느닷없는 질문에 얼마나 놀랐는지 모른다. 이런 진지한 물음은 처음 들었기 때문이다. 이 물음에 나는 엉겁결에 교과서적으로 답변했다.

"성경대로라면 예수님이 재림하시는 그날까지라면서요?"

"맞아요! 맞습니다. 과연!"

교수는 기쁜 표정을 하며 손뼉을 쳤다.

"바로 그것 때문에 나와 아내는 교수 정년을 5년 남겨놓고 교단을 떠났지요."

나는 이 교수 내외분이 교수였다는 사실에도 놀랐지만, 두 사람이 한눈팔지 않고 오로지하여 달려온 명예로운 교수직을 상당 기간 남겨놓은 상태에서 강단을 떠났다는 사실에 놀라움을 금치 못했다.

그 사실도 놀랍거니와 이 교수의 나이가 60살이라는 걸 알고 더욱 놀라지 않을 수 없었다. 이 교수는 하얀 얼굴에 이마

에는 주름이 없고, 목소리는 낭랑하고, 발걸음은 가볍고, 허리는 꼿꼿하고, 옷은 맵시 있게 입고, 하여튼 전반적인 움직임이 풋풋하고 생기가 돌아 늙수그레하게 보이기는커녕 차라리 청년 같았다.

"사모님도 함께 교수를 관뒀다고요?"

나는 교수 부인이 사회에서 무슨 일을 했는지 은근히 궁금해오던 터였다. 눈 내린 성탄 전야 남산 순환도로 벤치 아래 잠들어 있던 나를 여관에 데려다준 사람이 부부 같다는 여관 주인의 말을 가슴에 담아둔 이래 그러한 궁금증은 날이 갈수록 더해졌었다.

"사모님도 연구실이 따로 있나요?"

"허허, 구경하시겠습니까? 그 사람 연구실은 아내의 안내를 받는 게 좋겠지요?"

이 박사는 잠시 기다려달라고 말하고는 거실로 나갔다.

나 혼자만 있는 교수의 서재는 적막한 공기가 감돌았다. 저 멀리 올림픽도로에는 자동차의 헤드라이트 불빛이 바닷가에서 하얗게 부서지는 파도의 포말처럼 길게 늘어서 있었다. 나는 문득 이 박사의 책상에 지갑이 있는 걸 보았다. 무슨 영문인지는 몰라도 지갑은 열려 있었다. 지갑 한 면에는 세 개의 케이스가 있었다. 맨 위에 있는 케이스는 투명한 비닐 케이스였다. 비닐 케이스에는 약간 빛바랜 사진이 들어 있었다.

내 눈은 자연스레 잘 생긴 두 명의 남녀 아이들 사진에 이끌렸다. 사진에는 해맑게 웃는 두 아이가 있었다. 한 명은 10살쯤 되어 보이는 소년이었고, 또 한 명은 소녀였다. 딸은 오빠와 두 살 터울쯤 되어보였다. 이 귀여운 소년과 소녀는 틀림없이 이 박사 부부의 아들과 딸로 보였다.

사진을 훔쳐보면서 얼마나 마음이 떨렸는지 모른다. 나 혼자만 있는 남의 방에서 열린 지갑과 처음 본 사진에 묘하게 긴장되었기 때문이다. 남의 집에 간 사람이 주인이 없는 데서 몰래 서랍을 열어보다 바늘 떨어지는 소리에도 흠칫 놀라는 건 아마도 나쁜 짓을 하다 들켰을 때의 기분과 같기 때문일 것이다.

나중에 안 사실이지만, 교수는 지갑 속에 늘 명함 크기만한 이 사진을 넣고 다녔다고 한다. 만일 교수가 나무 그늘 아래 벤치에서 이 사진을 분실하고 누군가 사진을 주워 본다면 그는 벤치에 한참이나 머물며 있으면서 이 아이들은 누구길래 이렇게 곱게 자랐고 가정은 얼마나 행복할까, 하고 생각에 잠길 것이다.

'박사님에게는 두 자녀가 있구나.'

바로 그때 교수 부부가 서재로 들어왔다.

"어머나? 우리 아이들 사진을 보고 계시네요."

교수 부인이 왕방울 같은 눈을 뛰룩뛰룩하며 활짝 웃는 얼굴로 말했다. 나는 계면쩍은 표정을 지어 보이며 말했다.

"아, 네, 네. 자녀들인가 봐요. 지갑이 열려 있어서 보게 되었지요. 둘 다 예쁘고 귀여워요."

"10년도 넘은 사진이에요. 우리 부부가 미국에 교환 교수로 가 있었을 때 찍은 사진이죠."

"따님이 오빠와 두 살 터울쯤 되어 보이네요."

"네, 두 살 맞아요. 우리 지현이가 로이보다 두 살 아래죠."

"둘 다 이름을 예쁘게 지었네요. 아드님 이름이 로이라고요? 그런 이름은 처음 들어봤습니다."

"허허, 그럴 거예요, 로이란 선지자란 뜻이지요."

"네? 선지자? 구약성경에 나오는 그 선지자? 엘리야, 예레미야 같은……."

나는 얕은 성경지식을 가지고 좀 알은체했다. 어릴 때부터 교회를 다녔기에 엘리야랄지 예레미야 같은 이스라엘의 유명한 선지자들이 귀에 설지 않은 이름들이었다.

"그렇습니다. 우리 부부는 좀 늦은 나이에 결혼했지요. 우여곡절 끝에 아들을 낳았어요. 그 아이가 태어난 날, 아이에게 시대의 횃불이 되어 달라는 뜻에서 '로이'란 이름을 지어주었지요."

"그렇군요. 장차 커서 인류사회에 공헌할 큰 인물이 되길 바라겠습니다."

내 거창한 축복의 말에 교수 부인은 감격스러운 얼굴빛을 띠며 말했다.

"축복해주셔서 고맙습니다. 역시나 작가다우세요."

"어휴, 별말씀을 다 하십니다."

내가 자못 득의만면해 하며 어깨를 으쓱하는 사이 교수 부인은 얼른 화제를 돌렸다.

"내 서재를 보고 싶다면서요?"

"이 박사님 서재를 보고 반했거든요. 사모님 서재는 얼마나 근사할까요?"

이 박사 부부는 서로 바라보며 웃으면서 만족스러운 표정을 지었다.

"내 서재는 맞은 편 방에 있어요."

나는 교수 부인을 따라 나섰다. 이 박사는 내게 밝은 미소를 지으며 오른손을 가볍게 들어 즐겁게 서재 구경을 하라고 권유했다. 나는 그 순간 이 박사가 천진난만한 소년과 같다는 생각이 들었다. 교수 부인이 자기 방을 열고 말했다.

"이 방이에요. 지금은 밤이라 잘 안 보이지만, 날씨가 맑은 날엔 북한산이 바로 앞산인 것처럼 잘 보이죠."

교수 부인의 널따란 서재도 유 교수의 서재와 마찬가지로 영어와 독일어 제목의 두꺼운 원서들로 가득 차 있었다. 북쪽 창문 아래 고급스러운 티크 책상이 배치되어 있는 것도 남편의 서재와 판박이였다.

책도 책이지만 무엇보다 내 시선을 빼앗은 건 책상 왼쪽 모서리에 놓인 명패였다. 고급스러운 명패에는 'S대학교 생명과학부 교수 서유진'이라고 쓰여 있었다. 책장 맞은 편 벽면에는 멋들어진 사진 액자가 걸려 있었다. 교수 부인의 박사 학위 사진이었다. 그녀의 남편처럼 박사모에 박사 가운을 입고 찍은 사진.

교수 부인이 이 사진을 찍었을 때는 아마도 서른 살을 조금 넘었지 않나 싶었다. 그녀는 젊었을 때나 나이가 든 지금이나 다정하고 사랑스럽고 교양 있는 여성일 거란 생각이 들었다. 그녀는 남편보다 한 살 많은 예순한 살이라고 한다.

실제 나이보다는 열 살쯤 젊어 보이는 그녀는 전신에 매력이 풀풀 넘치는 육감적인 몸매를 가진 여자였다. 뽀얀 얼굴에 목선이 길고, 눈은 산머루처럼 까맣고, 코는 적당히 도도록하고, 윤기 있는 머리칼은 어깨뼈 언저리까지 내려와 찰랑거렸다. 그녀의 눈동자는 깊은 산속의 옹달샘보다도 그윽하고 맑아, 그 눈동자를 바라보노라면 거기에 풍당 빠질 것 같은 느낌이 든다.

교수 부인은 한눈에 척 봐도 키가 늘씬하게 크다(니콜 키드먼이 그런 것처럼). 모르긴 몰라도 남편과 함께 나란히 맨발로 서서 정식으로 키를 재면 아마도 남편보다는 목 하나 길이만큼 키가 더 클 것 같았다.

이런 생각을 하면서 나는 속에서 킥킥, 나오는 웃음을 참느라 혼쭐이 났다. 대학시절 내게 데이트를 신청한 한 영문과 여학생이 나보다 키가 한 자나 더 커서(그녀는 농구선수 같은 장신을 핸디캡으로 여겨 늘 운동화를 신고 다녔다) 기겁을 한 적이 불현듯 생각났기 때문이다. 나는 목에서 기어 나오는 웃음을 삼키며 말했다.

"지금도 아름다우시지만, 젊었을 때는 눈부시게 아름다웠겠어요."

교수 부인을 아름답다고 말한 것은 괜한 환심을 사려는 게 아니라 마음에서 우러난 솔직한 표현이었다. 교수 부인은 아름답다는 내 말에 고무되었는지 손사래를 치며 말했다.

"어머나? 오랜만에 들어보는 말이네요. 칭찬해줘서 고맙습니다."

그녀의 귓불이 살짝 빨긋해졌다. 나는 그런 그녀에게서 그래서는 안 된다고 생각하면서도 야릇한 성적인 긴장감을 느꼈다.

"사실대로 말했을 뿐입니다. 하나도 과장하지 않았는데요, 서 박사님."

"용모든 마음씨든 '아름답다'라는 말은 '사랑한다'라는 말과 함께 가슴을 뜨겁고 설레게 하죠. 그렇죠?"

그렇게 묻는 서 박사는 여고생처럼 티 없이 맑고 청순했다.

"미국 대학의 박사 같군요. 어느 대학인가요?"

"코넬대학이에요."

"미국 동북부의 아이비리그 대학들 가운데 하나인 코넬대학?"

"잘도 아시네요. 어쩜 그렇게 잘 아세요? 혹 미국에서 공부하셨나요?"

"……."

서 박사는 내가 말문을 닫고 잠시 당혹해하는 눈치를 보이자 무안한 표정을 지으며 물었다.

"내가 괜한 질문을 했나 봐요. 무슨 사연이 있는 것 같군요."

"…… 거, 뭐 무슨 사연이라기보다는…… 제가 대학 때 사귀었던 여자 친구가 아이비리그에서 공부했다는데요."

"무슨 대학이라고 하던가요?"

서 박사는 내 말중동을 끊고 물었다. 나는 그녀를 본 지 한 시간도 채 안 되었지만 그녀는 나와 퍽 닮은 데가 많다고 느꼈다. 호기심이 많고 적극적인 데다 다소 성미가 급한…….

"브라운대학이라고 들었습니다만."

"어머나? 브라운대학? 명문 대학이죠. 브라운대학은 로드 아일랜드주에 있는 대학이죠."

"로드 아일랜드주? 제겐 생소한 이름입니다."

"미국에서 제일 작은 주예요. 우리 부부가 미국에서 연애할 때 로드 아일랜드에 놀러간 적이 있었어요. 참 멋진 곳이죠."

서 박사는 늠름한 청년을 보고 가슴을 설레는 소녀 같은 낯빛으로 말했다.

서 박사가 로드 아일랜드와 브라운대학을 소개하는 동안, 나는 희재의 머리칼에서 풍기는 향기가 코끝을 간질이는 것을 느끼면서 갑자기 그녀가 몹시 그리워졌다. 서 박사는 눈치

도 빠르게,

"말 못할 사연이 있는 것 같군요. 마음 편할 때 말해주시겠죠? 그 사연 듣고 싶어요."

라고 말하며 호호, 웃었다.

희재 생각에 잠겨 있던 나는 서 박사의 목소리에 퍼뜩 제정신을 차릴 수 있었다.

'윤희재라고 하는데요, 혹시 알고 있습니까?'

라는 말이 목구멍에까지 올라오는 것을 도로 삼켰다.

"그런데 그게 말씀 드리기가 좀…….'"

들떼놓고 얼버무리는 내 처지를 마치 잘 알기라도 하듯 서 박사가 말했다.

"호호, 말 못할 사연? 추억? 좋아요. 이다음 편할 때 말해주세요. 꼭 듣고 싶군요."

"고맙습니다, 사모님. 아니, 박사님. 근데 박사님은 어떤 분야를 전공하셨나요?"

"딱딱한 생명공학. 코넬대학은 생명공학으로 유명한 학교예요."

"아, 생명공학으로 박사학위를 받으셨군요. 생명공학 말만 들어도 저는 벌써부터 머리가 아파오네요."

"세포생물학이 내 전공 분야였어요."

"인문학도인 저는 자연과학에는 완전 문외한입니다. 서 박사님."

"고맙습니다, 형제님."

이 교수가 나를 '형제'라고 부를 때마다 다소 어색함을 느꼈던 나는 서 박사가 '형제님'이라고 부르니깐 그 호칭이 의외로 괜찮아 보였다. 바로 그때 이 교수가 우리가 있는 서재로 들어왔다.

"자, 이제 그만 거실로 갑시다."

우리 셋은 거실로 나갔다. 한강이 내다보이는 베란다 가까운 곳에는 페르시안 카펫이 깔려 있었다. 산더미만큼의 붉은 포도를 으깨 뚝뚝 떨어지는 과즙을 양털에 마구 뿌려 만들어 놓은 것 같은 폭신폭신한 카펫. 그 카펫 위 알맞은 위치에 티테이블 의자 세트가 있었고, 티테이블에는 활짝 핀 노란 양란 화분이 아담하게 놓여 있었다. 높은 아파트 창에서 내려다보이는 시내는 덧유리창이 있어서 그런지 적막감이 감돌았다. 여의도와 영등포 일대는 어둠이 짙어지고, 한강변 양쪽을 동서로 달리는 자동차 불빛의 행렬도 아까보다는 눈에 띄게 줄어들었다.

교수 부인이 식사를 준비하는 동안 교수와 나는 이런저런 시시콜콜한 이야기를 나눴다. 서 박사는 활달한 다변가였다.

그녀는 주방과 거실을 들락날락 바삐 오가며 저녁상을 차리면서도 우리 둘의 대화에 엔간히 끼어들려고 했다. 아무튼 나는 모처럼 갖게 된 품격 있는 대화 자리에서 채신없게 행동하지 않아야겠다는 생각에 조금은 부자연스러웠다.

거실 천장 한가운데에 설치된 샹들리에 조명등에서 나오는 불빛이 수많은 크리스탈 사이로 은은하게 퍼져 나왔다. 나는 그제야 이 박사의 얼굴을 자세히 볼 수 있었다. 황갈색 목티에 댄디바지 차림을 한 그는 보기 드문 멋쟁이라는 생각이 들었다(나는 잘 생긴 남자에게 열등감 같은 게 있다).

키는 헌칠하고 얼굴은 동탕한 그는 남자라도 반할 만큼 매력이 철철 넘친다. 풍성한 머리칼은 흰머리가 성성하고, 눈썹은 정반대로 검은 색으로 짙다. 반짝이는 눈은 앳된 소년처럼 호기심의 물결로 찰랑거린다. 그는 웃지 않아도 미소를 띠고 있는 것 같다. 하지만 잔잔한 미소 뒤에는 어쩐지 외롭고 슬픈 빛이 서려 있다.

그의 얼굴 전체에서 풍기는 느낌은 확실히 학자 타입이었지만, 시원하고 뚜렷한 동공에서 뿜어져 나오는 눈빛이 힘 있고 광채가 나면서 은은한 것이 흡사 인도의 정신적 · 정치적 지도자인 마하트마 간디를 문득 문득 연상하게 했다. 타고르가 지어주었다는 '마하트마'라는 이름은 '위대한 영혼'이란 뜻이 들어있지 않다던가.

"자, 다 됐어요. 식탁으로 오세요."

교수 부인이 밥 먹으러 오라고 말했다.

"자, 갑시다."

이 교수가 식탁 쪽으로 손짓을 하며 일어섰다.

밥상은 의외로 단출했다. 총각김치, 진미채무침, 닭가슴살 냉채, 메추리알 샐러드와 시금치국에 검은 색깔이 밴 잡곡밥이 전부였다.

소담한 식사를 마친 후, 우리 셋은 차를 들기 시작했다. 목구멍으로 침을 꼴깍, 넘기는 소리가 들릴 정도로 적막한 침묵이 잠시 흘렀다. 성미가 급한 나는 이 박사가 본론에 들어가는 이야기를 꺼낼 거라는 생각에 뜨거운 차를 홀짝거리며 다소 긴장했다. 하지만 이 박사 부부는 차를 반쯤 마셔도 입도 벙긋하지 않았다.

침묵에 질색하는 나로서는 이런 시간을 견디는 게 여간 고역스럽지가 않았다. 내게 침묵은 권위와 억압 같은 어떤 음습한 것이기 때문이다. 그 때문에 나는 뭔가 아무런 의미 없는 말을 지껄여서라도 침묵을 깨야만 정서적으로 안정을 찾는다. 이럴 때 대화 상대방이 강한 시선으로 나를 바라보면, 나는 그 눈길을 끝까지 받아내지 못하고 눈동자가 흔들거리는 체질이다.

하지만 나는 오늘 점잖고 교양 있는 부부의 초대를 받았기 때문에 이런 고통은 인내로 이겨내야 할 필요성을 충분히 느끼고 있었다.

그렇게 몇 분이 지났을까. 이윽고 이 박사가 갑자기 예의 그 웃음기를 지우고 흠흠, 두어 번 헛기침을 하더니 내 안색을 살폈다. 이 박사는 사근사근한 눈길로 나를 쳐다보며 입을 열었다.

"오늘 와줘서 참 고맙소."

"별말씀을요. 제가 오히려 고맙지요. 박사님 내외분을 알게 되어 기쁩니다."

나는 이 집에 들어온 지 한 시간도 안 되었지만 교수 부부와 꽤나 곰삭은 사이가 되어 있었다(적어도 그렇게 믿었다).

"조심스럽게 물어볼 말이 있어요."

내 얼굴을 찬찬히 뜯어보던 이 박사가 앉음새를 고치며 조용히 말했다. 아니다 다를까, 나는 올 것이 왔다고 생각했다. 성탄 전야 겉보기에 멀쩡한 내가 왜 술에 취해 남산길옆 벤치

아래 쓰러져 있는지 교수 부부가 왜 묻지 않나 내심 궁금하던 차였다. 나는 이 물음에 대답하려고 그날 있었던 사건의 궤적을 마음속에 순서대로 그려놓고 있던 중이었다.

사실 나는 이 집에 들어섰을 때부터 끈덕지게 그걸 먼저 묻고 싶었던 터였다. 서너 차례나 적당한 기회를 봐서 여쭤보려고 했지만, 이놈의 말이 목까지 차올라 와서는 다시 아래로 내려가는 바람에 예까지 오게 된 것이었다.

"형제님은 하나님이 계신다고 믿습니까?"

"……."

뜻밖의 질문이었다. 나는 말문이 막혔다. 범죄자가 결정적인 증거를 들이대는 형사 앞에서 피가 멈추고 숨이 턱 막히는 것처럼, 이런 도발적인 질문에 직면하면 갑자기 시간이 정지되고 심장이 멎는 것 같은 당혹감을 벌거벗은 채로 느끼기 때문이다. 이런 질문에 답할 준비가 전혀 안 되어 있다는 것을 나 자신이 잘 알고 있는 터라, 나는 바위처럼 앉아 그저 멀뚱히 있을 수밖에 없었다.

얼어붙은 나를 본 박사 부부는(그들은 내가 선뜻 대답할 줄 알았던 모양이다) 서로 얼굴을 바라보며 민망한 표정을 살며시 지었다. 애써 시선을 피하려는 나를 이 박사가 안심시키기라도 하듯 싱긋 웃으며 말했다.

"답하기가 곤란하면 굳이 하지 않아도 돼요. 하지만 괜찮다면 생각을 알고 싶군요."

좋은 분위기를 망치고 싶지 않아 나는 마지못해 어물어물 입을 떼지 않을 수 없었다.

"아…… 박사님, 이건 제게 너무 가혹한 질문입니다. 외람되지만, 솔직히 저는…… 하나님이 존재하신다고는 믿으려 노력하고 있습니다만, 세상 돌아가는 꼴을 보면…… 어휴, 말하지 않을래요."

"괜찮아요. 외려 솔직해서 좋아요. 세상 돌아가는 꼴이 어쨌다고요?"

교수 부인이 말을 이을지 말지 망설이는 내게 미소를 보내면서 어색한 자리를 애써 추스르듯 말했다. 서 박사의 목소리는 다정하기 그지없었다.

"세상 돌아가는 꼴을 보면 어쩐지 이 세상일들은 전능자의 치밀한 섭리에 의해서라기보다는 목적 없이 제멋대로 굴러가는 것 같아 화가 납니다. 죽음도 제멋대로이고요. 세상은 당황스러울 정도로 불안정하기 짝이 없어요. 그리고……."

"'그리고' 어서 말해보세요."

내가 뜸을 들일 여유도 없이 교수 부부가 장단을 맞추듯 물었다. 교수 부인은 마치 자기가 대화의 주역이나 되는 것인 양 대화에 적극 끼어들었다. 두 사람은 허리를 굽혀 내게 바짝 몸을 붙여왔다(그런 모습은 솔직하기 그지없다). 나는 평소 말수가 많은 편은 아니지만 한 번 터졌다 하면 청산유수는 저리 가라다. 기어코 소양강댐이 물을 방류하듯 말문이 터지고 말았다.

"좌우지간 섭리를 믿으려 해도 어쩐지 우리 삶이란 우연과 우연의 축적물 같은…… 어이구, 이거 원, 죄송합니다. 번데기 앞에서 주름 잡았네요. 째마리가 학식 높은 분들 앞에서 주제넘게 굴어 죄송합니다."

"천만에요. 솔직한 생각을 알고 싶소."

이 교수의 눈동자가 미세하게 떨리고 있었다. 교수 부인은 진지하다 못해 긴장한 표정이 역력했다. 나는 한껏 고무되었다. 이왕 혀가 풀린 김에 말을 고르느라 눈치를 살피고 자시고 할 처신도 잊은 채 내처 말을 이어 나갔다.

"굴퉁이 같은 저를 좋게 봐주셔서 몸 둘 바를 모르겠습니다. 솔직하게 말씀드리면, 신은 가난한 자, 힘없는 자, 소외받는 자, 무고한 자의 편은 아닌 것 같습니다. 이 세상은 정의롭지도 못하고 공정하지도 못해요. 그뿐만 아니라 세상만물과 사람은 전능한 신의 창조로 말미암은 것이 아니고, 아무래도…… 아무래도…… 아아, 더 이상 말씀드리기 곤란합니다."

저는 불가지론자인가 봐요. 저는 역사에 대해 비관론자예요. 얼간이라고 욕하셔도 좋습니다. 여하튼 제 경험과 지성으로는……."

"됐어요, 됐습니다. 그 정도로 충분해요. 그래도 문학을 하는 사람이 무신론자가 아니어서 그만하길 다행입니다."

이 박사는 내가 어떤 견해를 피력하든 아무렇지도 않다는 투로 말했다. 그는 아마도 이날 밤 안으로 내 신관에 대해 안심할 만큼 확인하고 싶어 하는 눈치였다.

"박사님은 무신론자를 혐오하시는 모양이군요. 무신론자를 옹호할 생각은 없습니다만, 무신론자로 살아가는 게 심간 편하다는 생각이 들 때가 있어요. 모순과 부조리에 고민할 필요가 없으니까요. 살면서 실제로 맞닥뜨리는 현실은 필연이라기보다는 우연과 우연의 연속이라고 해두면 세상을 이해하기에 수월하니까요. 그런데도 저는 교수님을 만난 건 우연보다는 신이 계획한 어떤 섭리가 있다고 봐요."

"아, 그런 문제는 차차 이야기해요. 괜찮다면 이거 하나만 더 물어도 괜찮겠어요?"

눅진한 서 박사가 오른쪽 엄지와 검지로 안경을 밀어 올리며 말했다.

"말씀하시죠."

"형제님은 예수님이 언젠가 우리가 사는 이 지구에 다시 오신다고 믿습니까?"

마치 교수가 입학 면접시험에서 수험생에게 질문하는 것 같았다. 나는 기독교인이면서도 예수 재림 운운 하는 따위의 주제넘은 문제를 놓고 대화를 하는 것에는 평소 같았으면 딱 질색하는 사람들 가운데 하나이지만, 이날은 분위기가 분위기인지라 이상하게 혀가 풀려 입에서 제법 말이 술술 나왔다.

"아, 그건…… 저는 예수님이 역사적 실존인물이고 인류를 구원하시기 위해 오신 분이라는 걸 믿고 있지요. 하지만 그분의 재림은 반신반의하고 있습니다. 예배 시간에 사도신경으로 어설프게 신앙고백을 할 때마다 나 자신을 속이는 것 같아 고민이 많았으니까요. 그런데 박사님은 왜 이런 난감한 질문을 하시는지요?"

눈을 지그시 감은 채 내 말을 듣고 있던 이 박사가 유자차를 한 모금 마신 후 말했다.

"아, 미안합니다. 당황하게 해서요. 형제님은 지적인 사람인데, 그래도 신앙심이 있구려. 우리와 함께 지내면 차차 나아질 거요."

"차차 나아진다니요? 박사님, 저는 신앙을 별로 좋아하는 사람이 아닙니다. 저는 인간이고 싶습니다. 형이상학에 헛물

켜지 않을래요."

"형이상학에 헛물켜지 않겠다고 방금 말했는데, 그게 무슨 뜻이죠?"

서유진 박사가 잔뜩 호기심 있는 표정으로 내게 질문했다.

"형이상학적인 언어에 불필요한 탐구를 하지 않겠다는 뜻입니다. 그건 제게 너무 어려운 과제예요. 그게 비록 가치가 있는 일인지는 몰라도 저는 침묵을 선택하고 싶습니다. 신의 존재와 활동 목적 말입니다. 모르는 게 약이지요. 덤벼들 생각이 없습니다. 서 박사님은 생명공학을 연구하시니 잘 아시잖습니까?"

"생명공학 전문가라고 해서 모두 신의 존재와 활동을 부인하는 건 아니죠. 어느 쪽을 선택하느냐는 자신의 의지에 달려 있어요. 나는 신의 존재와 활동을 인정하는 쪽을 선택했죠. 그걸 믿음이라고 해요."

서유진 박사가 해낙낙한 미소를 지으며 말했다.

이 박사는 흡족한 표정을 지었다. 그는 소파에 기대었던 상체를 일으키면서 손뼉을 쳤다. "아무튼 좋아요. 우리 부부는 현수 형제님을 하나님께서 붙여주신 걸로 믿고 있소."

"하하, 그걸 어떻게 아십니까? 하나님이 저를 박사님 부부에게 붙여주시다니요!"

"입찬말이 아니라오. 그래서 이런 걸 신비라고 하지요. 우리는 기도로 응답받았기 때문입니다."

이 박사가 턱을 완강하게 추켜올리며 확신 있는 어조로 말했다. 그가 그렇게 말했을 때 그의 눈빛은 화재로 인해 활활 타오르는 불구덩이로 뛰어들려는 소방대원처럼 비장하고 결연했다. 그것은 평소의 인자한 눈빛과는 전혀 다른, 일상을 전복시키고도 남을 눈빛이었다.

이 박사의 눈빛에 어쩔 수 없이 압도된 나는 보다 높은 단계의 신앙인이 된다기보다는 박사 부부와 교제한다는 게 마음이 끌려(나는 첫 인상이 마음에 들면 웬만하면 끝까지 가는 스타일이다), 돈만 들어가지 않은 일이라면 이 제안을 가능한 한 받아들이고 싶어졌다.

게다가 박사 부부의 요청을 수용한들 내 처지가 나빠지더라도 얼마나 더 나빠지겠나 싶어 기왕이면 선뜻 제안을 받아들이는 게 상책이라는 생각이 들었다.

"오케이. 암튼 좋아요. 제가 어떻게 하면 되겠습니까?"

나는 미지의 세계를 향해 박사 부부가 탄 배에 기꺼이 승선할 뜻을 내비쳤다. 박사 부부와 함께라면 곳곳을 주유하면서 다양한 사람들을 만나고 세상 견문을 넓히며 인생을 터득할 것 같은 희망과 기대에 부풀었던 것이다.

일단 마음을 먹으니 가슴속에서 불같이 뜨거운 것이 타올랐다. 박사 부부가 무엇을 하겠다는 것인지 당최 알아들을 수 없지만, 이렇게 선하고 기품 있는 사람들이 무슨 나쁜 짓을 하랴, 하며 무조건 믿어보기로 했다.

하지만 너무 속마음을 비치면 경망하게 보일까 봐 저어되어 다소 망설이는 표정을 짓고 있었다. 잠시 침묵이 흐르면서 벽시계의 초침이 똑딱똑딱, 소리를 냈다. 이 박사의 목소리가 가슴을 파고들었다.

"우리와 함께 일합시다. 현수 형제. 우리 사역에 그대가 필요합니다."

이 박사의 목소리는 사람의 심금을 오롯이 들쑤시고 영혼을 울리는 마력이 있었다.

"사역이라니요? 무슨 사역?"

"거룩한 미션이요. 우리가 예상하는 시기에 그분이 오신다면 금상첨화겠지만, 만약……."

"만약이라니요?"

"만약 그 시기에 그분이 오시지 않는다면 우리가 했던 일들을 형제가 책으로 남겨주시오. 그분이 오실 날이 멀지 않았습니다."

"책을 쓰는 일이야 뭐 대단한 일은 아니죠. 다만 저는 박사님이 도시 무슨 말씀을 하시는 건지 아리송하기만 합니다. 듣

고 보니 좀 음산한 기분이 듭니다만, 박사님 내외분이 제 은
인이시고 두 분을 애인만큼 좋아하게 되었으므로 제가 어찌
청을 거절할 수 있겠습니까? 뭔지는 몰라도 계획하시는 일이
원대하고 고상한 일임에는 틀림없는 것 같습니다. 최선을 다
해 박사님을 모시겠습니다."

　나는 천하를 도모하려는 주군 앞에서 충성을 맹세하는 신
하처럼 감격에 겨운 목소리로 말했다. 그런데 내 말이 끝나자
마자 교수 부부는 누가 먼저랄 것도 없이 무릎을 꿇는 것이었
다. 그리고 기도를 올렸다. 그것은 감사 기도였다.

　환희란 이런 것인가. 교수 부부의 얼굴에는 더할 나위없는
기쁨으로 가득 찼다. 기도를 마치고 일어선 교수 부부의 눈에
는 눈물이 가득 고였다.

　그런 기이한 광경을 보면서 나는 영문도 몰라 내가 혹 꿈을
꾸고 있지는 않나 현기증이 일어났다. 하지만 분명 현실이었
다. 나는 여태까지 경험하지 못했던 세계로 여행을 하게 된다
는 기대감에 가슴이 벅차올라 온몸의 세포들이 돋아났다. 그
래서 나는 진심을 다해 이 박사의 두 손을 붙잡고 말했다.

　"박사님, 오늘부터 박사님을 제 스승으로 모시겠습니다.
저를 제자로 받아주시겠습니까?"

　이 박사는 짐짓 놀란 눈으로 부인을 돌아봤다. 서 박사는

미소를 짓고 있었다.

"어이구, 김 군. 스승은 무슨 스승…… 그냥 '형제'라고 불러 줘요. 우리는 그리스도 안에서 같은 형제요."

"별말씀을요. 형제라니요. 가당치 않습니다. 그 어휘는 어색해요. 스승님이라고 호칭하도록 허락해 주십시오. 그리고 말씀을 편하게 놓아주십시오."

교수는 난처하다는 듯이 또다시 부인을 바라보았다. 서 박사는 만족스러운 미소를 띠며 고개를 끄덕여 보였다.

"허허, 좀 민망하네만, 그럼 그렇게 하세나. 오늘은 천군만마를 얻은 기분이군. 우리 변치 말고 서로 의지하며 과업을 이뤄나가세."

교수의 입가에도 미소가 어렸다.

"아까부터 무슨 사역이니 미션이니 말씀하시더니 지금은 과업이라고 말씀하시네요. 과업이란 말은 간첩들이 쓰는 말 같아 좀 부담스럽습니다, 하하."

"차차 알게 될 것이오. 이스라엘을 온전히 하나님께 드리는 과업이라오."

교수는 더할 나위 없이 기쁜 표정을 지으며 나를 뜨겁게 포옹했다. 그는 눈물을 글썽였다. 교수 부인도 눈물을 글썽였다.

"나는 오늘부터 현수 형제를 나 자신보다 더 사랑할 것이야. 그대에게 나의 모든 것을 전수할 것이오. 신께서 우리에게 맡긴 위대한 과업을 완수하는 일에 그대는 나보다 더 크게 사용될 거요."

이 교수의 음성은 떨리고 있었다. 내 눈가에 이슬이 맺혔다. 나는 마침내 삶의 방향을 바로 잡았다고 생각했다. 아아, 얼마나 기다렸던 스승인가! 저 분이라면 내 인생을 통째로 맡겨도 안심이 된다. 여태껏 저런 분을 만나려고 얼마나 많은 방황을 했던가. 더 이상 길을 잃고 헤매는 바보짓은 하지 않을 테다. 내 인생은 지금부터다. 지금 이 순간부터 저분은 나의 스승이다.

스승의 말은 흥미진진한 마법처럼 들렸다. 나는 항거할 수 없는 그 마법의 주문에 걸리기를 자청했다. 사악한 요정의 마법에 걸린 왕자도 그 결국이 해피 엔드였는데, 하물며 고결한 인품과 단정한 성정을 가진 분의 마법이랴! 그 결국은 그동안 한 번도 경험하지 못한 유토피아가 분명할 것이다. 비록 그 유토피아가 신기루일지라도 스승과 함께 찾아나서는 것이라면 후회하지 않으련다.

무엇이 그토록 나의 마음을 흔들어놓았는지는 잘 모르겠지만, 어렴풋하나마 한 가지 분명히 느낄 수 있는 것은 신비롭게 발광하는 신세계가 마음속에 불쑥 자리 잡게 되었다는 것이다. 스승이 열망하는 유토피아 말이다. 나는 그가 열망하는 유토피아에 기꺼이 뛰어들어 내 존재의 순간들을 빛나게 할 거란 환희의 눈물을 흘렸다.

　나는 이 시각부터 그를 인생의 스승으로 모시기로 했다. 이제부터 내 삶의 패턴이 달라질 거란 생각이 들었다. 스승과 더불어 지내는 동안 그가 혹시 결점이 있더라도, 그가 혹시 나를 버린다 해도, 나는 그를 절대로 버리지 않을 것이다. 나는 스승 부부가 앉은 소파에 바투 다가가 말했다.

　"오늘밤은 제 인생에서 잊지 못할 가장 숭고하고 뜻 깊은 날입니다. 무지렁이 같은 저를 제자로 거두어 주셔서 몸 둘 바를 모르겠습니다. 앞으로 스승님 내외분과 함께하는 시간들은 가슴 설레는 사랑과 희망으로 가득 찰 거라고 믿어요. 저는 오늘부터 하늘이 갈라져도 스승님 내외분을 끝까지 따르기로 맹세합니다."

　선한 눈을 가진 두 사람의 눈가에 눈물이 괴었다. 두 사람은 누군가를 진정으로 제자로 삼은 것은 그들 생애에 처음 있는 일이라고들 했다. 그날 밤 그들은 내게 영웅이었다.

12

미션

스승님의 마포 용강동 자택을 나온 나는 한강 공원으로 이어지는 지하 통로를 빠져나와 한강 공원에 이르렀다. 그리고 걸었다. 고층빌딩들이 뿜어내는 전등불과 네온사인이 강물 위에 어지럽게 풀어져 있었다. 한강의 밤공기가 혈관까지 들어와 세포가 다시 살아나는 듯했다. 전에 없이 신이 나고 힘이 솟았다. 초등학교 때 소풍 가기 전날 설레고 들뜬 기분처럼 마음이 들썽들썽했다.

내 인생에 어떤 큰 변화가 일어날 것 같았다. 이제 내 나이 30대 중반. 언제까지 때 묻고 휘주근한 옷을 입고 살 건가. 더이상 몽그작거리다간 죽도 밥도 안 될 판이다. 이 박사 부부를 만난 건 그런 의미에서 내겐 일생일대의 큰 복이었다.

그분들은 이미 내 인생 깊숙이 들어왔다. 그분들과 나는 운명공동체다. 이제야말로 옛 옷을 훌훌 벗어 던지고 새 옷으로 갈아입을 절호의 기회다. 그런 생각을 하니 어둑한 내 마음은 오라처럼 빛나고 허기진 내 영혼은 신비로운 기운을 느꼈다.

박사 부부와의 달짜근한 대화를 생각하며 나는 씨익, 웃었다. 멋진 두 분과의 사귐이 오래도록 풍성하게 이어지기를 바라면서(교수 부부가 부모 같기도 하고, 연인 같기도 하고, 친구 같기도 하다는 생각을 해보았다). 작년 추석 때 박태원 선생의 중편소설 《소설가 구보 씨의 일일》을 읽어두길 참 잘했다는 생각이 들었다.

한국문학을 좀 아는 사람은 박태원 선생을 알 것이다. 선생은 일제 강점기 순수 문학을 지향하는 구인회九人會의 일원으로 활동하다가 한국동란 때 월북한 작가다. 구인회란 9명의 문인들로 이뤄진 순수 문학단체이다. 구인회는 만주사변이 일어난 다다음 해인 1933년 프롤레타리아 경향문학에 대항해 결성되었다. 이효석, 유치진, 김기림, 정지용, 이태준 등 당대의 쟁쟁한 시인들이 이 단체의 멤버였다.

박태원 선생은 이러한 문인들과 사귀면서 자신만의 독특한 문학성으로 세간의 주목을 받았다. 선생은 우울하고 절망적인 시대를 살면서도 파행적인 근대 물질문명의 혜택을 입는 식민지 서민들의 일상의 삶을 작품 속에 녹여냈다. 그는 근대 자본주의 사회의 이데올로기와 일상성에 대해 싸늘하게 냉소적인 시선을 보내며 자기 존재를 확인하는 실험정신을 보여주려고 했다(그리고 그의 이러한 실험정신은 어느 정도 성공했다).

모더니즘 경향과 리얼리즘 미학의 경계를 현란하게 넘나들며 대도시 경성의 풍경과 세태를 기발하게 묘사한 선생의 대표적인 작품은《천변풍경》이라는 장편소설이다. 선생은 언어가 가지고 있는 무한한 잠재력을 총동원하는 문학적 수완을 가지고 있었다. 그러한 현란한 언어들로 타고난 운명의 굴레에서 벗어나지 못하고 주체적 삶의 개척과 희망을 상실한 식민지 시대의 가난한 서민들과, 역사와 미래의 새로운 지평을 닫아 놓고 배금주의적인 속물근성에 찌들어 현실에 안주한 채 하루하루를 살아가는 데에만 급급해하는 중산층의 행태를 잘도 그려 냈다.

선생의 작품들 가운데《천변풍경》은 읽을거리로는 그만이지만, 나는《소설가 구보 씨의 일일》을 으뜸으로 친다. 이 소설은 박태원 선생이 동경 유학에서 돌아온 직후인 스물여섯 살에 쓴 것이라고 한다. 동경 하숙집에서 뒹굴다가 귀국한 박태원은 이렇다 할 변변찮은 직업 하나 없이 피둥피둥 놀고먹는 지식인이었다. 그가 하는 거라곤 경성 시내를 배회하면서 눈에 잡히는 풍경들에 대한 생각이나 만나는 사람들에 대한 느낌을 주저리주저리 원고에 늘어놓는 일이었다.

방구석에 노상 틀어박혀 지내던 구보는 해가 중천에 걸린 어느 날 경성 청계천변 집을 살그미 나선다. 광통교를 건너 발길 닿는 대로 걸어가는 그는 시력이 형편없이 좋지 않아 검정 테 안경을 쓰고 있다. 별나게 테가 굵고 안경알이 둥근 검은색 대모갑 로이드안경은 오른손에 든 지팡이와 어울려 그가 꽤나 고급취향의 신사라는 걸 말해 주고 있다.

그의 왼손에는 공책이 들려 있다. 그것은 그가 돈 안 나오는 시나 수필 같은 글쟁이라는 걸 넌지시 알려주고 있다. 그는 경성의 이곳저곳을 돌아다니면서 다채로운 거리의 풍경들을 유심히 관찰하거나, 사람들을(모모한 인사들이 아닌 후줄근한 서민들) 마주칠 때면 옛날 일을 회상하기도 하고, 고독과 행복에 대해 생각하는가 하면, 스스로 행복해하는 사람들에게는 질투와 경멸의 시선을 보낸다.

계획도 목적도 없이 발 가는 대로 시내를 배회한 그의 기묘한 행각은 시계 바늘이 자정을 한참 넘기고 두 시를 가리킬 때까지 계속된다. 가는 비가 내리는 종로 네거리에서 그는 문득 거리를 오가는 사람들의 "얼굴에, 그들의 걸음걸이에 위안받지 못한 슬픔을, 고달픔을 그대로 지닌 채, 그들이 잠시 잊었던 혹은 잊으려고 노력하였던 그들의 집으로 그들의 방으로 돌아가지 않으면 안 되는" 광경을 목격하고, 자신의 무기력한 배회가 종착지에 다다랐다고 깨닫는다.

마침내 그는 자기 인생을 어떻게 살 것인지 결심을 하고 귀가한다. 목적 없는 배회를 마친 후 모종의 결심을 하게 된 것이다. 그가 결심을 한 건 두 가지다. 하나는 결혼을 해서 어머니께 효도를 하는 것, 또 하나는 가난하게 살더라도 전업 작가로서 살겠다는 것.

그렇다면 구보의 일일 산책은 헛된 게 아니라 유익이 되는 것이었으리라. 그의 무의식 저편에서 꿈틀거리며 그를 괴롭혀온 억압된 욕망들, 즉 세속적 일상과 의도적으로 거리를 두기 위해 고독을 선택하고, 마땅히 경멸을 보내야 하는 타자들과의 교제를 단절하며, 세계와의 화해를 거부하는 그의 고독한 삶의 스타일은 하루 동안의 시내 산책을 통해 모종의 변화를 겪게 될지도 모를 테니까.

나는, 스승님이 소설가 구보 씨와 외모를 닮았다는 생각을 더해갔을 뿐 아니라, 그의 말 품새며 행동거지며 어쩌면 성격까지도 구보 씨와 판박이라는 생각을 품게 되자 스승에게 묘한 친밀감을 느끼며 일종의 동류의식을 가지게 되었다.

아무튼, 어쩌다 스승을 만난 것은 휘청거렸던 나의 삶을 한순간에 뒤바뀌게 했다. 그는 급속히 내 삶속으로 들어왔다. 그게 어찌나 빠르고 강한지 이상한 나라의 앨리스처럼 꿈을 꾸는 건 아닌가 싶기도 했다. 그게 아니라면 증강현실 비슷한……. 하지만 이건 분명 현실이었다.

각설하고, 나는 교수를 만난 뒤로 군밤장사를 그만두었다. 그와의 경험이 소설책을 쓰기 위한 아주 근사한 소잿거리가 될 거라는 기대감도 있었지만, 그보다는 그와 함께 펼쳐질 미래의 흥미진진한 모험이 더욱 기대되었기 때문이다. 그 모험의 중심에는 현실 너머의 세계에 대한 막연한 동경이 있었다.

여러분은 내가 기존의 질서와 권위를 부정하고 자유롭고 평등한 이상향을 희구한다고 해서, 나를 20세기 초 몬테베리아의 퇴폐적인 히피족과 같은 반항아로 보지 않기를 바란다. 인간성을 회복하고 자연으로의 회귀를 통해 행복을 찾으려 했던 히피족과는 달리, 스승을 만난 뒤로 특히 나는 기쁨과 자유가 충만하고 티 없이 맑고 아름다운 유토피아를 꿈꾸는 이상론자다(나는 이 무렵 비관론자 옷을 벗어버리고 이상론자 옷으로 갈아입었던 것 같다).

그런 점에서 본다면, 나는 청정무구한 종교적 유토피아를 꿈꾸는 교수 부부와 운명적으로 공동체적인 어떤 연대감이 있을 것이라고 생각한다. 그래, 나를 아는 사람들이 나더러 미치광이라도 비웃어도 좋다. 차라리 미치고 싶다. 건조한 일상의 틀을 깨버리고 한 번도 가보지 않은 길을 밟기 위해 변화를 시도한다는 게 얼빠진 짓이라면 말이다.

교수 부부와 대화 중 가장 인상적인 말은 '미션'이었다. 미션이란 말은 왠지 내겐 친숙한 어감이다. 그건 내가 다녔던 중학교가 개신교 선교사들이 세운 미션스쿨이었던 이유도 있지만, 그보다는 교회를 다니면서도(어정쩡하게 다녔지만) 이 말을 꽤 많이 들었기 때문이었다. 해외로 파송되는 선교사들이 비장한 표정을 지으면서 툭하면 '미션을 받았다'느니, '미션을 띠었다'느니 하지 않나? 그때마다 내 가슴은 신비로운 격정과 낭만으로 얼마나 고동쳤던가!

미션이란 말에 내가 설레는 이유는 두 편의 영화에 자극 받은 탓도 있다. 여러분에게는 싱겁게 들릴지는 몰라도, 제목에 미션이란 말이 들어간 두 편의 할리우드 영화를 보고 나는 크게 고무된 적이 있었다. 그 영화들이 어찌나 인상 깊었던지 꿈에서도 여러 번 잔상이 나타났다. 그 두 편의 영화란, 하나는 《더 미션The Mission》, 또 하나는 《미션 임파서블Mission: Impossible》이다.

18세기 남아메리카에서 선교 활동을 하는 예수회 선교사들의 이야기를 다룬 《더 미션》은 1986년에 개봉된 영화로, 신부 역할을 한 로버트 드니로와 제레미 아이언스가 열연해 호평을 받았다.

이 영화가 내게 진한 감동을 준 것은 스토리도 스토리려니와 그 스토리에 영감을 불러일으킨 배경음악이다. 마치 천상에 와 있는 것 같은 착각이 들게 하는 아름답고 황홀한 오보에의 선율이 가슴에 파고 들면서 나는 콧등이 찡하다 못해 차오르는 눈물을 주체할 수 없었던 것이다.

한편 《미션 임파서블》은 《더 미션》과 분위기가 전혀 다른 첩보 액션 영화다. 1996년 개봉된 이 영화는 명석하고 민첩한 CIA 첩보요원인 톰 크루즈가 불가능한 임무를 맡았다고 해서, 영화 제목이 듣기만 해도 긴장과 스릴이 넘치는 《미션 임파서블》이었다.

'미션'은 이렇게 종교와 영상이 매개하는 현실과 비현실, 혹은 그 중간쯤 되는 지점에서 내게 낭만과 환상의 나래를 활짝 펼쳐주는 마법의 상자 같은 것이었다. 만약 그것들의 상당 부분이 내 무의식, 다시 말해 내 의식의 저 너머에서 끊임없이 출렁이는 파도나 쉬지 않고 부는 바람에 흔들리는 나뭇잎처럼 꿈틀대고 있는 것이라면, 나의 스승은 그것들을 의식의 세계로 끄집어내도록 내 뇌세포를 깨워주는 인플루언서였다.

13

스코필드

교수 부부와 다시 만나기로 한 일주일 동안 나는 한 인물에 대해 집중적으로 파고들었다. '사이러스 인거선 스코필드'라는 인물! 이필선 교수 서재의 책장 맞은편 벽에 걸려 있는 커다란 사진 액자에 초상화처럼 들어 있던 인물 말이다.

스코필드가 누구인지 알아가면서 나는 그가 특이한 삶을 살았다는 것을 발견하고는 무릎을 탁, 쳤다. 그러면서 그를 은근히 좋아하게(아니, 존경하게) 되었다. 사실 나는 스코필드를 처음 사진으로 대하던 순간부터 그를 존경하게 되었는지도 모른다.

어쩐지 고집스러우면서도 이웃집 아저씨처럼 사람 좋아 보이고, 근엄하면서도 익살스러운 데가 있는 게 어쩐지 그 또

한 박태원 선생을 닮았다. 스코필드가 박태원 선생이 내뿜는 전체적인 분위기와 흡사하다면 스코필드, 박태원, 이필선 세 사람은 비슷한 이미지를 가지고 있다는 생각이 문득 들었다.

누군가가 스코필드와 박태원의 사진을 세심하게 살펴보고 나의 스승 이필선 교수를 실제로 본 후에 내 견해에 털끝만큼 도 동의할 생각이 없다고 해도 나는 개의치 않을 것이다. 세 사람을 이리 뜯어보고 저리 뜯어보아도 내 심상에는 세 사람 의 분위기가 하릴없이 비슷한 걸 어쩌랴.

세 사람이 묘하게 비슷한 데가 있지만, 뭐니 뭐니 해도 공 통적인 특징은 세 사람 모두 근본주의의 신봉자처럼 보인다 는 점이다. 근본주의란 원리에 충실하려는 사상이나 경향을 일컫는다. 이 말은 종교에서 잘 쓰이는 말이다. 특히 기독교 에서 근본주의는 성서의 내용을 문자대로 해석하고 철저하게 믿은 나머지 사회와 문화에 배타적이거나 도피적인 태도를 갖는 신념체계를 말한다. 그러기에 어떤 사람을 향해 근본주 의자라고 말한다면, 그 사람은 근본주의를 고수하고 추종하 는 사람임을 가리키는 말이다.

이슬람교에서는 근본주의라는 말과 함께 곧잘 쓰고 있는

말이 원리주의다. 1979년 이란의 엄혹한 팔레비 절대왕정을 무너뜨리고 공화국을 건국한 호메이니 옹 같은 사람이 이슬람 원리주의자다.

나는 중학생 때 신문에 대문짝만하게 실린 호메이니 옹 모습을 처음 접했다. 굳게 다문 입술, 불을 뿜는 듯한 눈빛, 검댕으로 칠을 한 것 같은 짙은 눈썹, 머리에 쓴 엄격한 터번, 한 끼 식사를 요쿠르트 하나로 때운다는 그를 대하는 순간, 나는 묘한 경이로움에 압도되어 호메이니 옹 사진을 스크랩해서 세계사 책에 끼워 넣고 학교엘 다녔다.

스코필드가 20세기 초 미국 신학계를 풍미한 저명한 신학자이자 목회자였지만, 그의 신학사상과 목회철학을 관통하는 하나의 주된 흐름은 그가 근본주의자였다는 사실이다. 스코필드는 근본주의 기독교인들 가운데서 독특한 종말론과 세대주의를 대중화시킨 사람이었다.

스코필드의 신학사상을 벼락공부하면서 내 머릿속에서 줄곧 떠나지 않은 것은, 왜 이필선 교수가 그 많은 뛰어난 신학자들 중에 하필 스코필드를 가장 존경하게 되었을까 하는 호기심 내지는 궁금증이었다. 그러면서 나의 스승이 존경하는 사람이라면 제자인 나도 그분을 존경해야 마땅하다는 일종의 의무감 비슷한 감정이 마음판에 싹터왔다.

가만 생각해보면, 스코필드에게 존경하는 마음이 생긴 건 그가 누구인지 알기도 전에 스승의 자택을 처음 방문했던 날부터였다. 그날 나는, 나도 모르게 "박사님이 존경하는 분이라면 저도 배울 점이 많겠네요."라는 말이 내 입에서 얼른 튀어나왔다. 그 말을 했을 때 그의 얼굴빛이 환해지던 것을 분명히 보았다. 그는 반색을 하며,

"그래야지요. 집에 가거든 인터넷을 통해 이분이 누구인지 연구해보시구려. 다음 만날 때까지 숙제요."
라면서 내게 과제물을 내주었지 않았나.

나는 인터넷을 열심히 뒤져 스코필드에 관한 이런저런 정보들을 얻어냈다. 일주일 동안 두문불출한 채 그랬던 것이다. 그러는 동안 나는 마음속에 강한 의문이 생겼다. 이런 의문들 말이다.

스승이 스코필드를 가장 존경하게 된 이유는 무엇일까?
스승 부부는 왜 영예로운 교수직을 내던졌을까?
스승이 신께서 스승과 내게 맡겼다고 하는 위대한 과업이란 무엇일까?

자꾸 질문을 하면 해답을 얻는 걸까. 나는 문득 두 개의 뜬 금없는 단어가 머릿속에 떠올라 전율하지 않을 수 없었다. 그 두 개의 단어란 '시한부 종말론'이었다. 온몸에 소름이 돋았다. 그와 동시에 나는 허공을 향해 소리쳤다.

'스승이 이런 허무맹랑한 시한부 종말론자라고? 아니, 그 럴 리 없어!'

나는 중얼거리며 아랫입술을 질끈 깨물었다. 다른 사람이라면 몰라도 지성인 중 지성인인 스승이 그깟 사이비 교설에 미혹될 리가 없다고 생각하면서도, 한번 이단 사설에 현혹되면 빠져나오지 못하고 영육이 거덜 난다는 말을 수많이 들어왔던 터라, 스승 부부의 신변을 심히 염려하지 않을 수 없었다.

그나마 다소 위안이 되는 것은, 스승이 존경하는 스코필드 목사가 세대주의 전천년주의자였지만 역사와 현실을 부정한 시한부 종말론자는 아니었다는 점이었다. 그런 점에서 스승이 허무맹랑한 시한부 종말론에 심취할 가능성은 매우 희박하다고 볼 수 있다. 그런데도 나는 왜 이렇게 마음 한구석에 불안감이 있을까.

문제는 나다. 나는 어떻게 해야 하나? 스승과 한 배를 타기로 약속을 했지 않나. 그건 정말이지 하늘에 맹세코 한 진실한 약속이었다. 어떤 위기가 닥쳐도 스승을 끝까지 따르겠다고 철석같이 약속해놓고선 무정하게 세 번이나 배반을 했던 베드로이고 싶지 않았다. "박사님, 오늘부터 박사님을 제 스승으로 모시겠습니다. 저를 제자로 받아 주시겠습니까?"라며 사나 죽으나 그를 따르기로 했던 가슴 벅찬 맹세가 여일하게 심장에서 세차게 고동치고 있다는 걸 내 양심이 증거하고 있지 않은가!

그렇다면, 그렇다면, 그렇다면…… 어떤 일을 당해도 스승과 생사고락을 함께 해야 한다. 쭈뼛거리거나 몽그작거릴 일이 아니다. 어떻게 만난 인연이던가. 그는 내게 생명의 은인이요 인생의 스승이요 참 사람의 모델 아니던가.

14

밀레니엄

한 주간 뒤, 해거름 녘에 스승을 뵈러 자택으로 찾아갔다. 자택으로는 이번이 두 번째 방문이므로 그동안 스승과의 대면은 모두 네 번인 셈이다. 이번 방문 목적은 스코필드 목사에 관해 공부한 것을 발표하고 스승이 계획하는 일이 무엇인지를 대강이나마 아는 것이었다.

스승 부부는 아파트 문을 열어놓은 채 엘리베이터 앞까지 나와 내방객을 반갑게 맞이해주었다. 스승님은 베이지색 면바지에 얇은 청색 티셔츠를 코디한 봄옷을 입었고, 서 박사는 허리가 잘록한 화사한 벚꽃 무늬 원피스를 입고 있었다. 부부의 친절하고 정중한 손님맞이에 고무된 나는 헤벌쭉이 미소를 지으며 인사를 했다.

"어이구, 반갑습니다, 스승님. 일부러 여기까지 나오시지 않아도 되는데요."

"천만에요. 우리 집 VIP이신 걸요."

명랑한 서 박사가 어깨를 살짝 들어 보이며 말했다.

"차를 한 잔 드릴까요? 아님 커피?"

"커피, 좋습니다."

스승은 나를 자신의 서재로 안내하고 서 박사는 차를 준비했다. 언제나 보아도 두 사람은 멋진 커플이라고 생각했다.

"자, 우린 서재로 가서 얘기를 나눕시다."

스승님은 나를 곧바로 서재로 안내했다. 서재의 문은 열려 있었다. 서재로 들어서는 순간 낯익은 얼굴이 나를 반갑게 맞아주었다. 벽면 액자 속의 스코필드 목사였다. 스코필드 목사에게 목례로 인사를 했다.

"앉으시오, 현수 형제."

"네, 고맙습니다."

의자에 앉아 스승님을 바라보았다. 스승님은 가벼운 미소를 머금고 뭔가를 생각하고 있는 표정이었다. 그렇게 몇 분쯤 흘렀을까. 스승님은 아무 말씀도 없으셨다. 나는 긴 침묵을 질색하는 체질인데, 이날만큼은 침묵이 좋았다. 침묵을 통해 스승에게서 특별한 인상을 확인했기 때문이었다.

이미 느낀 사실이지만, 스승의 눈빛은 그윽하면서도 어찌나 강렬한지 그의 눈을 가만히 바라보고 있노라면 눈동자에 금방 빨려 들어갈 것 같은 착각이 들 정도였다. 남자가 카페에서 사랑하는 애인과 기약 없는 작별을 할 때의 바로 그 우수에 젖은 시선이라고 할까, 아니면 신혼 첫날 신부를 번쩍 들어 안아 2층 계단을 통해 침대로 가는 신랑의 불꽃같은 시선이라고 할까,

하여튼 남자가 그러한 눈빛을 발산할 때 여자는 혹 불행해질지언정 자기의 운명을 남자에게 몽땅 맡겨버리고 싶은 충동을 느끼는, 그런 강렬한 시선 말이다.

몇 년 전 나는 고독하고 우수에 젖은, 그러면서도 정념에 불타는 눈빛을 본 일이 있다. 클라크 케이블의 눈빛이었다. 여러분은 내가 할리우드 영화의 한 장면을 묘사를 하기도 전에, 아카데미상을 10개나 휩쓴 《바람과 함께 사라지다》에서 열연한 클라크 케이블의 매혹적인 눈빛에 이미 빠져들었을는지도 모른다.

스크린을 꽉 메운 클라크 케이블의 눈빛, 특히 그가 스칼렛 역을 맡은 비비안 리의 허리를 뒤로 확 젖히고 그녀의 가느다란 허리를 두 손으로 부여잡은 채 "스칼렛, 날 봐요! 그 어떤

여자보다 당신을 오래 기다렸소. 난 당신을 사랑하는 남부의 군인이라오. 당신을 품에 안고 키스의 추억을 가지고 전장에 나가고 싶소. 날 사랑하지 않아도 돼요. 떠나는 당신의 군인에게 마지막 키스를 남겨줘요. 스칼렛, 키스해줘요! 키스해줘요, 어서!"라면서 키스를 퍼붓는 장면에서 이글이글 타는 듯한 그 눈빛.

나는 클라크 케이블의 눈빛에 얼마나 강한 인상을 받았던지, 무의식 속에서나 꿈속에서도 그 신비로운 눈빛을 언뜻언뜻 만나고 있다. 오늘 보니 스승님의 눈빛이 그러했다. 스승의 눈빛에는 클라크 케이블과 같은 강렬한 눈빛에 겸양, 예의 바름, 부드러움 같은 이미지들을 내뿜으면서 동시에 그 이면에는 차갑고 단호한 어떤 것들이 숨어 있었다. 그래서 문득 든 생각인데, 웬만한 사람은 오금이 저려 스승님의 눈을 똑바로 쳐다보지 못할 것 같은 생각.

"스승님을 뵈면 어떤 단어들이 생각납니다."

"허허, 어떤 단어들이요?"

스승님이 감로차를 한 모금 마시며 말했다.

"열정, 신념, 영감…… 이런 단어들요."

이런 단어들은 이 자리에서 즉흥적으로 꺼낸 것 같지만, 실은 스승을 처음 본 날부터 줄곧 생각해온 말들이다.

"허허, 좋은 말들이군요. 사람들마다 자기 등에 짐짝같이 무겁고 버거운 문제들을 지고 살아가지요. 나 역시 그걸 내려놓으려고 애를 쓰고 있어요. 그걸 내려놓기만 한다면 미래는 열리고 보일 것입니다. 아무튼 현수 형제, 한 배를 탔으니 우리 함께 문제들을 하나씩 풀어 나갑시다."

나는 스승님 부부가 그 '미션'이 무엇인지에 관해 언급할 줄 기대하며 두 손을 무릎에 가지런히 모으고 있었다.

"자, 그건 그렇고, 스코필드에 대해 뭘 좀 알아보셨소?"

커피 향을 흠흠, 맡고 있던 내 표정을 살피며 스승님이 물었다.

"네, 스승님. 한 주간 내내 만사 제쳐놓고 그분에 대해 열공했지요. 조금 더 공부하면 학위논문도 거뜬히 쓸 수 있겠어요."

"좋아요, 좋아. 그래, 뭘 느꼈소?"

"스코필드가 탁월한 설교자, 목회자, 신학자였던 사실에 놀랐고, 또한 군인, 주 하원의원, 지방검사, 변호사, 정치가 등 다양한 이력을 갖고 있다는 사실에 놀랐지요. 어찌 한 사람이 그처럼 많은 직업들을 가질 수 있었을까요?"

"맞아요, 맞아. 스코필드는 매우 독특하고 다양한 이력을 갖고 있었죠. 그의 가장 큰 업적은 뭐니 뭐니 해도 관주성경을 완성한 것이죠. 하지만 천하의 스코필드 목사도 흠결은 있었지요."

스승님이 뛰어난 스코필드 목사도 흠결이 있었다는 말을 나는 흘려보내지 않고 짚고 넘어가고 싶어졌다. 때 아닌 기자 의식이 발동한 것일까.

"스코필드도 몇 번 실수가 있었다는 것을 알고는 솔직히 깜짝 놀랐습니다. 아니, 관주성경을 만드신 분이 어찌 그런 실수를, 아니 범죄를 저지를 수 있단 말입니까?"

"아하, 그것까지 알고 있었나요?"

"물론입니다. 스코필드는 신학을 하기 전 뇌물수수 혐의, 어음 위조 혐의, 정치자금 위반 혐의 등으로 형무소에 수감된 전력이 있고, 군에서 탈주를 한 게 화근이 되어 부인과 이혼하고 폭음에 시달렸다고 하죠?"

나는 다른 사람의 흠을 발견하면 까발리지 않고서는 못 배기는 체질이라서, 이 대목에 이르러서는 폭로기사를 써나가듯 신나게 말했다.

스승님은 내 말을 듣고 있는 동안 지그시 눈을 감은 채 뭔가 골똘히 생각하고 있었다. 그의 미간은 살짝 찌푸려져 있었다. 아마도 듣기에 거북했으리라.

"다 말했는가?"

"네."

"좋아, 내 말하지. 우선 나는 한 인간을 그런 식으로 평면적으로 평가해서는 안 된다고 생각한다네. 결점 없는 인간은 이 세상에 단 한 명도 없다네. 겉으로 봐서는 존경받을 만한 사람이 속을 들여다보면 흠투성이야. 사생활이 바르지 않다고 해서 그 사람이 하는 일이 모두 그른 것은 아니지. 한 인간에 대한 평가는 종합적으로 이뤄져야 비교적 옳게 접근할 수 있는 법이지. 하지만 그 또한 온당하지 못한 것이야. 인간이 인간에 대해 평가하는 것은 늘 오류가 있을 수밖에 없어. 그가 바르게 살았는지 안 했는지는 오직 신만이 판단할 수 있는 것이라네. 만일 사람이 죽어 신 앞에 서서 심판을 받는다면 그가 세상에 있을 때 바르게 살았는지 안 했는지는 아주 중요한 판단 자료가 되겠지. 심판의 자료로 말일세. 하지만."

"'하지만', 뭡니까?"

나는 귀를 쫑긋 세우고 스승의 말을 귀담아 들었다.

"하지만 말이지. 내 생각에는 신은 은혜로우시므로 그분이 심판을 하실 때에 한 인간이 세상에서 살 때 바르게 살았는지 안 했는지가 중요한 자료가 아니라, 비록 그가 부족한 면이 있더라도 그가 타인을 얼마나 사랑했는지 여부가 보다 더 중요한 심판 자료가 될 거라고 나는 확신하고 있네."

"아, 좋은 말씀입니다. 자세히는 모르겠지만 방금 그 견해에 지지를 보내고 싶습니다."

스승님은 고개를 끄덕였다. 나는 문득 하나를 알면 열을 안다는 안회顏回가 떠올랐다. 안회는 공자가 제자들 중 가장 총애했던 수제자다.

"그건 그렇고…… 스코필드 관주성경에서 어떤 것을 느꼈지요?"

"1909년 출판된 스코필드 레퍼런스 성경 말씀이죠? 스코필드 관주 성경은 세대주의 신학의 표준이 되었을 만큼 출판 이후부터 지금까지 줄곧 매우 영향력 있는 성경으로 자리매김되어 왔다고 할 수 있죠."

"정확하게 알고 있구먼. 스코필드에 대해 연구하면서 시대에 대한 분별력이 좀 생겼나요?"

"시대에 대한 분별력이라뇨? 이 시대를 어떻게 바라보는지, 이른바 시대관에 대한 견해를 피력하라는 말씀이신가요?"

"예, 그래요. 더 정확히는 종말관."

스승은 '종말관'이라는 지점에서 굳이 한자씩 '종 · 말 · 관'이라고 또박또박 힘주어 말했다. 나는 그 말을 듣는 순간 소름이 돋았다. 이 며칠 동안 어렴풋하게나마 느껴오던 대로 스승님은 세상의 종말에 대해 관심이 있었고, 그의 일거수일투

족은 여기에 맞추어져 있는 것 같다는 생각이 덮쳐왔기 때문이었다. 당황한 표정을 짓는 내게 스승은 물었다.

"형제님은 이 세상이 영원하리라고 보고 있소?"

"아니, 꼭 그렇게 생각하지는 않습니다, 스승님."

"그럼 뭐요?"

"언젠가는 끝이 있을 거라고는 막연히 생각하고 있습니다만……. 시작이 있으니 끝이 있지 않겠습니까?"

"하하, 그건 막연한 생각이오. 종말이 있다는 것을 구체적이고 실제적으로 알고 있어야지요."

"천년왕국을 들어본 적이 있소?"

"아, 예. 조금은요. 자세히는 알지 못합니다만, 왜 그거 있잖아요? 종말에 성도들이 그리스도와 함께 누리게 되는 천년의 지상 낙원."

"맞아요. 형제는 그걸 믿나요?"

"저는…… 좀 믿기 힘듭니다, 스승님."

"그럴 테지. 수년 전만 해도 나 또한 그랬었지."

"그렇다면 스승님은 천년왕국을 믿으신다는 말씀입니까?"

"물론! 나는 분명히 믿는다네."

스승님은 소파에서 등을 떼고는 상반신을 앞으로 바짝 내밀고 말을 이었다.

"만일 이 세상이 종말이 있다면 어떤 식으로 종말이 있을 거라고 자넨 생각하는가?"

"저는 종말을 하나의 상징적인 사건으로 볼 뿐 종말이 실제로 있을 거라고는 제 이성이 받아들이지 않습니다. 종말이 있다면 비종교적인 방식으로 있을 거라고 봅니다."

"이거, 이 사람. 자넨 기독교인 아닌가? 기독교인이라면 그리스도께서 세상에 다시 오신다는 성경의 약속을 믿고는 있겠지?"

"스승님. 저는 으음, 대단히 죄송합니다만, 그리스도의 재림을 믿기가 쉽지 않습니다. 그러니 어찌 천년왕국을 믿겠습니까? 스승님을 만나기 전까지는."

"그게 무슨 말인가? 나를 만나고 나서부터 생각이 달라졌다는 건가?"

"그렇습니다. 스승님을 만나고 나서부터는 이상하게 이 세상의 종말은 있을 것 같고, 그 종말은 그리스도가 다시 오심으로써 실현될 것 같은 상상을 해보게 되었습니다. 하지만 천년왕국은 여전히 믿기지 않아요."

나는 스승님의 눈치를 본다거나 비위를 맞출 생각조차 없이 솔직한 생각을 말했다.

"자네 마음을 이해하지. 나 또한 자네와 같은 과정을 겪었으니까. 나는 천년왕국을 신봉하고 있네. 주님은 꼭 오실 거야. 때가 되면 천상에서 다시 우리에게 오신다고 분명히 약속하셨지. 주님이 다시 오시면 지금 우리가 사는 이 지구에는 천년왕국이 세워질 것이네. 그렇게 되면 이스라엘은 온전히 회복되어 전 세계 민족들로부터 존경과 찬사를 받게 될 것이야. 믿음을 지키고 세상을 이긴 성도들은 이스라엘 사람들과 함께 천 년 동안 세상을 다스린다네. 영광스러운 지복의 왕국 말일세. 천년왕국은 지상에서 이루어지므로 새 에덴이라고 할 수 있지. 그렇게 천 년이 지나면 종말은 완성을 향해 힘 있게 달려 나가게 될 것이야. 모든 죽은 자와 산 자는 심판대에 서게 되고, 심판이 끝나면 새 하늘과 새 땅이 임하게 된다네. 그게 곧 천국이라고 하는 것이네. 어때? 가슴이 벅차지 않나?"

"천국. 하늘나라 말이죠?"

"아, 자네 잘도 알고 있군 그래. 그게 영원한 하나님의 나라, 곧 천국이라네."

이필선 박사는 평소 그답지 않게 말을 할 때 손을 허공에 흔들어보기도 하고 눈을 치켜뜨기도 했다. 그는 내가 자기의 견해에 완전히 동조하기를 바라는 눈치였다.

"스승님은 마치 경험하신 것처럼 말씀하시네요. 하지만 저는 솔직히 실감이 나지 않습니다."

"역사의 진정한 의미를 알게 될 날이 멀지 않았어. 진정한 역사는 역사 밖에서 밝혀질 거고, 우리들 인생의 참된 의미도 죽음 저편의 초월적인 미래에서 규명될 거야. 이것은 실제적이고 가시적인 것이지."

"죄송합니다만, 스승님. 저는 종말론적인 사건들에 거부감을 갖고 있습니다. 물론 저는 종말에 전개될 사건들에 관해서는 상상을 해볼 때가 몇 번 있었지요. 하지만 지금으로서는 종말은 상상의 산물인 것 같다는 생각에 머물고 있습니다. 그리스도의 재림이랄지, 휴거랄지, 천년왕국이랄지, 부활이랄지, 심판이랄지, 천국과 지옥이랄지, 이런 종말의 드라마들은 어쩐지 그 자체가 신화인 것 같습니다. 어이구, 이렇게 말씀드려 민망합니다."

"자넨 여전히 현대의 과학적 세계관에서 벗어나지 못하고 있군. 그런 답답한 세계관으로는 넓고 깊은 하나님의 역사를 이해할 수 없다네. 역사의 종국은 반드시 있게 될 것이야. 아니, 반드시 있어야만 하지."

"그게 언제쯤 있을 거라고 보십니까?"

나는 눈동자에 힘을 주며 불쑥 당돌한 질문을 꺼냈다. 내가 이런 질문을 하게 된 것은, 다른 사람도 아니고 우리 시대의 최고 지성인 중 한 사람인 스승이 세상 종말이 머지않은 장래에 들이닥칠 것처럼 확신하고 있었기 때문이다. 사실 스승과 대화하는 이 짧은 시간 동안 나는 긴장한 탓인지 등에서 식은 땀이 줄줄 흘러내릴 정도였다. 스승이 고개를 앞으로 쑥 내밀고 목청을 높여 말했다.

"밀레니엄!"

네 개의 문자로 구성된 스승의 말이 내 귓전을 울렸다. 아아, 낯설지 않은 이 말 '밀레니엄.' 그 순간 뇌리에 스티븐 제이 굴드, 2000년, 다미선교회가 한꺼번에 떠올랐다.

"밀레니엄이라면 1999년 12월 31일 아닙니까?"

"그렇다네. 나도 그 날짜를 믿고 싶지 않았다네. 날짜는 부정확한 것이고, 게다가 우리 시간과 그리니찌 천문대 시간과는 차이가 있지 않은가. 그럼에도 나는 우리 시간으로 1999년 12월 31일 자정에 그리스도가 우리 가운데 오시고 천년왕국이 시작된다고 믿고 있다네."

"스승님 말씀처럼 우리나라 표준시는 세계시인 영국의 그리니치 천문대에 비해 8시간 30분 빠르지요. 우리나라의 중앙 자오선은 동경 127.5도이니까요. 하지만 실제 표준시는 9시간 차이가 납니다. 이것은 우리나라 표준시가 일본의 중앙 자오선인 동경 135도를 표준자오선으로 사용하기 때문이지요. 그래서 말인데요, 스승님이 추측하는 종말의 시간인 1999

년 12월 31일 자정(24시)은 그리니치보다 한 시간 빠른 런던에서는 1999년 12월 31일 오후 4시가 되는 셈이죠. 우리나라와 영국의 실제 표준시는 이렇게 다릅니다. 초등학생도 아는 것이지만, 아, 죄송합니다, 이렇게 말해서요."

"괜찮네, 하던 말을 계속해보게나."

스승님은 진동음으로 해놓은 휴대전화를 받으려 할 생각도 하지 않고 인내심을 가지고 내 말을 경청했다. 나는 그런 스승님께 속으로 존경과 고마운 마음을 보내면서 기왕 말문이 열린 김에 일사천리로 말을 이어나갔다.

"지구의 한 부분은 다른 부분과 날짜와 요일이 다릅니다. 경도 180도를 기준으로 인위적으로 날짜를 구분하는 날짜 변경선 때문이지요. 그뿐만 아니라 그레고리 태양력은 날짜 계산이 복잡해요. 그레고리력은 율리우스력의 단점을 보완해서 사용하는 달력인데, 그것 또한 약 3,300년마다 1일의 편차가 나지요. 이렇게 날짜는 사람들끼리 정해놓은 하나의 약속에 불과합니다. 그렇다면 주님이 재림하시는 시기를 우리나라 표준시인 1999년 12월 31일 24시로 예측하는 것은 이 시간이 순전히 우리나라에만 해당되는 것이 되므로 어째 이상하지 않습니까? 칠흑같이 캄캄한 그 시각, 강원도 정선에 주님이 오신다면 뉴욕 맨하탄의 샐러리맨들은 서둘러 점심을 먹으려고 나가려 할 때입니다."

"자네 이제 보니 제법이군!"

스승님은 날짜와 시간에 대한 나의 박식함에 좀 놀라는 눈치였다. 나는 그새를 놓치지 않으려고 스승께 물었다.

"그런데도 스승님께서는 종말이 그 날짜라는 걸 어떻게 아셨습니까?"

"많은 연구 끝에 알았다네. 꿈으로도 여러 번 꾸었고. 계시라고나 할까."

"어안이 벙벙합니다만 지나친 확신은 금물입니다, 스승님."

"그렇지 않다네. 연구하고 연구하고 또 연구해서 얻은 결과이지. 많은 시간 기도와 묵상을 통해서도 확증했다네. 다만."

"'다만'이라니요?"

"아, 그건 차차 알게 될 걸세. 유대인 박사를 곧 만나볼 예정인데, 그분을 만나보면 더 확증이 되겠지. 그분은 메시아닉 쥬이지. 아무튼 형제는 나와 함께 종말을 준비하고 이를 위해 주기모 공동체에서 훈련을 받게나."

"주기모 공동체라뇨?"

"아, 참. 여태 공동체에 대해 말하지 않았던가요?"

서 박사가 중간에 끼어들어 말했다. 서 박사는 지금 이 자리에서 남편에게 주기모인가 뭔가 하는 공동체에 대해 말하라는 눈치였다. 스승은 알았다는 듯 고개를 끄덕이며 말을 이어나갔다.

"주기모는 '주님의 재림을 기다리는 모임'이라는 신앙공동체의 약어이지. 5년 전부터 나와 아내가 뜻을 같이해 경기도 가평에 이 공동체를 만들었다네. 매월 회지를 발행하고 활동기금을 모으고 있지. 일반 회원이 만 명이 넘고 정회원만 300명쯤 되고. 다음 주 수요일 가평에 갈 일이 있는데, 함께 가지 않겠나?"

"네. 기대가 됩니다, 스승님."

스승의 자택을 나온 건 밤 10시를 훨씬 넘어서였다. 밤이 늦었는데도 한강변에는 젊은 남녀들이 데이트를 즐기고 있었고, 네온사인이 요란하게 번쩍거리며 관능적인 춤사위를 벌이는 상가 건물들에서는 쿵작작, 리듬소리와 함께 흥겨운 노랫가락이 울려 퍼지고 있었다.

제3부

희망을 바라보다

15

주기모 공동체

주기모 공동체를 찾은 건 내게는 낯선 체험이다. 하지만 나는 그곳 공동체 멤버들과 사귀며 가치를 공유해야 한다.

"잘 할 거예요."

서 박사가 운전을 하는 내 눈치를 살피며 말했다. 서울에서 떠난 지 두 시간도 안 되어 우리 차는 목적지 가까이에 왔다.

"거의 다 왔어요. 20분만 더 가면 됩니다."

스승님이 말했다.

"경치가 참 아름답습니다. 주기모가 있는 곳은 어딘가요?"

"경기도 가평군 설악면 신천리에 있죠."

"아하, 설악면이라면 경관이 수려하기로 유명한 곳인데요. 대학시절에 친구들과 함께 청평호반에 놀러 간 적이 있었죠. 호수 양쪽에 호명산과 또 하나 산이 있었는데, 산 이름이 잘 생각이 안 나네요."

"화야산?"

서 박사가 손뼉을 가볍게 치며 말했다.

"맞아요, 화야산!"

"저기 보이는 저 높은 산봉우리. 구름 자투리가 산줄기를 흐물흐물 떠도는 저 산이 화야산이죠. 그 아래 돌출한 산이 고동산이고요."

"아, 정말? 저게 화야산?"

잘 정비된 좁은 아스팔트 도로를 달린 지 얼마 안 되어 가옥이 열 채쯤 있는 작은 마을이 나타났다.

"저 앞 푯말을 보고 우회전 하면 됩니다."

전방 30미터쯤 떨어진 고목나무에 걸어놓은 '주님의 재림을 기다리는 모임'이란 푯말이 보였다. 차는 푯말이 붙은 골목길을 우회전해서 동네를 가로질러 구불구불 굽은 시멘트 도로를 타고 언덕으로, 언덕으로 올라갔다. 큰 소나무를 옆에 끼고 왼쪽으로 도니까 시야에 멋진 하얀색 펜션 다섯 채가 불쑥 들어왔다. 긴 오르막길이 끝나고 평평한 길이 나타났다.

"저깁니다. 다 왔어요."

스승이 손을 내밀며 말했다.

"멋진데요."

내가 말했다. 차는 문이 없는 주기모 영내에 들어서 사무실이 있는 건물 앞에 섰다. 그러자 중년의 남자와 여자가 우리를 영접하러 본부 건물에서 종종걸음으로 걸어 나왔다.

"어서 오십시오, 장로님."

사내는 두 손을 모으고 허리를 굽히면서 꾸벅 절을 했다. 첫눈에 생김새가 약간 험상궂었지만 책임감이 강하고 성실한 사람으로 보였다.

"수고 많았지요? 인사하세요. 여긴 김현수 씨라고, 내 제자요. 앞으로 내 비서 역할을 하게 될 것이오. 우리 공동체에서 발행하는 일체의 간행물도 이분이 맡을 것이오. 총무님이 잘 협조해주시오."

"아, 예, 예."

"김현수라고 합니다. 앞으로 잘 부탁드립니다."

"반갑습니다. 저는 고영학이라고 합니다. 불편한 일이 있으면 언제든 말씀해주십시오."

"고맙습니다."

"그럼 절 따라 오십시오. 시설물들을 보여드리겠습니다."

총무라는 사람은 얼핏 보기에도 예의 바르고 능력이 있어 보였다. 총무는 뾰족탑이 설치된 꼭대기에 붉은색 네온 십자가를 세워 놓은 팬션으로 나를 안내했다. 정면 외벽에 '시온관'이라는 표지판이 있는 건물인데, 구내에서 가장 큰 팬션이었다.

총무는 문을 열어 내부를 보여주었다. 건물 내부는 한눈에 보아도 예배당이었다. 정면 단상에는 아크릴 강대상이 놓여 있었고 그 뒤 벽면에는 '내가 속히 오리라'는 플래카드가 걸려 있었다.

"이곳은 예배실 겸 강의실입니다. 2층까지 빼곡히 차면 300명은 거뜬히 수용할 수 있지요."

"훌륭한 건물이군요."

"자, 그럼 회원들 숙소를 보여드리겠습니다."

총무라는 사람은 주기모 공동체의 모든 중요한 시설들을 보여주었고, 사무실에서 일하는 간사들뿐 아니라 숙소에서 숙식하는 몇몇 회원들에게까지 인사를 시켰다.

그 후로 나는 사흘이 멀다 하고 스승 집을 방문했다. 내 집 드나들 듯 뻔질나게 그렇게 했으므로 급속도로 스승과 가까워질 수 있게 되었다. 한번은 스승님이 자기 집에 방들이 많으니 아예 들어와 함께 살자고 내게 권유했다.

스승님의 권유는 내 귀를 번쩍 뜨이게 할 만큼 좋은 소식이었다. 경제적으로 쪼들리던 나는 오피스텔을 세를 내주고 스승님 집에서 살까도 잠시 고민해봤지만, 벼룩도 낯짝이 있다고 그건 아무래도 얌체 같은 짓일 것 같아 정중히 사양했다.

스승 내외분께 불편을 끼칠 것 같아서 그냥 현재의 오피스텔에서 지내겠다는 게 사양의 표면적인 이유였지만, 실은 아무리 경제적으로 핍진하기로 젊은 놈이 남의 집에 얹혀 산다는 게 낯 뜨거운 생각이 들었기 때문이다.

그날따라 유독 젊게 보이는 교수께 나는 아첨하듯 말했다. 교수는 그날 제임스 딘처럼 흰색 티셔츠에 자주색 가디건을 입고 나왔다. 교수는 원래 동안이었지만 이렇게 입으니 더 젊어 보였다. 누가 이분을 60대로 볼 것인가? 20살이나 더 젊어 보이는데⋯⋯.

"스승님, 늘 젊어 보이지만 오늘은 유독 젊어 보여요. 사모님이 반할 만하겠어요."

스승님은 만족스러운 듯 두 어깨를 살짝 들어 올리며 씨익, 웃었다. 나는 그런 스승님이 귀엽기도 하고, 또 저렇게 어린애같이 천진한 사람이 내 가까이에 있다는 게 자랑스럽기도 해서 스승님의 외모를 한껏 치켜세워 주었다.

"스승님은 시간이 거꾸로 가는 것 같습니다. 벤자민 버튼처럼요."

"허허, 벤자민 버튼이라. 왜 하필 벤자민 버튼? 벤자민 버튼의 말로는 비참하게 끝났는데 말야. 다른 사람 없을까? 알랭 들롱이나 톰 쿠르즈 같은."

16

교수 부부의 아들과 딸

   오늘은 토요일이다. 이제 열흘만 지나면 5월이다. 봄은 무르익어 신록이 우거지기 시작하고 있다. 산은 나날이 푸르러가고 녹음은 짙어가고 있다. 꽃내음을 실은 바람은 머릿결을 스치고 지나가고, 푸른 하늘에는 찬란한 태양이 걸쳐 있다. 저 찬란한 태양이 더욱 눈부시면 찌는 듯이 더운 성하의 계절이다. 봄이 오고 가고, 여름이 오고 가고, 가을이 오고 가고, 그리고 겨울이 오고 가는 것은 좋지만, 세기말을 향해 치닫는 시간의 속도는 어찌나 빠른지 소름이 돋는다.

   '그간 스승님 집을 몇 번이나 방문했더라?'

   뻔질나게 드나들어 수를 셀 수도 없다. 오늘도 스승님 집에 갔다. 여느 때처럼 스승님은 미소 띤 얼굴이었다. 항시 느끼는 것이지만 스승님은 사람의 마음을 편하게 해주는 분이시다. 그의 얼굴을 보며 얘기하노라면 마음이 포근해진다.

그런 스승을 보면서 나는 문득 크리스마스이브날 담임목사님의 얼굴이 떠올랐다. 그동안 나는 우리 교회 목사님의 찌푸린 얼굴을 잊으려고 무진 애를 써왔다. 하지만 그럴수록 목사의 얼굴은 꿈에서도 나타났다. 한 번도 아니고 여러 번이었다. 그러면 꿈에서도 얼마나 스트레스를 받았는지 모른다. 꿈에서 깨어나면 내가 혹시 스트레스 장애에 시달리지 않나 하는 의심이 들 때도 있었다.

불현듯 남산에서 생긴 일이 생각났다. 사실 나는, 스승 집을 방문할 때마다 그때 일을 묻고 싶었다. 하지만 그 일을 끄집어내기가 창피스러워 선뜻 물어보지 못하고 그때마다 하릴없이 미적거려 왔던 터다.

"무슨 고민이라도 있나?"

스승님은 가벼운 미소를 머금고 물었다. 털어놓으라는 말투였다. 나는 용기를 내어 남산 사건, 그러니까 눈이 오는 크리스마스이브 밤, 남산 벤치에서 술에 취해 깜빡 잠이 들었던 나를 스승님 부부가 왜 여관에 옮긴 후 여관비까지 대신 치러줬는지 여쭙고 싶어졌다.

"뭔가 할 말이 있는 듯싶소."

나는 마음이 들킨 게 놀랍기도 하고 쑥스럽기도 해서,

"예, 실은, 그게 말입니다……."

라며 우물거렸다.

"무엇이든 얘기 해보시구려. 괜찮아요."

"말씀 드려도 괜찮겠습니까? 좀 부끄럽습니다."

"나는 들을 준비가 되어 있소."

"그렇다면…… 뭐랄까…… 남산에서 저를 구해주신 데 대해 다시 한 번 감사를 드리고요. 한데 궁금한 게 있어요."

"말해 보시오."

"스승님은 왜 벤치에서 잠자던 나를 그냥 지나치지 않고 차에 태워 여관에 데려다놓고는 여관비까지 대신 내주셨는지요? 게다가 다음날 또 오셔서 전복죽과 찬까지 가지고 오시고……."

"허허, 난 또 뭐라고…… 그걸 꼭 말해야 하나?"

"네, 알고 싶습니다."

"말하려 하니 외려 내가 쑥스럽군. 그게 뭐 대단한 일이라고……."

"대단한 일입니다, 스승님."

"꼭 알고 싶다면 내 말해주지. 그건 말이지, 성령께서 시키신 것이라네."

"뭐라고요? 성령께서 시키셨다고요?"

"그렇다네. 자넨 이해하기가 좀 어렵겠군. 성령은 삼위일체 하나님의 한 위격이시지. 성부 하나님, 성자 하나님, 그리고 성령님 말일세."

"그래서요?"

나는 귀를 쫑긋하며 상체를 스승 쪽으로 바짝 끌어당겼다. 삼위일체란 말은 교회에서 곧잘 들어온 말이어서 스승의 말을 조금은 알아 들어도 '성령께서 시키셨다'는 말은 잘 이해할 수 없었다.

"성령님은 우리가 선한 일을 하게 하시는 분이시지. 성령님이 이해가 되지 않으면 하나님으로 생각해요. 성령 하나님은 성부 하나님과 성자 예수님과 달리 존재하시면서 결국 세 분은 동일한 한 분이시니까."

"아, 그렇게 말씀하시니까 감이 좀 잡힙니다. 하지만 그 성령님이 시키셨다는 건 여전히 이해하기 곤란합니다. 스승님은 어떻게 성령이 시키셨다는 걸 아셨습니까?"

"성령 안에 있으면 알 수 있어요. 다시 말해 하나님과 동행하면 알 수 있는 거죠."

나는 여전히 이해가 되지 않았지만,

"아하, 그렇군요. 잘 알겠습니다."라고 고개를 끄덕이며 대

답했다. 그러면서,

"아무튼 성령님께서 스승님에게 선한 일을 하도록 시키셨겠지만, 전 아무래도 스승님이 원래 선한 마음과 선한 의지를 지니셨기 때문에 선한 행동을 하셨다고 생각해요."
라고 말했다.

옆에서 듣고 있던 서 박사가 박수를 치며 말했다.

"와아! 대단해요. 현수 씨는 이제 보니 꽤나 신학적인 면도 있네요. 문학보다는 신학을 하는 게 어떨까요?"

"하하, 말씀은 고맙지만 저 같은 사람이 신학을 하면 세상이 시끄러워질 거예요. 워낙 생각이 자유분방하니까요."

바로 그때였다. 초인종이 띵동, 하고 울렸다.

"누구지?"

서 박사가 뽀르르 거실 벽에 달려 있는 인터폰으로 가서 화면을 들여다보았다. 두 명의 방문객이 현관을 서성였는데 남자는 케이크를, 여자는 과일 바구니를 들고 있었다.

"엄마, 나 왔어요."

화면에 20대 중반쯤 되어 보이는 남자의 얼굴이 비쳤다.

"에그머니나, 이게 누구야? 로이? 로이가 어쩐 일야?"

서 박사는 짐짓 놀라는 표정을 지으며 걱정스럽다는 듯 남편에게 말했다.

"여보, 로이가 어쩐 일로 전화도 하지 않고 온 거죠? 누구랑 같이 온 것 같은데? 여자하고."

스승의 얼굴이 순간 어두워지며 입술을 파르르 떨었다.

"내가 현관에 나가볼게요."

서 박사가 총총히 현관문으로 걸어갔다. 스승님은 입술을 굳게 다물고 뭔가를 골똘히 생각하며 두 눈을 깜빡거리고 있었다.

"아버지, 저 왔어요. 모레가 아버지 생일이라서요."

로이라는 청년은 소아마비를 앓았는지 왼쪽 다리를 심하게 절고 있었다. 한눈에 봐도 의족을 착용한 게 틀림없었다(훗날 안 사실인데, 로이가 의족을 착용한 건 교수 부부가 미국에서 교환교수로 일할 때 불의의 교통사고를 당했기 때문이다).

"아, 그래? 내 생일을 다 기억하고. 기특하구나."

스승님은 머리칼을 연신 뒤로 넘기며 다소 뻘쭘한 표정을 지어 보였다.

"여긴 제 여자 친구예요. 이름이 소연. 소연아, 엄마 아빠에게 어서 인사 올려."

처음 보는 아가씨가 명랑하게 인사를 했다.

"안녕하세요? 처음 뵙습니다. 저는 정소연이라고 합니다.

로이 씨에게서 어머님 아버님 말씀 많이 들었습니다. 잘 부탁드립니다."

"뭐라고요? 어머님, 아버님?"

스승님 내외분은 어안이 벙벙해 서로 쳐다보았다. 그 순간 두 사람의 낯빛이 창백해졌다.

'아, 로이. 그 로이로구나. 내가 처음 스승님 댁을 방문하던 날 사진에서 보았던 그 아들.'

나는 속으로 중얼거렸다. 스승의 집을 처음 방문했던 그날 나는 인상 깊게 로이의 사진을 두 번이나 보았었다. 하나는 캐나다의 로키산 스키장에서 찍은 사진이었고, 또 하나는 스승님의 지갑 속에 들어 있던 사진이었다. 사진 속의 로이는 10살쯤 되어보이던 소년이었는데…….

"우린 결혼하기로 약속했어요. 허락을 받는 게 도리일 것 같아서요."

로이가 두 사람의 결혼이 당연하다는 듯이 당당하게 말했다.

바로 그때 현관에서 초인종이 또 다시 울렸다. 이번에도 서 박사가 인터폰으로 갔다. 인터폰 화면에는 두 명의 젊은 여자가 나타났다.

"아니? 저게 누구야? 지현이 아냐? 얘가 어쩐 일야?"

현관문이 열리고 두 여자가 들어왔다.

"어머나? 오빠 나보다 빨리 왔네."

"그래, 조금 전 왔다. 넌 휴대폰은 어디다 삶아먹고 전화를 안 받니? 안 오는 줄 알고 그냥 나 먼저 왔다."

"아, 미안. 배터리가 떨어졌어."

"이런 맹추. 예나 지금이나 덜렁대기는."

"미안하다고 했잖아? 빈정대기는."

사진에서 보았던 그 지현이었다. 사진에는 초등학교를 갓 들어간 앳된 나이였는데 벌써 어엿한 숙녀가 되었던 것이다. 로이와 지현이 부모 집에 웬 낯선 남자가 있다는 것을 의식하고 목소리를 낮춘 것은 내가 헛기침을 하고 난 뒤였다.

"이분은 누구시죠?"

지현이 엄마에게 물었다.

"저분은 아빠와 함께 이스라엘 사역을 하실 분이다."

서 박사가 나를 바라보며 말했다.

"사역은 무슨 사역. 이스라엘 사역을 하면 밥이 나오나 돈이 나오나?"

로이가 비꼬는 조로 말했다. 지현과 함께 온 여자가 까르르, 하고 웃어댔다.

"아 참, 제 친구예요. 영란이. 영란아, 우리 엄마 아빠야.

여긴 오빠고."

지현이 함께 온 같은 또래의 여자를 가족들에게 소개했다.

"처음 뵙습니다, 저는 오영란이라고 해요."

지현이와 함께 온 여자가 살짝 목례를 하며 간드러진 목소리로 자기를 소개했다. 챙이 요란하게 큰 검은 모자를 눌러쓰고 광택이 번쩍번쩍 나는 빨간색 가죽 코트를 입은 모양새가 꼴불견이었다.

순식간에 스승님의 집은 불어난 사람들로 복작거렸고, 복작거린 만큼 혼란스럽고 수선스러워 정신이 없었다. 나는 자리를 피하는 게 도리라고 생각하고,

"좋은 시간 되십시오. 먼저 나갈게요."

라고 말했다.

"괜찮아요. 우리 아이들이 왔으니 생일 파티를 하고 가세요."

서 박사가 말했다. 이 박사는 이렇다 저렇다 결정을 내리지 못하고 내 안색을 살폈다.

"아무래도……."

"아내 의견대로 함께 있어요. 어차피 우리 집 사정을 알게 될 텐데……."

촛불에 불을 붙인 다음, 전등불을 끄고, 생일 축하 노래를

부른 후, 축하박수를 치고, 케이크를 잘랐다. 나는 여기까지 오는 동안 얼마나 가슴이 조마조마했는지 모른다. 왠지 모르게 공기가 험악해서 뭔가 터질 것 같은 심상찮은 기운을 느꼈기 때문이다.

아닌 게 아니라 내 예감은 적중했다. 그것은 로이와 지현이 상류층 가정에서 자란 아이들이라고는 믿을 수 없을 만큼 버릇이 없기 때문이었다. 그런 불길한 예감은 차츰 현실화되어갔다. 결혼 문제를 두고 부모와 자식 간에 벌어지는 갈등은 TV드라마나 영화 같은 데서 심심치 않게 보아왔지만, 내 주변의 가까운 사람에게서 그런 일이 일어난다는 게 믿기지 않았다.

"엄마 아빠, 저…… 소연이하고 결혼할래요. 허락해주세요."

스승 부부는 올 것이 왔다는 눈치였다. 그러잖아도 스승 부부는 로이가 술집을 드나들면서 예쁘장한 종업원과 사귀다가 동거하는 것 같다는 말을 로이 친구에게서 듣고는 설마하고 있던 참이었다. 설마가 사람 잡는다고, 그때 로이가 있는 곳을 알아내 엄하게 잡도리를 할 것을 막상 일이 터지고 보니 바싹 목이 마르고 정신이 아뜩했다.

"얘야, 결혼하는 건 좋다마는 부모가 신부감을 좀 살필 기회라도 있어야 하지 않겠니?"

"내 그럴 줄 알았어요. 아빠 엄마는 한 번도 내 뜻을 받아주질 않았죠. 소연이 애 알고 보면 괜찮은 애예요."

"야 이 녀석아! '한 번도'라니? 언제 한 번도 네 뜻을 안 받아줬어? 엄마 아빠가 그랬다고? 자기 멋대로 살아온 네가 이제 와서 무슨 당치도 않는 말을 지껄이는 거야?"

스승님이 버럭 소리를 질렀다. 그는 화가 난 듯 주먹으로 탁자를 쿵쿵쿵, 하고 내리쳤다. 그도 그럴 것이 아빠는 아들에게 이런 식으로 꽤 많이 당한 모양이었다.

"저봐요, 엄마 아빠는 늘 이런 식이지. 내가 괜히 집에 왔지, 집에 왔어. 허락은 무슨 허락."

"뭐라고? 이런 녀석을 봤나? 말이면 다야? 어디다 대고 말대꾸야, 말대꾸는. 내 허락 없이 결혼을 하겠다면 나는 결혼식장에 가지 않을 테니 그리 알거라."

스승은 지금 자기 앞에 벌어지는 일을 도저히 받아들일 수 없었다. 그렇지만 이건 엄한 현실이었다. 생각이 거기에 이르자 그는 호흡이 거칠어지고 심장 박동이 빨라졌다. 하지만 그는 침착한 사람이다. 그는 눈을 지그시 감았다. 애써 평온한 척했지만 그의 얼굴은 지치고 일그러진 기색이 역력했다(불과 두 시간 전 평온한 얼굴과 이렇게 달라질 수가 있다니!). 그는 속으로 이렇게 중얼거리는 것 같았다.

'어찌 이럴 수 있단 말인가? 이 아이가 내 아들이 맞나? 오, 주님, 이 세상은 소망이 없다는 걸 더 진작 깨달아야 했습니다.'

스승의 얼굴은 마음속 깊은 곳에서 일렁이는 고통의 파문으로 심하게 일그러져 있었다. 어지간해서는 감정을 겉으로 드러내지 않고 절제심이 강한 그였지만, 마침내 들끓는 분노를 폭발시키고야 말았다. 그는 감았던 눈을 번쩍 떴다.

"당장 나가! 그리고 앞으로는 내 앞에 나타나지 마라! 나를 다시는 아버지라 부르지 마라!"

목소리가 어찌나 컸던지 천둥이 울리는 소리 같았다.

"아버지가 아무리 반대를 해도 저는 이 여자와 결혼할래요. 조금이라도 저를 자식이라고 여긴다면 무조건 반대하지 마세요."

로이는 그렇게 말하고는 행하니 집을 뛰쳐나갔다. 그 뒤를 따라 정소연인가 뭔가 하는 로이의 애인도 황망히 집을 나갔다.

지현이도 작별인사를 하는 둥 마는 둥 하면서 집을 빠져나갔다. 지현이는 그날 왜 친구와 함께 부모 집엘 왔는지 나는 모른다. 지현이에 관한 소식은 나중에 들은 것이지만, 지현이와 여자 친구는 서로 사랑하는 사이라고 했다. 동성 간의 사랑 말이다.

침입자 네 사람이 집을 나간 건 순식간의 일이었다. 이제 스승의 집에는 원래대로 세 사람만 있게 되었다. 창가에 나지

막이 어슬렁거리던 달빛마저 어디론가 숨어버렸다. 우리 세 사람은 한참 동안 아무 말이 없었다. 탐탁지 않은 무거운 침묵이 흘렀다(나는 이런 시간이 고문을 받는 시간과 같다).

스승의 눈은 충혈돼 있었고 얼굴에는 절망의 그늘이 드리워져 있었다. 나는 그때 우리 인생이 얼마나 많이 수고하고 무거운 짐을 지고 있는가를 생각하며 몸서리쳤다.

"미안하오, 김 군."

스승의 조용한 몇 마디 말이 정적을 깼다.

"미안하기는요. 천만의 말씀입니다, 스승님."

나는 딱히 뭐라 할 말이 없어 그저 머쓱한 표정을 지은 채 말했다(하지만 한시름을 놓았다). 내가 스승님하고 친구 사이라면 그의 어깨를 두드려주거나 감싸 안으면서 위로의 말이라도 건네고 싶은 마음이 굴뚝같았다.

"자식들하고 이러는 내가 무얼 하겠다고……."

끄응, 하는 한숨 소리가 무거운 공기를 더욱 짓눌렀다. 스승의 눈가에 이슬이 맺혔다. 서 박사가 그런 남편의 어깨를 토닥거리며 말했다.

"여보, 우리 애들은 우리 힘으로 안 돼요. 애들의 미래는 주님께 맡깁시다. 그래도 희망이 있잖아요? 여기 현수 형제가 우리 곁에 있으니까요."

17

유월절 양

주기모에 들어온 지 어림해 한 달이 지났다. 주기모 동산의 나무들은 겨우내 입었던 허름하고 까만 껍질을 벗어던지고 초록빛 새 옷들로 갈아입었다. 내가 교수의 측근으로 주기모 공동체에 들어왔다는 소식은 뜨르르 퍼져나가 웬만한 회원은 나하고 말 한 번 나누지 않았는데도 나에 대해 꽤 아는 눈치였다.

나는 주기모 멤버들에게 나쁜 인상을 주지 않으려고 나름 노력했지만, 그럴수록 자꾸만 관계의 수렁에 빠지는 느낌이었다. 기존 멤버들에게 이방인 취급을 받았기 때문이다. 따돌림을 당했다는 거다. 이것은 교수의 비서 역할을 수행했던 나로서는 전혀 예상하지 못한 것이었다.

공동체에 빠른 시일 내 적응하고 뿌리를 내릴 줄 알았다.

어느 모로 보나 나는 충분히 그럴 능력이 있다고 자신했던 거다. 하지만 그건 순진한 생각이었다. 나는 오리 홰 탄 것 마냥 처음부터 설 자리를 찾지 못했다. 꿔다 놓은 보릿자루처럼 무얼 해도 어수룩했던 것이다. 그건 수더분하지 못한 내 성격 탓도 있지만 공동체 사람들과 도저히 융화할 수 없는 이 조직의 유별난 폐쇄적 문화에 기인했다는 게 정확한 표현일 것이다.

멤버들은 누구 하나 나한테 말을 걸려고 하지 않았다. 자기들끼리 있다가도 내가 지나가면 못 본 척하면서 흘끔거리거나 나직한 말로 쑥덕거리기 일쑤였다. 그들이 그러는지라, 나 또한 수군대는 그들 곁을 지날 때면 책잡히지 않을 양으로 나무 이파리를 하나 따서 살펴보는 척한다든가, 휴대폰에 무슨 메시지가 온 것인 양 슬쩍 열어본다든가, 혹은 급한 용무가 있는 듯이 잰걸음을 놓는다든가 하는 식으로 딴청을 피웠다.

그러다 보니 어떤 때는 자기네들끼리만 통하고 얼뜨기인 나만 모르는 암구호가 있지 않나 의구심이 들 정도였다. 이를테면, 반대를 나타내는 anti의 약어인 'A'라는 주홍색 글자를 써넣은 B5종이를 나 몰래 감쪽같이 내 등에다 붙여놓고 나를 의도적으로 디스하는 따위 말이다.

이런 식으로 그들에게 이물스럽게 여겨진 나는 점점 그들과 멀어져갔다. 그들에게 이방인처럼 서름서름해 보이면 보일수록 그들 또한 내게 서름서름해 보였다. 나는 이러쿵저러쿵 그들의 입길에 오르내리지 않으려고 처신에 각별히 조심하려고 애썼다. 그러니 얼마나 어색했겠는가. 경건한 그들 앞에서 평소처럼 활달하고 양명하게 굴다간 세속에 찌든 인간이란 비난을 받을까 봐 염려되었다. 까딱 잘못하다간 저들에게 나는 수줍은 망아지나 덜 돼먹은 떨거지가 되고 말 것이다.

그러니 너덜거리는 심신이 더욱 엉망이 될 것은 빤해서 정신줄을 단단히 붙잡아야 했다. 나 스스로 그렇게 느끼는 걸까? 암만 생각해도 그렇지 않다. 분명 저들은 나를 이방인 취급하고 있으니까. 나는 그들의 눈길에서 나에 대한 호감이 처음부터 눈곱만큼도 없었다는 것을 날이 갈수록 확인했다.

하지만 나는 그들의 입맛에 맞게 고분고분 굴 생각은 추호도 없었다. 어딜 가나 텃세가 있다고는 하지만, 나는 이곳에서 '텃세'라는 거칠고 불유쾌한 어감을 실감했다. 그들과 함께 있으면 늘 벌레 씹은 기분이 되었다. 그만큼 나는 물과 기름처럼 그들과 맞지 않았던 것이다.

그들은 신종 유대인들이었다. 유대인들은 자기들만이 선민이라고 주장하고 독특한 문화를 고수하는 사람들이다. 2,000년 전 유대인들은 자신을 메시아라고 주장하는 예수를 붙잡아 죽였던 사람들이다. 이 때문에 그들은 세계 도처에서 박대와 배척을 받았다. 히틀러 때 유럽에서는 유대인들에 대한 혐오가 극에 달해 600백만 명도 넘는 유대인들이 학살되었다.

나는 신앙심이 깊은 사람들이 왜 자기 주장이 강하고 다른 사람을 용납하지 못하며 독선적인지 그게 늘 궁금했다. 이 공동체 사람들은 여느 신앙인과는 좀 다를 줄 알았다.

멤버들은 하나같이 신앙심이 깊은 사람들이었다. 그들은 성서의 가르침대로 살려고 했으며, 복음과 선교의 열정이 넘치는 사람들이었다. 윤리적으로도, 종교적으로도 그들은 모범적이었다. 하지만 그들이 가지고 있는 결정적인 맹점은 율법주의에 빠져 있다는 거였다.

율법주의란 의식이나 행위로 신께 인정을 받으려는 신앙 행태를 일컫는다. 예수께서 활동했던 당시 유대사회의 종교 지도자들은 율법주의자들이었다. 그들은 종교적 우월감으로 우쭐댔으며, 자기들과 다른 종교와 다른 문화를 가진 사람들을 걸핏하면 '이방인'이라며 손가락질하며 정죄하는 사람들이었다. 어찌나 꽉 막힌 사람들이었던지 예수께서는 그들에게 "회칠한 무덤과 같은 자들"이라며 비난했다.

회칠한 무덤이란 때깔 나게 보이도록 흰색으로 칠을 한 무덤을 말한다. 땅을 파서 시신을 넣어 흙으로 덮고 그 위에 얇은 돌을 얹어놓은 평토장한 무덤이다. 그러기에 무덤이 오래되었거나 관리가 부실하면 땅 속에 있는 시체나 뼈들이 밖으로 튀어나온다고 한다. 이 때문에 사람들이 길을 걸을 때 부정을 탈까 봐 무덤을 식별할 수 있도록 돌 위에 흰색으로 칠을 해놓는 게 유대 사회의 풍속이었다.

예수께서 바리새인들을 향해 신랄히 풍자한 "회칠한 무덤 같은 자들"이란 겉으로는 아름답게 보이지만 그 안에는 죽은 사람의 뼈와 더러운 것들이 가득한 무덤처럼 겉과 속이 다른 사람을 가리키는 것이다.

나는 기독교인이면서도 이렇게 겉과 속이 다른 기독교인들을 혐오했다. 겉으로는 경건하고 사랑이 철철 넘치는 것처럼 행세하지만 속에서는 타인을 쉽게 판단하고 정죄하며, 말로는 '사랑해요'를 입에 달고 있으면서도 그 마음 안에는 정작 사랑이 메말라 있는 사람들…….

그들은 은혜를 많이 받은 사람들이다. 그토록 열심히 성경을 읽고, 그토록 열심히 기도를 하고, 그토록 열심히 교회에서 봉사활동을 했으면서도 위선과 거짓으로 가득한 사람들 말이다. 그들은 순간적인 실수로 다른 사람의 물건을 훔치거나 간음을 한 사람보다 어떤 면에서는 더 질이 나쁘다.

나는 신학은 잘 모르지만, 어릴 때부터 교회를 다녔으므로 참 신앙과 외양에 치우친 신앙이 무엇인지 웬만큼은 구별할 줄 아는 사람이다. 내가 보기에, 공동체 회원들은 할례를 받지 않았을 뿐 현대 바리새인들이었다. 그들은 배타적이었고 자기 스타일이 가장 이상적인 신앙이라고 여겼다. 그들은 주일主日에 교회에 나가는 대신 자기들끼리 모여 예배를 드렸고, 돼지고기를 먹지 않았으며, 유대인을 보면 하나님의 원래 백성이라며 사족을 못 썼다.

그들은 유대인들에게 큰 빚을 졌다고 생각했다. 유대인들의 희생과 고난은 이방인들을 구원하기 위한 신의 신묘막측한 섭리라고 그들은 믿었다. 유대인들로부터 영적인 것을 먼저 받았으므로 육적인 것으로 섬기는 것이 마땅하다는 사도 바울의 가르침을 충실히 수행하는 것을 신앙생활의 으뜸으로 삼았다. 사도 바울의 가르침이 틀렸다는 게 아니다. 유대인을 불쌍히 여긴답시고 행하는 그들의 광적인 집착과 행태가 틀렸다는 것이다.

하여간 나는 이런저런 이유로 주기모 사람들과 잘 어울릴 수 없었다. 저들과 나 사이에는 화해할 수 없는 간극이 분명히 존재했다. 그렇지만 저들이 싫다고 공동체를 떠날 수는 없는 노릇이었다. 저 사람들을 보고 이 공동체에 들어온 게 아니라 스승을 보고 들어왔기 때문이었다. 그렇다면 이를 악물고 견뎌내야만 했다. 주기모의 지도자인 스승과의 사이가 틀어지지 않는다면야 나는 끝까지 초심을 잃지 않겠다고 다짐하고 또 다짐했던 것이다.

하지만 사람과 사람 간에 우정과 의리가 변치 않을 만큼 탄탄한 신뢰가 쌓아진다는 것은 가파르고 험한 수많은 산들과 강들을 넘고 넘어 같은 목적지에 다다르는 것만큼이나 지난한 일이다. 우정과 의리가 변함없이 지속하려면 서로가 서로를 배려하고 양보하면서 필요를 채워주고 챙겨줄 때 서로 간 우정과 의리가 변함없이 지속할 것이다.

그런데도 두 사람의 의지와 관계없이 좋은 사이가 뒤틀리는 경우도 얼마든지 있다. 오해와 불신을 일으키게 하는 우연적이고 돌발적인 것들 말이다. 사람은 어쩔 수 없이 변수가 많고 이해관계가 복잡한 환경에 영향을 받기 때문이다.

스승과 친밀하게 지내왔던 나는 전혀 뜻밖의 일로 둘 사이에 앙금이 생기게 되었다. 나는 그까짓 일이 별 게 아니라고 생각했지만, 스승은 그 일을 의미심장한 것으로 받아들인 모양이었다. 그 불상사는 유월절 의식에서 일어났다. 벚꽃이 봄바람에 흩날리는 4월 17일이었다.

교회를 다니지 않은 사람들에게는 '유월절'이란 말은 좀 생소한 단어로 들릴 것이다. 하지만 교회에 다니는 사람들에게 유월절은 낯익은 말이다.

유월절이란 유대인들의 조상인 고대 히브리인들이 이집트의 노예생활에서 탈출한 사건을 기념하는 명절이다. 유월은 '6월'이 아니라 '넘어간다passover'라는 뜻이다. 한자로는 '逾越'이라고 쓴다. 그러므로 유월절이란 히브리인들이 장자의 죽음을 면하기 위해 어린 수양이나 염소를 잡아 죽여, 그 피를 문설주와 인방에 바르면 재앙이 넘어갔다고 해서 해마다 봄철에 지키는 이스라엘의 대표적인 축제일이다. 유대인들은 여호와의 도우심으로 자기들을 위기로부터 구해내고 이집트의 노예살이에서 해방시킨 출애굽 사건을 조상 대대로 기념해왔다.

유월절에 희생된 어린 양은 신약시대에 와서 새롭게 해석되었다. 기독교의 사도들은 십자가 위에서 처형된 예수가 인류의 죄를 대신 짊어지고 죽은 어린 양이라고 보았다. 십자가 위에서 창으로 허리를 찔려 피를 흘리고 고난을 받은 예수를 유월절의 어린 양과 동일시했던 사람은 예수와 동시대를 살았던 세례 요한이었다. 그는 많은 유대인들에게 예수를 가리켜 말하기를 "보라, 세상 죄를 지고 가는 하나님의 어린 양이로다"라고 선포했다고 한다.

유월절은 유대인의 명절이지 기독교의 명절은 아니다. 기독교는 유월절을 지키는 대신 그리스도의 수난을 기념하는 사순절을 지키고 있다. 40일을 뜻하는 사순절이 끝나면 부활절이다. 이 때문에 공동체의 모든 회원들이 부활주일 전날인 토요일에 동산에 모여 유월절 행사를 한다는 말에 나는 의아해했다.

금요일 점심 무렵 공동체 총무라는 사람이 어린 염소 한 마리를 구해왔다. 나는 한눈에 이 어린 염소가 공동체 건물로 들어서는 시골마을 어귀에서 살고 있는 녀석이라는 걸 알았다. 걸어서 공동체로 올라올 때면 한참이나 나를 말끄러미 보던 녀석이었다.

총무는 염소를 깨끗이 목욕을 시켜준 후, 도망치지 못하도록 목에 끈을 매달아 기둥에 걸어놓고 주방에 가둬 놓았다. 염소가 하룻밤을 주방에서 지샌 게 문제였다. 하필 일이 꼬이려고 그랬는지는 몰라도 그날 밤 내가 동산의 숙직 당번이었던 것이다.

당번실은 주방 바로 옆에 있었다. 방에서 책을 읽고 있던 나는 주방에서 음매에에, 하며 구슬피 우는 어린 염소에게 자꾸 신경이 쓰였다. 어린 염소는 유월절에 사람 대신 죽을 녀석이다. 하지만 나는 이 어린 염소가 죽는다는 게 자꾸만 마음에 걸렸다. 어린 염소에게 뭔가 맛있는 음식을 줘서 잠시라도 행복하게 해주고 싶은 마음이 불쑥 생겼다. 그리고 하룻밤을 그의 친구가 되어주고 싶었다. 짐승은 비록 사람처럼 영혼이 없다고 하더라도 감정에 어떤 평정심이나 위안의 처소가 있지 않을까 하는 막연한 생각이 들어서였다.

주방에 들어갔다. 어린 염소는 잠을 잘 생각도 하지 않고 주방 안을 서성거리고 있었다. 어린 염소는 울다가 지친 듯 우는 소리가 작아졌다. 그 울음소리가 신음처럼 들렸다. 어느 결에 나는 소름이 끼쳤다. 그것은 동물의 울음소리라기보다는 엄마를 잃은 어린아이의 처연한 울음소리 같았기 때문이었다.

"애야, 울지말거라. 마음이 아픈가보구나. 그치?"

애정 어린 눈으로 얼마 동안 어린 염소를 바라보던 나는 조심스럽게 다가가 녀석을 안아주었다. 순간 어린 염소는 울음을 그치고 나를 그윽이 바라보았다.

"녀석아, 너 이름 뭐야? 내가 네 엄마로 보이니?"

호수같이 맑고 천진한 염소의 까만 눈동자에 내 얼굴이 비쳤다. 어린 염소의 눈에 눈물이 그렁그렁 고였다. 그걸 본 내 마음은 느닷없이 비참해졌다.

'아아! 비참함!'

인간 세상에서 흔히 겪고 느끼는 비참이다. 그게 광경이라면 비참한 광경이고, 느끼는 것이라면 비참한 심정이다.

'이 어린 염소가 무슨 잘못이 있다고 태어난 지 일 년도 안 돼 죽임을 당해야 한단 말인가.'

내 마음은 고통으로 일그러져 있었다. 나는 내가 왜 이런 경험을 해야만 하고 왜 이런 일에 괴로워해야 하는지 내 삶이 불행하다는 생각이 들었다.

어린 염소가 그런 나를 측은히 여긴 듯 물끄러미 바라보고 있었다. 주방 냉장고를 열어 무슨 먹을 게 있나 찾아보았다. 냉장고 안에는 동그랑땡 쇠고기와 먹다 남은 미역국이 있었다. 동그랑땡 쇠고기를 잘게 조각내어 손 위에 올려놓고 어린 염소에게 먹으라고 녀석의 코에 갖다 댔다. 어린 염소는 거들떠보지도 않고 고개를 저었다.

"이 녀석아, 얼마나 배고프니? 내일 죽더라도 먹을 건 먹어야지. 이거 맛있는 거란다. 잠시 기분을 풀고 허기를 채워보렴."

어린 염소는 그런 나를 무심히 힐끗 훔쳐보고는 문 쪽을 바라보고 또 다시 음메에에에, 하고 슬피 울어댔다. 녀석의 눈에는 슬픔이 가득 번져 있었다.

그걸 본 나는 더욱 비통해했고, 미동도 않는 녀석을 껴안고 엉엉 소리 내어 울고 말았다. 녀석이 불쌍하기도 했지만, 존재의 가벼움과 불운에 대한 어떤 막연한 두려움이 파도처럼 밀려왔기 때문이었다. 나는 어린 염소의 부드러운 머리를 쓰다듬으며 말했다.

"애야, 미역국이란다. 우리 엄마가 생일 때마다 내게 만들어 준 미역국이지. 너는 한 살이라며? 생일이 며칠이야?"

그제야 어린 염소는 잠시 울음을 멈추고 나를 멀거니 바라보았다. 어린 염소는 눈이 커서 동공이 구슬만 하게 보였다. 그 순간 나는 염소가 위풍당당하다고 느꼈다. 머리 양쪽에 적당히 나 있는 활 같은 뿔은 왕관처럼 보였고, 쭉 내민 입은 플루타르크 영웅전에 나오는 명 웅변가의 입처럼 생겼으며, 수염은 관운장처럼(허리춤까지 내려오는 길이는 아니더라도) 상대방을 충분히 위압할 만큼 가지런하고 길어 스스로의 권위가 있었기 때문이었다. 그런 줄도 모르고 나는 염소가 1년생이라고 하기에 그저 철없는 어린애같이 여겼던 것이다.

그런 생각을 하게 되니까 사람은 한 살을 먹었건, 장가나 시집을 가는 나이가 찼건, 칠순을 넘었건 죽음 앞에서는 그저 무력한 어린애처럼 느껴졌다. 어린 염소의 비명은 우리들 인간의 비명, 아니 내 인생의 서시에서 감당할 수 없는 비명과 같은 것이었다(나는 수많은 어휘들 중에서 '비명'이란 단어를 사용하길 제일 꺼려한다). 턱에 수염이 나고 겨드랑이에는 털이 나서 제법 어른이 된 사람도 죽음을 목전에 두고 그 죽음에 손 한 번 제대로 쓰지도 못하고 꼼짝없이 받아들여야만 하는 숙명과도 같은 것 말이다.

한 살배기 염소가 슬피 울어 대는 것은 엄마를 찾기보다는 날이 새면 죽게 되는 자신의 운명을 예감해서였을 거라는 생각이 미치자, 나는 갑자기 이 불쌍한 염소를 몰래 풀어줄까 하는 충동을 느꼈다.

하지만 그렇게 해서는 안 될 일이다. 내가 만일 그런 행동을 하게 되면 웃음거리가 될 것은 뻔한 노릇일 것이기 때문이었다. 아니, 웃음거리가 되는 것은 그렇다손 치더라도 그건 나의 스승을 배반하는 것과 직결되는 문제였다. 이 공동체에서 쫓겨나는 것은 그다지 겁나지 않지만, 스승과의 결별은 겁나는 것이었다. 우리가 어떻게 만난 인연인가.

나는 정신을 가다듬은 후 냉장고에서 양배추를 찾아내 어린 염소에게 먹으라고 권유해봤다. 하지만 어린 염소는 구석에 웅크리고 앉아 양배추를 거들떠보지도 않았다.

"녀석, 네 마음을 이해하겠다. 내가 어리석었구나. 몇 시간 후면 죽을 녀석인데 이 음식이 목으로 들어가겠니? 내가 어리석었지. 네가 말을 할 수 있다면 동틀 녘까지 네 이야기를 들어주겠다. 자, 네 애처로운 심정을 이야기 해보렴. 네 고충을, 네 고통을 들어줄게."

어린 염소는 나를 믿겠다는 표정을 지었다. 녀석은 나를 무구한 눈으로 지그시 바라보았다. 그 순간 나는 녀석이 머리를 끄덕끄덕하고 입은 무슨 말을 하는 것 같은 환상 비슷한 어떤 느낌을 받았다.

"현수 씨. 인간이나 짐승이나 삶은 고독하고 슬픈 것이라오. 언젠가는 죽기 때문이죠. 인간은 다른 사람을 위해 죽으면 영웅이니 열사니 성자니 칭송을 받지만, 나 같은 놈은 그저 억울하게 죽는 짐승에 불과한 것이라오. 나는 왜 당신들의 축제에 이용을 당하는 운명을 타고 태어났단 말이오? 나는 그게 비통해 이렇게 울고 있지요."

나는 어린 염소를 다시 가슴에 품고 그의 머리를 쓰다듬어주었다. 그러자 어린 염소는 애원하듯 이렇게 말하는 것 같았다.

"당신이 나를 진정으로 사랑한다면 내 목에 건 줄을 풀고 문을 열어 나를 풀어주시오."

"아, 그건 안 된단다. 나에게는 그럴 권한도 힘도 없거든. 너는 이해하지 못하겠지만 우리들 인간사회에는 사람들이 제 멋대로 깡짜를 놓치 못하도록 관습이나 전통이란 게 있거든."

어린 염소는 나를 용기가 없는 자라고 비웃는 듯이 말을 이어갔다.

"나도 대강은 알고 있어요. 그걸 넘어서야 진정한 용자이지 않겠습니까? 더는 지체하지 마시고 제발 이 목줄을 풀어 주세요."

"미안하다, 미안해. 나는 어쩔 수 없구나. 왜 사람들은 종교의식을 하면서 무죄한 너희들을 죽여야만 하는지…… 나는 인류 문화에 커다란 의문을 품고 있단다. 얘야, 잘 들어라. 나는 내일 너의 죽음의 현장에 있지 않으면 안 된단다. 유월절 의식을 치르는 모임에 참석하지 않으면 안 되거든. 너도 알다시피 넌 그 의식에서 희생될 거야. 그래서 부탁할 말이 있다. 네가 피를 흘리면서 나를 보지 않도록 할 수 있겠니? 네 눈과 내 눈이 마주친다면 나는 아마도 미쳐버릴지 모르기 때문이란다. 네게 평안이 있기를 바란다."

나는 어린 염소의 이마에 키스를 하고 억지웃음을 지어 보였다.

"그래도…… 잘 자……."

나는 어린 염소에게 작별 인사를 하고 어기적어기적 주방을 나왔다. 어린 염소가 힘없이 고개를 떨구고 차가운 바닥에 털썩 주저앉는 모습이 곁눈질로 보였다.

해가 뜨고 아침이 찾아왔다. 새들이 지저귀는 소리조차 없이 사위는 고요하다 못해 적막감이 감돌았다. 왕실 근위대가 궁전을 지키는 것처럼 청신한 공기는 이른 새벽부터 기지개를 펴고 일어나 동산에 가득 자기를 채워 넣었다. 동산의 푸른 나뭇잎들이 적요한 햇살에 부딪혀 반사광을 되쏘는 쾌청한 주말의 날씨였다.

나는 그날 온종일 큰 비가 퍼부어 유월절 의식행사가 취소되길 바랐다. 하지만 그런 일은 일어나지 않았다. 오전 9시가 되기도 전에 공동체의 회원들은 동산에 구름떼처럼 몰려들기 시작했다. 10시에 의식이 거행되기 때문이었다. 좀 전만 하더라도 풀숲에 숨어 있던 해가 산들바람의 등에 업혀 높이 솟구쳐 올랐다.

안내위원이었던 나는 정문에서 사람들을 맞이한 후 의식이 시작하는 시각에 맞춰 동산에 올라왔다. 200명도 넘는 회원들이 연단 아래 앉거나 서서 전자 키보드의 반주에 맞추어 요란하게 박수를 치며 찬송가를 부르고 있었다.

전자 키보드 반주자 오른쪽에는 키가 훤칠한 두 명의 남성 찬양대원이 수양의 뿔로 만든 양각나팔을 입에 물고 비스듬히 하늘을 향해 뿌우뿌우, 불어댔다. 나팔소리는 전자 키보드의 선율과 만나 승리와 환희의 신비로운 분위기를 한껏 돋우고 있었다.

주기모 공동체의 대표인 이필선 장로는 연단 앞줄에 앉아 있었다. 사제가 입는 흰 옷을 입고 나온 그는 의자에 앉아 눈을 감고 무언가를 중얼거리고 있었다. 아마도 기도를 하는 모양이었다. 나는 왠지 이날따라 나의 스승의 얼굴 표정은 물론 흰 옷이며 흰 고무신이 설게만 느껴졌다.

이윽고 총무가 어린 염소를 끌고 왔다. 어린 염소는 새되게 악을 쓰며 비명을 지를 만도 하련만 아무런 소리를 내지 않았다. 총무는 연단 중앙에 세운 십자가에 어린 염소를 든손 잡아 묶어놓았다. 며칠 전 억새가 잔바람에 사각사각 소리를 내며 키를 키우던 날, 산에서 벤 나무로 만든 십자가였다.

위태로운 어린 염소의 하얀 앞가슴이 드러났다. 어린 염소는 잠시 후 무슨 일이 벌어질지 알고 있는 듯했다. 하지만 녀석은 반항하려고 하지 않았다. 죽음을 당하지 않으면 안 되는 운명에 순응해서 그런 걸까, 아니면 자신의 피 흘림으로 사람들을 만족시켜준다는 자부심이 있어서 그런 걸까. 아무튼 녀석이 반항하지 않고 고분고분히 자기를 내어주는 걸 보면 '대체 왜 나를 갖고 이러세요?'라고 묻고 싶은 충동을 억누르고 있는 것처럼 보였다.

총무는 면도칼로 녀석의 뱃가죽을 갈랐다. 검붉은 선혈이 허공으로 솟구치는 듯하더니, 이내 큰 스테인리스 양푼에 방울방울 떨어지고 있었다. 녀석은 맑고 순전한 눈으로 4월의 파란 하늘을 바라보았다. 그러고는 머리를 앞으로 내밀더니 누군가를 찾고 있었다. 나는 그 눈빛을 보고 녀석이 찾는 사람이 나라를 것을 직감했다. 그 순간 걷잡을 수 없는 슬픔과 분노가 밀려왔다.

'아아, 이건 뭔가 잘못된 것이다. 왜 이래야만 하는가!'

나는 이 빌어먹을 상황이 정녕 현실인지, 내 눈을 의심했다. 그러면서 나는 왜 이 세상을 살면서 이런 끔찍하고 기이한 일을 목도해야 하는가 하는 원망감이 마음 깊숙한 곳에서 치밀어 올랐다.

지금 생각해봐도, 나는 이 세상이 불합리한 폭력으로 신음하고 있다는 걸 그때만큼 처절하게 느낀 적이 별로 없는 것 같다. 과도한 종교적 확신에 거의 본능적이라고 할 만큼 거부

반응을 일으키게 된 것도 이때부터였을 것이다.

어린 염소는 목이 마른 듯 숨을 헐떡였다. 녀석의 얼굴은 초록빛으로 우거진 나뭇잎 사이로 뚫고 들어오는 찬란한 햇빛에 더욱 선명히 드러나 야위게 보였다. 녀석은 내가 있는 쪽을 다시 바라다보았다. 녀석의 눈에는 눈물이 가득 고여 있었다.

'아아, 내가 전능한 신이라면 하늘에서 손을 뻗어 네 묶은 줄을 풀고 네 입에 생기를 불어넣어, 사람들이 살지 않는 몽골이나 요르단의 초원에 너를 데려다줄 텐데…… 나는 그럴 힘이 없구나. 미안하다, 염소야.'

나는 자신의 무기력을 한없이 원망하면서 속으로 뇌까렸다. 그때였다. 갑자기 목울대가 뜨거워지는 듯했다. 그러더니 내 눈에 꾹꾹 눌러놓았던 슬픔의 봇물이 터져 눈물이 빗물처럼 흘러내렸다. 주체할 수 없는 눈물을 옷소매로 아무렇게나 훔친 후 어린 염소가 아직도 살아 있는지 단상의 십자가를 바라보았다.

바로 그때 파들거리는 어린 염소의 눈과 내 눈이 마주쳤다. 어린 염소는 입술을 달싹였다. 녀석은 나에게 "안녕, 잘 살아요. 고마웠어요. 죽어서도 잊지 않을게요."라고 말하는 것 같았다.

순간 내 몸 안에 흐르는 피는 분노로 끈적끈적해지면서 멈춰버린 것 같았다. 몸은 딱딱하게 굳어져 누가 손끝으로 살짝 튕기기만 해도 와르르 쏟아지는 유리몸같이 되었다. 그러자 나는 용수철이 튕겨 오르듯 단상 앞으로 뛰어나와 울부짖는 소리로 외쳤다.

"이 우스꽝스런 짓을 당장 그만두시오, 지금 당장!"

고함과도 같은 내 큰 목소리는 경건한 정적을 깨뜨렸다. 영적 쾌락의 강에서 유영하던 회원들은 토끼 눈을 하며 모두들 놀란 표정을 지었다. 누구보다 놀란 사람은 스승 부부였다.

서 박사는 자기 남편을 바라보며 얼굴을 심하게 일그러뜨렸다. 스승도 애써 태연한 척했지만 얼굴에 당혹감이 스쳐 지나갔다.

나는, 총을 맞고 쓰러지는 사람처럼 그 자리에 철퍼덕, 주저앉아 머리를 쥐어뜯고 가슴을 쿵쿵, 치면서 절규하듯 소리쳤다.

"그만두세요, 제발! 왜들 이러십니까? 몇 달 지나면 서기 2000년이 옵니다. 우리는 문명인입니다. 그래서 드리는 말씀인데 꼭 이래야만 하는 건가요? 이런 게 광란이지 뭐가 광란이겠습니까!"

회원들은 사납게 날뛰는 세속인을 누군가 나서서 제지시켜줄 것을 바라면서 모두들 어쩔 줄 몰라 했다. 살얼음을 밟는 듯한 긴장감이 수초 동안 흐르면서 꽃피는 봄철 동산의 거룩한 의식은 파국을 맞을 것 같았다.

모든 회원들은 장로를 빤히 올려다보았다. 서 박사도 어쩔 줄 몰라 했다. 그녀의 얼굴빛도 대번에 백지장처럼 창백해졌다. 그동안 한 번도 보지 못했던 굳은 얼굴이었다.

이필선 장로는 눈을 지그시 감고 고개를 좌우로 가볍게 흔들고 있었다. 회원들은 장로가 눈을 번쩍 뜨면 신을 모독하는 나를 집게손가락으로 가리키며 "땅이 입을 열어 저 자를 산 채로 삼킬지어다."라고 저주를 퍼붓기를 바라는 표정들이었다. 하지만 그런 일은 결코 일어나지 않았다. 이윽고 장로가 입을 열었다.

"현수 형제, 이건 평소답지 않소. 이성을 찾길 바라오. 그대는 끔찍한 실수를 저지르고 있소. 그 단상에서 냉큼 내려오시오."

장로가 갑자기 눈을 뜨고 한 말은 그들의 기대와는 사뭇 다른 말이었다. 그것은 차분하고 냉철한 말이었다. 그리고 권위가 있었다.

나는 그 권위에 눌려서인지, 아니면 신성모독 같은 어떤 죄의식이 발동했는지는 몰라도 참으로 싱거운 말 한마디를 내뱉고는 수긋하게 단상에서 내려왔다.

"죄송합니다."

고요한 호수에 돌멩이를 던져 파문이 이는 것처럼 화락했던 장내가 술렁거렸다. 빨개진 얼굴로 단상에서 내려오는 나에게 회원들은 "뭐, 저런 방약무인한 이단아가 있어?" 혹은 "이게 무슨 난데없는 귀신 씨나락 까먹는 소리야?" 하며 맵짠 야유와 집어삼킬 듯한 시선을 꽂아 보냈다. 그들의 눈에는 중뿔나게 나선 내가 영락없이 미친놈으로 보였던 모양이다. 몇몇 회원의 눈빛은 저 옛날 욕설을 퍼부으며 돌멩이를 던져 스데반을 죽였던 사람들처럼 적대와 증오로 이글거렸다.

나의 돌발행동으로 인해 장내 분위기는 일순 어색해졌음에도 불구하고 의식은 이어져갔다. 그건 순전히 교수의 영적인 역량으로 인한 것이었다. 교수에게는 아무도 흉내 낼 수 없는 그럴 힘과 능력이 있었다. 큰 지진이 나도 눈썹 하나 까딱하지 않을 것 같은 침착함, 속되고 천박한 것들과는 거리가 먼 고상함, 비둘기 같은 순결함, 호수 같은 평온함, 큰 산과 같은 안정감, 상대를 압도하는 카리스마, 명료한 시선, 격류처럼 흐르는 열정, 스스로 부과한 규율에 대한 성실함, 신의 은총을 받는 것 같은 특별함, 불가사의한 신념…… 이런 것들 말이다.

　동산의 나뭇잎들이 바람결에 흔들려 내는 사각사각 소리가 어린 염소의 피가 양푼에 뚝뚝 떨어지며 내는 소리와 합쳐져 파동을 일으키면서 묘한 하모니를 이뤄냈다. 그것은 피아노나 바이올린으로도 낼 수 없는 신비하고 매혹적인 소리였다.
　어린 염소의 피가 양푼에 떨어지는 동안 회원들은 눈물을 흘리며 기도를 했다. 가슴을 치며 통곡하는 이도 있었고, 머리를 쥐어뜯으며 땅바닥을 나뒹구는 이도 있었다. 열정과 격정이 절정의 순간에 치달았을 때 몇몇 사람들은 땅에서 사금파리나 날카로운 나무조각 같은 것들을 용케도 찾아내 자기 팔뚝에 박박 긁어 대어 붉은 피를 냈다.

　그렇게 매혹적인 축제가 두어 시간 가까이 지났을까. 어린 염소의 피가 불규칙하게 한 방울씩 떨어지는가 싶더니 마침내 그치고 말았다. 피 한 방울 남기지 않고 다 쏟은 것이었다.

어린 염소는 축 늘어진 채로 나무 십자가에 매달려 있었다.

사위가 더욱 조용해지면서 적막이 감돌았다. 산들산들 귓가에 스치는 바람 소리도, 바스락거리는 나뭇잎 소리도, 찌르륵 우는 풀벌레 소리도, 사르륵 흘러가는 구름 소리도 적막에 모두 삼키어지는 듯했다. 시간의 자취마저 남기지 않고서.

그렇게, 천지창조 전 태고의 적막 같은 극도의 적막감이 팽창할 만큼 팽창해 사람들의 심장이 펑, 하고 파열될지도 모를 지경에 이르렀을 즈음 이 교수, 아니 이 장로는 자리에서 천천히 일어났다. 그는 입을 열어 말했다.

"여러분, 이 세상은 우리가 살 곳이 아니오. 우리가 살 곳은 그리스도와 함께 사는 세상이오. 그리스도가 오시면 우리는 완전히 다른 세상에서 살게 될 것이오. 여기 어린 염소의 피가 나와 여러분의 죄를 깨끗이 씻어주었소. 그 피는 십자가에서 흘린 예수의 피요."

유명 부흥사보다 나으면 나았지 결코 손색이 없는 장로의 깊은 신심과 영감이 도저한 연설이었다. 회원들은 열변을 토하는 이 웅변가에게 하늘을 향해 두 팔을 벌리거나 손으로 가슴을 두드리거나 흔들면서 아낌없는 존경과 경의를 보냈다. 장로는 더욱 격정적으로 설교를 이어갔다.

"그렇다면 여러분, 이 예수의 피가 우리를 구원의 길로 이끄는 힘이고 능력이라는 사실을 믿으십니까?"

장로의 설교는 심령을 감동시키는 힘이 있었다. 그 설교에 흠뻑 매료된 멤버들의 얼굴에 생기가 돌았다. 멤버들은 제각각 자신이 낼 수 있는 목청을 최대한 올려 "아멘!" 하며 화답했다. 일제히 내는 소리가 어찌나 컸던지 동산에 메아리 되어 울려 퍼지며 주변의 은행나무 잎들도 비장하게 떨리는 듯했다.

바로 그 순간 천사의 흰 옷과 같은 장로의 사제복이 강렬한 태양빛에 반사되어 눈부시게 빛났다. 장로는 경건하고 거룩한 표정을 지으며 하늘을 우러러 보았다. 그의 눈빛은 구원을 찾아 먼 길을 떠나는 순례자의 눈처럼 더없이 맑고 깊었다.

장로의 눈빛이 단상 아래의 청중을 향했다. 회원들은 자기 눈빛이 장로의 매혹적인 눈빛과 마주쳤을 때 천상에 와 있는 것 같았다.

"그렇다면 여러분! 이 악한 세상을 능력의 피를 힘입어 이겨나갑시다. 그리스도가 다시 오실 날이 멀지 않았기 때문이오. 자, 여러분! 이제 죽음도 고통도 없는 또 다른 세상을 향해 힘차게 노를 저어갑시다. 안식의 항구가 여러분을 기다리고 있소. 승리는 여러분의 것이오!"

"아멘!" 하는 함성이 울려 퍼졌다. 장로가 절박하게 연설했을 때, 그는 이소스 전투 때 "나의 군사들이여, 길고 미천하게 사느니 차라리 짧고 영광스럽게 살자!"라고 하면서 선두에서 정예기병을 이끌고 적진을 돌파한 알렉산더같이, "주사위는 던져졌다!"며 자신의 군단을 이끌고 야무지게 루비콘 강을 건넌 율리우스 카이사르같이 절세의 영웅다웠다.

그 순간 나는 정말이지, 이토록 크나큰 확신은 처음 대하는 것이었다. 수많은 설교도 들었고 또 기자생활을 하면서 이런저런 연설도 들었던 나다. 하지만 이날 스승님의 연설만큼 강렬한 확신에 찬 연설은 결코 들은 적이 없었지 않나 싶다.

스승님의 연설은 주기모 회원들에게 확신을 준 게 분명했다. 심령을 울리는 지도자의 설교에 멤버들은 너나없이 이스트를 부어넣은 밀가루반죽처럼 마음이 부풀어 올랐다. 그들은 파송의 노래를 부른 후 유월절 의식을 모두 마쳤다.

그들의 입술은 기쁨과 환희의 즙액으로 번들거렸다. 몇몇 회원은 장로가 설교를 했을 때 눈부신 광휘가 하늘에서 동산을 비추었고, 나무들도 고개를 내밀고 경청하는 듯했다고 쑥덕거렸다.

그들은 풀들이 흐느적거리는 소리를 느끼면서 식사를 한 후 삼삼오오 모여 차를 타고 집으로 돌아갔다.

아무튼, 짐승으로 태어난 한 살 배기 흰 염소는 그날 그렇게 기이하게 죽었다. 꽃의 여신 플로라가 뿌려 놓은 꽃이 만발한 숲속에서 사람들의 영혼을 만족시키고서……. 녀석은 깃털처럼 가벼운 육체만 남겨놓고 그의 영혼은 타박타박 걸어 하늘로 올라갔다. 공기보다 가벼운 영혼…….

만일 천국과 지옥이 있고, 우리 곁에 있는 애완동물도 저 세상에 가게 된다면(이런 생각을 하는 건 정말이지 얼토당토않지만 그런 생각이 뜬금없이 나니 어쩌랴)오늘 죽임을 당한 어린 염소는 틀림없이 천국에 가기를 나는 바랐다(내가 이런 엉뚱한 생각을 했다고 신학자들이 나를 바싹 압박해봤자 소용없는 일이다). 그러면서 나는 새삼스럽게 모든 고통 중에서 죽음의 고통이 제일 클 거라는 생각을 하면서 누구에게랄 것도 없이 혼잣말로 중얼거렸다.

'아아, 죽는다는 것은 얼마나 어처구니없고 기이한 일인가! 늙어서 사그라드는 건 뭐 그렇다 치자. 하지만 어린아이가 죽는다는 건 얼마나 어이없는 처사인가! 나는 왜 자꾸 이런 생각을 하고 있는 걸까? 어린 염소는 사람이 아닌데도 말이다.'

18
마라나타

아무튼 유월절 행사에서 돌발행동은 공동체에서 나의 입지를 더욱 곤란하게 만들었다. 그러잖아도 알게 모르게 그들의 눈에 쏘여 공동체 안에서 운신하기 어려웠던 나는 이 일로 더욱 눈 밖에 났다.

멤버들에게는 자기들이 일궈놓은 성역을 내가 마구 짓밟고 다니는 시건방진 이방인이라는 종래의 확신에 믿음을 더해주었고, 스승에게는 결정적인 순간에 내가 자기를 배반하지는 않더라도 적어도 외면할지 모른다는 의심의 여지가 들어설 공간을 제공했던 것이다. 나를 질책하는 스승의 목소리가(얼음처럼 차갑고 나지막한) 지금도 귓전에서 윙윙거린다.

"현수 형제, 이건 평소답지 않소. 이성을 찾길 바라오. 그대는 끔찍한 실수를 저지르고 있소. 그 단상에서 냉큼 내려오시오."

나는 내 행동이 정당했다고는 생각하지 않는다. 그렇게 하지 않고서도 다른 성숙한 방법으로 의견을 피력했더라면 좋았을 것이다. 공동체 사람들이 얼마든지 나를 경멸해도 좋다. 하지만 스승을 실망시킨 것은 견디기 힘들구나. 스승은 이제 나를 다른 눈으로 볼 것이다.

유월절 의식행사가 있고 난 후부터 나와 스승의 관계는 서먹서먹하기 시작했다. 유월절 사건이 앙금을 남긴 게 분명했다. 스승님의 마음은 전과 변함없이 한결같았는지 모른다. 하지만 나는 어쩐지 예전 같지 않았다. 그래서 그런지 이곳 공동체 생활은 내겐 따분함을 넘어서 감옥 같았다. 정말이지 나는 이런 유의 종교적 삶의 방식은 딱 질색이었다.

어떤 면에서 주기모 공동체는 전체주의를 복사해놓은 거나 진배없다는 생각이 자꾸만 들기 시작했다. 전체주의는 다양성을 인정하지 않고 개인의 자유를 억압해 유토피아를 건설하겠다는 시대착오적인 사상이나 체제 아니던가. 과장되고 부자연스러운 군대의 제식훈련, 과대망상적이고 우스꽝스러운 열병식, 붕어빵 찍어내는 듯한 획일화, 규격화된 체제를 체질적으로 거부하는 나로서는 이 괴상한 공동체에 대해 처음부터 이질감을 느꼈다.

세계관은 사람마다 다르다. 다르니 만큼 자기의 세계관이 존중받아야 하듯 다른 사람의 세계관도 존중받아야 한다는 게 평소 나의 지론이다. 건강한 공동체는 공동체의 구성원들이 다양한 세계관을 가지고 있을 때라야 담보된다고 나는 믿고 있다. 그런 점에서 획일화, 규격화는 경계해야 마땅하다.

그리스 신화에 나오는 프로크루스테스의 침대Procrustean Bed를 알고 있는지? 이 이야기를 한 번만이라도 진지하게 묵고했다면 획일화, 규격화가 얼마나 인간의 자유를 짓밟는지를 알게 되었을 것이라 믿는다.

프로크루스테스는 아테네 교외의 언덕에 살면서 여행객을 상대로 강도질을 일삼는 포악한 거인이었다. 그는 지나가는 사람들을 붙잡아다가 자신의 침대에 눕히고는, 그 사람의 키가 침대보다 크면 발을 자르고 작으면 침대 길이에 맞춰 억지로 다리를 잡아 늘여 죽였다. 그에게 걸리는 사람은 어느 누구도 죽음을 면치 못했다. 상상하기만 해도 끔찍하지 아니한가. 객관적인 데이터를 무시하고 가공의 데이터를 현실의 이미지와 맞추려는 비현실의 소름 끼치는 장면이다.

이처럼 주기모 사람들은 하나같이 이 세상 사람들이 아니었다. 그들은 하늘에 붕붕 떠다니는 구름을 타고 다니는 사람들 같았다. 옷차림도 그렇고 먹는 것도 그러했다. 가령, 남자들은 수염을 기르고 흰옷 아니면 검정 옷을 즐겨 입거나 테두리 없는 키파를 뒤통수에 살짝 걸치고 다녔다. 물고기 중에서는 지느러미와 비늘이 없는 낙지나 오징어를, 짐승 중에서는 되새김질을 하지 않는 돼지고기는 절대로 먹지 않았다. 여자들은 기도시간에 검정 옷을 즐겨 입었고 턱에서부터 올라오는 스카프를 머리에 둘러썼다.

나는 이런 취향에는 딱 질색이었다. 검정 옷을 입어 본다든가 키파를 쓴다든가 적응해보려고 했지만 그때마다 구토가 나올 지경이었다. 그런 내가 주기모를 떠나지 않고 버텨온 건 오로지 스승님 때문이었다. 스승님은 저런 얼간이들과는 차원이 달랐다. 스승님은 세상적인 기준으로 보더라도 인격이 고매한 멋쟁이 신사였을 뿐 아니라, 종교적으로도 경건해서 모범이 되었다.

특히 스승님이 기도를 할 때면 얼마나 성스러웠던지 나는 그 광경을 볼 때마다 1,600년 전 성 어거스틴이 환생하지 않았나 착각이 들 정도였다. 스승님은 기도를 할 때 두 눈은 감고 무릎은 꿇는다. 그리고 하늘을 향해 고개를 들고 두 손을 벌려 옆 사람이 겨우 들릴락 말락 한 작은 목소리로 읊조린다.

나는, 언젠가 한 번은 의도적으로 스승님 옆에 앉은 적이 있었다. 스승님의 기도소리를 엿듣기 위해서였다. 그러나 나는 스승님이 무슨 기도를 하는지 하나도 알아들을 수 없었다. 기도회가 끝나고 한 멤버에게 물어봤더니 "장로님은 방언으로 기도해요."라고 귀띔해주는 것이었다. 그는 "장로님의 방언은 고대 그리스어인 헬라어 같은 발음으로 기도를 하신다."라고 하면서, "그 때문에 장로님의 방언은 어디에서도 찾아볼 수 없는 일품이다."고 덧붙여 말했다.

며칠 전 스승님은 내게 이렇게 말했다.
"늘 깨어 있으시오."
나는 "깨어 있다는 건 무슨 뜻입니까?" 하고 여쭈었다.
"깨어 있다는 건 그분이 오시는 것을 미리 준비하라는 뜻이오. 귀한 손님의 방문을 앞두고 집안을 깨끗이 청소하고 어지럽게 널린 물건들을 보기 좋게 정리하듯이, 그런 정성스러운 마음으로 주님을 기다리라는 뜻이지."
"그렇다면 그것은 어떻게 해야 되는가요?"
"기도로서 가능한 것이라오."

그렇게 말하는 스승의 눈빛은 강렬히 빛나고 있었고 얼굴은 지극히 평화로웠다.

"기도를 열심히 하면 저도 스승님처럼 되나요?"

스승님은 제자가 사랑스럽다는 듯 두 손을 내 어깨 위에 올려놓으며 말했다.

"주님이 오신다는 경고의 말을 사람들은 들은 체 만 체 한다오. 그분은 예고도 없이 느닷없이 오실 것이므로 대부분 사람들은 미처 준비하지도 못하고 몹시 당황할 거요. 그렇지만 기도하는 사람은 그 영이 깨어 있기 때문에 주님이 오셔도 놀라거나 당황하지 않고 오히려 반가워할 거요. 그러니 형제도 나처럼 늘 깨어 있으시오."

나는 깨어 있다는 뜻을 조금 이해했다는 듯 고개를 끄덕였다. 하지만 그리스도가 어느 날 갑자기, 그것도 우리 시대에 재림하신다는 말이 통 믿기지 않았다. 스승님은 그런 내 마음을 알기라도 하듯 그리스도의 재림에 대해 친절히 말씀해주셨다.

"김 군과 김 군이 아는 모든 사람들은 이것 하나만은 분명히 알아둬야 할 필요가 있네. 그게 뭐냐면, 그리스도가 실제로 재림한다고 생각해보게. 아니 생각해볼 필요도 없네. 그건 사실이니까. 상상해보게나. 그분이 어느 날 갑자기 느닷없이 지상에 오신다는 것을. 사람들은 얼마나 놀라 자빠지겠나? 그들은 바위틈에라도 숨으려고 허둥대겠지. 안방 천장에 숨겨둔 돈보따리를 미처 챙겨 달아날 시간은 전무해. 감쪽같이 아내를 속이고 사귀어 온 여자 친구에게 어디서 만나자고 전화할 시간도 없겠지. 사람들은 저 혼자만 알고 있는 죄가 갑자기 생각이 나서 회개하고 싶어도 회개할 시간조차 없거든. 그분이 순식간에 오시기 때문에 그런 거야."

스승님은 갑자기 무릎을 꿇고 하늘을 우러러 보았다. 대낮인데도 그날따라 하늘빛은 저녁노을에 깃든 것처럼 붉어 보였다.

"오, 주여! 어서 오소서. 마라나타!"

그 모습을 본 나는 정말 그 순간 그리스도가 재림하는 것 같은 착각에 사로잡혔다. 솔직히 말하면, 나는 그리스도의 재림을 단 한 번도 소망해본 적은 없었다. 나는 여태까지 그리스도가 재림한다든가, 심판한다든가 하는 따위의 종교적 메시지를 허무맹랑한 것으로 받아들여 왔다. 그런 내가 그리스도의 재림에 대해 얘기하고 있다니!

"이보게 김 군. 주님이 예고 없이 재림하실 때에 사람들은 모두 놀라게 되어 있지. 집에 큰 도둑이 들어온다거나 불이

나도 놀랄 텐데 심판의 주가 오신 것을 눈으로 보게 되니 얼마나 놀라고 두려워 떨겠나?"

스승님은 '얼마나 놀라고 두려워 떨겠나' 하는 대목에선 하하하하, 하고 호탕하게 웃었다. 그런 웃음 뒤에는 그리스도의 존재와 그의 재림을 믿지 못하는 사람들에 대한 멸시와 분노가 스며 있는 것 같았다. 이날 유난스레 스승의 얼굴 표정은 자신감으로 가득 차 보였다.

"아무렴, 얼마나 놀라겠나. 사람들이 얼마만큼 놀라느냐는 자신들이 평소 얼마나 깨어 있느냐 하는 것과 반비례한다네. 자넨 늘 깨어 있길 바라네."

스승은 하늘을 응시하고 있었다. 그의 얼굴은 형언할 수 없는 기쁨으로 가득 차 있었고 입가엔 얇은 미소가 퍼져 있었다. 이윽고 스승은 바지에 묻은 흙이며 티끌을 털고 나더니 나를 그윽이 바라보는 것이었다. 그는 고개를 위아래로 몇 번이나 끄덕였다. 스승이 이런 모습을 보일 때는 뭔가를 크게 깨달았다는 표시일 뿐 아니라 제자인 나를 무척 사랑한다는 표시였다.

19
고고학박사 프리실라

4월이 후딱 지나가고 5월이 들어선 지도 열흘이 흘렀다. 엊그제가 현충일이었으니 두 주일도 채 안돼 5·18 민주화운동 기념일을 맞을 것이다. 5월은 가정의 달이므로 행복한 달이면서, 동시에 19년 전 광주에서 있었던 민주화운동의 아픔이 아리게 저려오는 달이다.

주기모 회원들은 세상의 종말과 휴거를 학수고대하고 있었지만, 나는 사랑하는 사람을 아내로 맞아 행복한 가정을 꾸리는 것을 꿈꾸면서, 한편으로는 이 땅의 자유민주주의와 인권의 가치를 피로써 지켜내려 했던 저 광주의 비극에 언뜻언뜻 가슴이 저미어왔다.

주기모 회원들은 4월과 5월이 일 년 열두 달 가운데 제일 중요한 달이라고 했다. 4월에는 이스라엘의 최대 절기 중 하나인 유월절이 있고, 5월에는 칠칠절이 있기 때문이었다. 회원들은 "준비합시다."라든가 혹은 "때가 찼어요."라면서 서로를 독려했다.

아는 사람은 알겠지만, 유월절은 이스라엘 민족이 모세의 영도로 이집트를 탈출해 약속의 땅을 향해 진군하는 것을 기념하는 절기이고, 칠칠절은 모세가 시내산에서 그들의 신인 하나님께 십계명과 율법을 받은 것을 기념하는 절기다.

신약에서는 칠칠절을 오순절이라고 한다. 예수께서 부활 승천하신 후 120명의 제자들이 오순절에 한곳에 모여 간절히 기도하는 중에 성령이 그들 모두에게 임했는데, 기도하는 사람들 모두가 방언이 터져 각기 다른 언어들로 말하는 기이한 현상이 일어났다고 한다. 이를 계기로 기독교 복음이 전 세계로 퍼져나가게 되었다고 한다.

이렇게 4월과 5월은 주기모 회원들에게는 영적 대각성의 달이었다. 주기모의 대표인 이필선 장로는 회원들의 영적 재충전을 위해 외부에서 이색적인 강사를 초빙했다. 그가 누구냐 하면 이스라엘 히브리대학교에 재직 중인 야콥 교수였다. 메시아닉 쥬들은 그를 '장로'라고 불렀다. 작달막한 체구에 김

구 선생 같은 검정색의 커다란 안경을 쓴 야콥 장로는 얼핏 보기에도 사람 좋아 보였다.

야콥 장로는 본시 유대교의 랍비였으나 어찌어찌해서 극적으로 메시아닉 쥬가 되었다고 한다. '메시아닉 쥬'란 유대인들 중에서 예수를 메시아로 믿는 사람을 말한다. 야콥 교수는 한국에 올 때 부인과 유대인 남자 세 명을 대동했다. 이들 모두는 메시아닉 쥬였다.

내가 여기에서 야콥 교수에 관해 거론하는 것은 스승님이 그와 만난 후 종말에 대한 열망이 더욱 불이 붙었기 때문이다. 여기에 얽힌 이야기는 너무나 중요해서 자초지종을 밝히지 않을 수 없다.

내가 이 비밀을 알게 된 것은 순전히 우연이었다. 그날 나는 잠이 들었다가 이상한 꿈을 꾸었다. 야콥 교수가 스승의 손을 붙잡고 땅 속 깊은 어디론가 데려간 후 출구를 커다란 바위로 막아놓아 영원히 밖으로 나오지 못하게 하는 꿈이었다. 악몽이었다.

잠에서 깨어 목을 축이기 위해 거실로 나갔다. 밤 한 시 무렵이었다. 그때 야콥 교수가 머물던 숙소에서 두 남자가 소곤소곤 이야기하는 소리가 들렸다.

"쿰란 동굴 어딘가에 주님의 재림 날짜가 기록되어 있다고요? 정말입니까?"

"예, 정말입니다. 사해 문서가 발견된 팔레스타인의 쿰란 동굴에 있습니다."

"그걸 어떻게 알았습니까?"

"이스라엘에서도 매우 소수의 사람들만이 알고 있어요. 나는 이갈 야딘 박사로부터 들었소. 야딘은 그의 부친으로부터 들었다고 합디다. 그의 부친 수케닉 박사는 쿰란 사본을 사들여 이스라엘로 가져온 사람으로, 1953년 세상을 떠났소. 이스라엘 고위 인사 몇 사람과 히브리대학교의 고고학자들 그리고 성전 기사단의 후예들만이 이 비밀을 알고 있다고 하오."

"동굴이 수백 개나 있다고 들었는데, 대체 어느 동굴에 그게 있다는 것이오?"

"이사야서 전체가 발견된 제4동굴에 있다는 말을 들었소만."

"아, 동굴 어느 곳에 그 표시가 있나요, 박사?"

"동굴 벽 어딘가에 있다고 하네요. 문제는 그 벽을 어떻게 발견하느냐데, 그 비밀을 캐낼 수 있는 있는 유일한 방법이 이스라엘 박물관의 책의 전당 안에 있다는구려. 은밀하게 내려온 이야기로는, 오로지 새 천 년에 동방의 박사만이 그 동굴 벽을 열 수 있다고 하며, 동굴 벽이 열리는 바로 그날 메시아가 다시 세상에 오신다는 겁니다."

"오, 주여! 당연히 그래야지요. 주님이 어서 빨리 오셔야지요. 마라나타!"

스승님은 이 말을 할 때 아마도 무릎을 꿇고 주님께 경배하는 것 같았다. 잠시 정적이 흘렀고 곧 콜록콜록, 하는 마른기침 소리와 함께 부스럭, 하는 소리가 들렸다. 나는 몰래 엿듣는 게 들킬까 봐 재빨리 몸을 숨겼다.

그로부터 며칠이 흘렀다. 스승님은 요즘 어딘지 모르게 얼굴에 그늘이 있었다. 그는 결코 유쾌한 사람은 아니었지만, 그렇다고 침통한 사람도 아니었다. 그동안 살펴본 바로는, 스승님은 자존감이 높은 사람이었다. 그는 다른 사람에게 상처를 주지도 않고, 또한 자기도 다른 사람으로부터 쉽게 상처를 받지 않는다. 나는 그런 스승의 내면이 두꺼운 콘크리트 외벽이나 철갑을 두른 내피를 가진 사람으로 보였다.

스승님은 신중한 사람이다. 말을 툭툭 내뱉지 않는다. 무슨 말을 하기 전, 그는 그 말이 그 형편에 가장 적합한지 생각하고 내뱉는다. 스승님은 주어진 일에 충실한 사람이다. 단 1초의 삶도 헛되게 보내는 경우란 없다. 그것은 자기 인생에 시간을 준 신에 대한 모독이라고 여겼기 때문이다.

으레 그렇듯이, 본분에 충실한 사람은 명확한 목표를 세우고 목표를 달성하기 위한 세부사항을 면밀히 살피면서 추진하는 경향이 있다. 스승님이 그랬다. 그에게 추상적이거나 애매모호한 목표나 과제는 있을 수 없다. 그의 시간은 늘 느낄 수 있는 것이었고, 그의 일과는 늘 구체적이었다.

현충일을 사나흘 앞둔 날이었다. 하늘이 맑고 머리카락을 살랑이게 하는 바람이 부는 날이었다. 눈부신 햇살에 보리는 익어가고, 담장 곁 희고 노란 모란은 흐드러지게 자태를 드러냈다. 그날 나는 스승님과 함께 포천에 갔다. 스승님이 포천시의 한 기독교 단체에서 특별 강연이 있었기 때문이었다.

우리가 탄 승용차는 시원하게 앞이 뚫린 한강변 자유로를 달리고 있었다. 나는 풀리지 않은 한 가지 의문, 곧 지난 해 크리스마스이브 때 교회에서 담임 목사님이 거지에게 보여준 언행에 관한 것이었다. 그 장면은 생각만 해도 스트레스를 받는지 목사님의 매정한 음성이 지금도 귓바퀴 언저리에서 맴도는 것 같았다

"스승님, 여쭐 말씀이 있습니다."

"말해 보게나."

"다름 아니라, 작년 크리스마스이브날 제가 왜 남산에서 소주를 들이켰는지 아십니까?"

"허허, 내가 그걸 어찌 알겠는가? 무슨 말 못할 사정이 있었겠지. 울화통이 터질 일이라도 있었나?"

나는 그날 내가 왜 남산에 올라 소주를 먹고 취해 잠이 들었는지 자초지종을 이야기했다.

"제가 담임목사님께 실망할 만하죠?"

"세상일이란 그리 간단치만은 않네. 자네 말을 액면 그대로 받아들인다 해도 나는 그 목사님이 반드시 잘못했다고는 생각하지 않네."

"왜 그렇게 보십니까? 목사님이 잘못이 없다니요?"

"잘못이 있을 수도 있고 없을 수도 있지. 우리는 그 잘잘못을 가리기에 한계가 있지. 가령, 이런 경우를 생각해보게나. 목사님이 담임으로 있는 동안, 이를테면 앞으로 20년 동안 그 거지가 500번 교회를 찾아와 구걸을 한다고 상상해보게나. 자네 같으면 매양 성자같은 얼굴로 대할 자신이 있다고 생각하는가? 결코 쉽지 않은 일일세."

"그래도 혈기를 내서는 안 되지 않습니까?"

"아, 그건 그 목사님의 허물이라고 봐야 하겠지. 하지만 허물이 없는 사람이 이 세상에 어디 있겠나? 모든 사람은 크든 작든 허물이 있지."

"동의합니다, 스승님. 스코필드를 공부하면서 미국의 저명한 설교가요 부흥사인 조나단 에드워즈에 관해 좀 생각하는 시간을 가진 적이 있었지요."

"그거 참 잘한 일이군. 미국의 영적 부흥운동을 일으켰던 그분 말인가?"

"네, 맞습니다."

"아, 고맙네, 김 군. 자네가 아니었다면 나는 그 위대한 분을 하마터면 잊어버릴 뻔했네. 내가 왜 그분을 모르겠는가? 그분이야말로 내가 존경하는 몇 분들 가운데 한 사람이지 않고? 그분은 미국이 낳은 가장 순수하고 열정이 넘친 청교도로서 미국 교회가 배출한 최고의 신학자이고 설교자였다네."

"그렇습니다, 스승님. 조나단 에드워즈에 대해 잘 아시는군요."

"암, 알다마다. 그는 키가 크고 잘 생긴 사람이었지. 지식은 알프스 산처럼 높았고, 지혜는 히말라야 산처럼 하늘에 닿았지. 18세기 기독교 신자들 중에 조나단 에드워즈를 능가한 사람은 아마도 찾기 힘들 걸. 그는 어떤 사람에게든 상냥하게 대했고 겸손했으며 수줍어했지. 그는 강철보다 강한 심령을 가진 사람이었지만 겉으로는 부드럽고 온화한 사람이었다네. 나는 누구보다 그분을 존경하고 내 신앙의 모델로 삼고 있다네."

스승이 조나단 에드워즈에 대해 말하는 동안 나는 말하고 싶어 애먹었다. 스승이 말을 잇기 전 나는 재빨리 내 생각을 말했다.

"저 또한 교수님처럼 조나단 에드워즈를 존경하고 있습니다. 그는 한 시대를 풍미한 대학자이자 신앙인이자 지성인이었지요. 그는 자신이 다른 사람보다 언행 면에서 악하다고 토로했습니다. 그리고 그는 모든 사람이 저마다 약점이 있고 죄를 안고 있다고 했지요. 그가 이런 말을 했습니다. '사람은 심판을 받을 때 그의 생각과는 전혀 다른 결과를 보게 될 것이다'라고 말입니다."

"아, 참 좋은 말이군, 이 세상에서 자신이 의인이라고 생각하는 사람은 죽어서 악인으로 심판받고, 그 반대로 자신이 악인이라고 생각하는 사람은 의인으로 심판받는다는 역설 말이지?"

"그렇습니다."

나는 이 대목에서 장난을 좀 치고 싶어졌다.

"제가 어떤 말을 해도 나무라지 않으실 거죠?"

"말해보게. 자네가 어떤 말을 하더라도 나는 자넬 원망하거나 미워하지 않겠네."

"교수님은 천국에 못 갈지도 몰라요."

"아, 그 말, 등골이 오싹해지는 말이군!"

나는 그때 착하고 선한 스승에게 왜 이같이 과격한 말을 했는지 모른다. 스승은 내가 지켜본 신앙인들 중에서 가장 모범적인 사람이었는데 말이다. 나의 스승만큼 철저히 신의 영광을 위해 거룩한 정서와 열망을 가진 사람은 나는 본 적이 없다. 그런 그가 천국에 가지 못한다면 누가 천국에 갈 것인가? 그런 그이기에 나는 그를 좋아하게 되었고 그가 가는 길을 동행하고 싶었다.

그런 내가 스승에 대해 다른 생각을 품게 된 건 최근이었다. 어느 날 나는 균형 있는 삶이 무엇인지에 대해 깊이 사색하게 되었다. 나는 '균형은 상식이다'는 결론에 도달했다. 나의 발은 땅을 딛고 있고, 나의 머리는 하늘을 향해 있기에 내 육체는 균형이 있는 게 아닌가 하는 너무나 평범한 진리를 깨닫고는 무릎을 치며 기뻐했다.

그러면서, 나는 '맞다, 맞아! 저 하늘 높은 곳에 있는 것들을 소망해야 하겠지만 땅에 있는 아름답고 소중한 것들도 추구해야 균형적인 풍성한 삶을 누리게 되는 게 아닌가' 하는 생각을 가지게 되었다.

생각이 거기에 이르자 허구한 날 하늘만 바라보는 나의 스승이 과연 바른 삶을 사는 건지, 바른 인간인지 의문을 품게 되었다. 종교적 열정과 헌신에 가득 찬 스승을 보면서 조나단 에드워즈를 떠올리게 된 건 이처럼 우연이 아니었다. 그래서 요즘 속절없이 천착한 게 영적인 삶이었다.

"스승님, 영적 삶이란 어떤 것입니까?"

"사람들은 두 부류로 나뉘지. 육의 눈을 가진 사람들과 영의 눈을 가진 사람들로 말일세. 육의 눈을 가진 사람들은 육적인 것들을 위해서만 사는 사람들이지. 오로지 돈과 명예와 섹스와 출세만을 위해 사는 유형의 사람이야. 그런 사람은 영적인 세계를 볼 수 없다네. 영적인 세계를 볼 수 있는 사람은 영의 눈을 가진 사람만이 가능하다네. 문제는 영의 눈을 가진다고 해서 모두 다 영적인 사람은 아니라는 거지. 거기엔 전제가 따르는데, 곧 양식이 있어야 비로소 온전한 영적인 사람이 되는 거라네. 그것은 신령한 눈이지. 자넨 '신령한'이란 말을 잘 이해하지 못할 것이네. 그 말 자체가 영적이니까. 그냥 이해하기 쉬운 용어로 '양식 있는'이라고 해두는 게 좋겠네. 그래서 양식 있는 영의 눈이란 지극히 건강하고 교양 있고 상식적인 차원의 영적인 눈쯤 정도로 이해해 두게나."

스승님은 강연이나 설교할 때를 제외하고는 길게 말하지 않는 편이었다. 오늘 이야기를 조각조각 하지 않는 걸 보니 나와의 대화에 꽤 흥미가 있는 듯했다.

"아하, 감이 잡힙니다, 스승님. 그러니까 교양과 양심을 지닌 시민을 양심 있는 시민이라고 말하듯이 신앙의 경지에 도달한 사람을 양식 있는 신앙인이라고 말하고 그러한 사람의 영적 통찰력을 영적인 눈이라고 하시는 것 같군요."

내 말에 교수는 얼굴이 훤해졌다.

"맞아, 자넨 역시 보통 젊은이들과 다른 데가 있군 그래. 내가 사람 하나는 잘 보았지."

하며 흐뭇해했다.

그 말이 끝나는 순간 우리가 달리는 2차선 전방 30미터쯤에 쌀가마니보다도 더 큰 검정색 비닐봉지가 떨어져 있었다.

"앗! 위험!"

스승님의 다급한 말에 나는 급히 1차선으로 핸들을 틀어 비닐봉지를 피했다. 눈이 화등잔만큼 커진 스승님이 다급한 목소리로 말했다.

"스톱! 이보게, 차를 잠깐 세우게나."

"아니, 왜요?"

"빨리 저쪽에!"

"알겠습니다."

나는 급브레이크를 밟고 차를 갓길에 세웠다. 시속 90킬로

미터 이상 달리는 차들이 쌩쌩, 바람 소리를 내며 우리 옆을 지나갔다.

"여기에서 잠시 기다리게. 저 비닐봉지를 치워야겠어. 굉장히 위험하거든. 만에 하나 어린애가 다치게 되면 어찌 되겠나?"

그러더니 스승님은 차들이 쏜살같이 달리는 자유로 2차선에 재킷 상의를 흔들면서 들어가 날쌔게 비닐봉지를 집어 들고 나왔다. 나는 그 광경을 보면서 얼마나 아찔했는지 모른다.

'저러다가 사고가 나면 어쩌나?'

스승님은 트렁크를 열어 지저분한 비닐봉지를 쿡쿡, 쑤셔 넣었다.

"이제 됐다! 자, 가세! 봉지는 순찰 경찰관에게 주면 되겠지."

"스승님, 봉지를 줍는 건 좋은 일이지만, 갓길에 차를 세워놓고 차선에 뛰어든 건 아마도 도로교통법 위반일 겁니다. 그러다가 달려오는 차에 탈이라도 나면 어쩌려고요?"

"그럴지도 모르지. 하지만 어린애를 태운 일가족이 다치는 것보다는 낫지 뭐야."

나는 '아무튼 법을 어긴 건 분명한 사실입니다.'라고 말하려다가 분수도 모르고 트레바리로 비칠까 봐 그냥 입을 꾹 다

물었다.

  우리 차는 다시 시원하게 뚫린 자유로를 달리고 있었다. 그
때 휴대폰이 울렸다. 이스라엘의 야콥 교수에게서 온 전화였
다. 차 안이라서 나는 두 사람의 대화 내용을 알아들을 수 있
었다.

  "이 박사, 좋은 소식이 있습니다."

  "오, 기대가 되는군요. 뭔데요?"

  "이스라엘 고대유물관리국에서 일하는 큐레이터를 만나보
시오. 한국여성이라고 합니다."

  "그래서요?"

  "그 여자는 미국 대학이 파견한 고고학자인데 책의 전당 안
에 있는 이사야서에 접근할 수 있을 거요."

  "아, 참으로 유용한 정보입니다. IAA에서 일하는 한국 고
고학자라니요! 그녀의 이름은요?"

  "한국명은 모르겠고, 애칭인지 뭔지는 몰라도 '프리실라'라
는 이름으로 알려져 있다네요."

  "좋아요. 수고 많으셨습니다."

  "천만에요. 언제 이스라엘에 오시렵니까?"

  "일주일 내로 가겠소. 잘 지내시오, 교수. 신의 은총이 있
기를!"

"안녕히 계시오, 박사. 샬롬!"

통화를 마친 후 스승님은 "잘됐군, 잘됐어! 마침내 때가 왔어!"라면서 무릎을 쳤다. 그러면서 나를 쳐다보며 "김 군, 다음 주에 이스라엘에 함께 가지 않겠나?"라고 제의했다. 나는 이스라엘 여행은 처음인 데다, 스승님이 가시는 곳이라면 그곳이 어디든 함께해야겠다는 일념 하나로 불타올랐으므로 거절할 이유가 없기에, "감사합니다, 스승님. 가다마다요."라며 좋아라 했다.

20
예루살렘

스승님과 내가 비행기로 인천국제공항을 출발해 이스라엘
의 벤구리온 국제공항에 도착한 때는 안식일을 하루 앞둔 7월
17일이었다. 직항로가 있었더라면 13시간이면 충분할 것을,
카타르 도하 공항에서 비행기를 갈아타느라 서너 시간이 더
걸리는 바람에 서울을 떠나 이스라엘에 도착하기까지는 근
20시간이 걸린 셈이었다.

까다로운 입국 수속을 마친 후 입국장을 빠져나오는데 피
켓을 든 환영객들 사이에서 "헬로, 닥터!"라는 소리가 들려왔
다. 진녹색 선글라스를 쓴 남자였다. 한눈에 봐도 야콥 교수
였다. 몸에 착 달라붙는 베이지색 스키니 핏 바지에 하늘색
남방을 입고 나온 야콥 교수는 나이보다 훨씬 젊어 보였다.

"그간 잘 있었소, 교수?

"무더운 날씨에 먼 여행을 하시느라 수고 많았소."

"한국도 더운데 여긴 훨씬 더 덥구려."

"자, 내 차로 예루살렘으로 갑시다."

"여기서 예루살렘까지는 얼마나 되죠?"

"남동쪽으로 약 28마일인데, 천천히 달려도 한 시간 안에 닿을 수 있는 거리요."

"그건 좀 알아보았소?"

"이스라엘 고대유물관리국 큐레이터 말씀이지요? 그녀에 관해서는 일단 호텔에서 여장을 풀고 말하는 게 좋겠습니다. 내가 이미 만나보았소. 박사를 보면 반가워할 거요."

"고맙소, 교수."

우리가 탄 차는 해가 질 무렵 예루살렘 레오나르도호텔에 도착했다. 3천 년도 더 된 고도 예루살렘은 금빛으로 찬란하게 물들어 있었다. 종교 분쟁의 불씨가 되어 온 곳이라고는 믿을 수 없을 만큼 평화로웠다. 도시의 중심부에 자리 잡은 레오나르도호텔은 예루살렘의 구 시가지에서 도보로 불과 10분도 안 되는 곳에 있었다. 우리는 이 호텔에서 묵으면서 사해문서에 관한 자료들을 수집하고 쿰란동굴을 탐방할 것이다.

스승님과 나는 호텔에 따로 방을 빌렸다. 스승님은 707호실, 나는 708호실. 객실에는 고급스러운 카펫이 깔려 있었고 드레스룸과 가전제품들은 빌트인으로 되어 있었다. 벽에는 아담한 정물화 유화 액자가 걸려 있었다. 창문에는 우웃빛 커튼이 쳐져 있었다. 창문 너머에는 발코니가 있었고, 그 발코니를 통해 매력적인 구 시가지가 바라다 보였다.

나는 짐을 풀자마자 샤워부터 했다. 스승님과 야콥 교수가 비밀스러운 이야기를 나눌 수 있도록 일부러 자리를 피해야만 했기 때문이다. 크고 두꺼운 흰색 타월로 몸을 닦고 얼굴에 스킨로션을 바른 다음 헤어 드라이기로 머리를 말렸다.

문득 목이 말랐다. 이스라엘 포도 주스가 기가 막히게 맛있다는 이야기를 익히 들어온 터라, 주스를 마시려고 라운지 바에 올라가 코셔 포도주스를 한 잔 사서 들이켰다. 목구멍을 통해 들어간 주스 기운이 전신에 전달되면서 머리가 맑아지고 기분이 상쾌해졌다. 창가에서 고풍 어린 동쪽 시가지를 내려다보니 높고 낮은 금빛 건물들이 한눈에 들어왔다.

'아아, 예루살렘! 말로만 듣던 예루살렘을 오게 되다니!'

감격에 겨워 있을 때 문득 내 귀에 찬양이 울려 퍼지고 있었다. 〈거룩한 성〉이라는 찬양이었다. 대학교 때 종려주일을 맞아 서울의 어느 큰 교회의 예배를 참석한 일이 있었는데, 그때 성가대원들이 오케스트라 연주에 맞춰 부른 합창곡이었다. 그 노래가 어찌나 거룩했던지 지금도 그 찬양의 가사를 기억한다.

예루살렘 예루살렘 그 거룩한 성아
호산나 노래하자 호산나 부르자
그 꿈이 다시 변하여 이 세상 다가고
그 땅을 내가 보니 그 유리 바다와
그 후에 환한 영광이 다 창에 비치니
그 성에 들어가는 자 참 영광이로다

수천 년 기나긴 세월 동안 숱한 파란과 곡절을 겪어온 예루살렘이 그리스도가 다시 오시고 새 하늘과 새 땅이 도래하면 전혀 새로운 예루살렘으로 변하게 된다고 하지 않는가! 예루살렘을 눈으로 보니까 성경의 이야기가 몽상이 아니라 실제로 이루어질 것 같은 느낌을 받았다. 그런 생각에 잠겨 있는데 바텐더가 내 쪽을 쳐다보며 말했다.

"한국에서 온 김현수 씨, 여기 계시면 전화 받으십시오."

전화를 받으니 스승님이었다.

"지금 곧 레스토랑으로 내려오시게."

"네, 알겠습니다."

금색 엘리베이터를 타고 1층으로 내려와 대리석 계단을 통해 레스토랑에 들어섰다. 벽과 천장, 테이블이 온통 금색으로 되어 있는 고급스러운 레스토랑이었다.

"어서 와요."

스승님이 싱긋 웃으며 반가워했다.

야콥 교수는 내가 앉을 좌석을 뒤로 빼주면서 즐겁게 식사를 하라고 권유했다. 야채샐러드와 치즈, 피클, 채소와 버섯, 바삭바삭한 빵과 페이스트리, 쿠키, 우유, 요거트, 뮤즐리, 농어, 닭가슴살, 파스타 등 낯설지 않은 음식들이 눈에 띄었다.

음식 가운데 제일 맛있게 먹은 건 부레카스다. 부레카스는 필로와 같은 겹겹의 얇은 파이 안에 퀴노아 필링을 채우고 겉에는 토마토소스를 흠뻑 끼얹은 일종의 빵과 같은 음식이다. 부레카스를 커피와 곁들여 먹으니 맛이 일품이었다.

배가 한껏 부를 때쯤 깊고 진한 맛이 나는 견과류를 아이스크림과 함께 먹은 후, 대추야자와 아몬드가 들어간 연한 크림색 주스를 마지막으로 한 잔 마시니 기분이 삼삼해졌다.

"내일 그녀와 만나기로 했습니다. 좋은 결과가 있으면 좋겠습니다."

야콥 교수가 눈을 반짝이며 말했다.

"아, 내일이군요. 기대가 됩니다."

나는 희색만면한 표정으로 대꾸했다.

다음날 나는 아침 일찍 일어났다. 커튼을 젖히자 창밖으로 동이 터오고 있었다. 트랜스 요르단의 해. 저기 요르단 산코숭이에서 떠오른 해는 사해 하늘에 얼굴을 살짝 드러내고 우리가 아침 식사를 할 무렵이면 레스토랑의 푸른 창에 휘황하게 매달려 있을 테지.

'저 해가 중천에 걸려 있으면 엄청나게 덥다는 거지?'

호텔의 아침 식사는 간결하고 신선했다. 오믈렛을 주식으로, 맛있게 구운 크루아상에 버터 향 가득한 팬케이크와 두껍게 썬 베이컨, 주황색 슬라이스 치즈, 노란 오렌지 주스, 삶은 달걀, 뽀얀 흰 우유로 배를 든든히 채웠다.

"야콥 교수가 차를 가지고 10시에 오기로 했어요. 10분 전에 로비에서 만납시다. 나올 때 카메라 잊지 말아요."

스승님이 싱긋 웃으며 말했다.

야콥 교수는 정확히 10시 정각에 호텔에 도착했다. 그는 위아래 검정 양복을 입고 나왔다. 선글라스는 어제와 다른 갈색이었다. 아담한 체구인 그는 어떤 옷을 입어도 멋지다. 차는 출발한 지 15분도 안돼 이스라엘 국립박물관에 도착했다. 박물관은 기바트람 언덕 근처에 있다. 위에서 내려다보니 국회의사당, 대법원, 히브리대학교가 보인다. 이스라엘 국립박물관은 세계 최고의 백과사전 박물관 중 하나라고 한다.

"만날 시간이 충분하니 그리스도 당시의 예루살렘을 봅시다."

야콥 교수가 말했다.

"좋습니다. 여기 온 김에 꼭 봐야지요."

스승님이 대답했다. 박물관 야외 마당에 전시된 모형 예루살렘은 2천 년 전, 그러니까 예수님 시대의 성도를 50분의 1로 축소해놓은 것이었다. 50분의 1 축소라면 모형의 2cm가 실제 크기로는 1m인 셈이다. 우리는 헤롯 성전이 있는 동쪽 난간에 서서 황홀한 전경을 감상했다.

"오오, 아름답고 성스러운 예루살렘이여! 평안이 영원무궁히 있을지어다!"

스승님이 두 팔을 벌려 탄성을 하며 축복을 했다. 야콥 교수도 한껏 고무되었는지 얼굴이 상기된 채 두 팔을 쭉 내밀며 말했다.

"샬롬 알 이스라엘!"

야콥 교수는 그러고는 목청을 돋우어 노래를 하는 거였다. 나는 그게 무슨 내용인지는 잘 몰랐지만, 그 노래가 그의 조국 이스라엘과 이스라엘 민족의 안녕과 번영 그리고 평화를 희구하는 찬양이라는 걸 어렴풋하게나마 느낄 수 있었다.

나는 결코 종교적인 사람이 못 되었음에도 두 어른의 이러한 모습에서 어쩌면 인간은 본질적으로 종교적 존재가 아닌가 하는 생각이 들었다. 그렇다면 어떤 사람이 자신을 종교가 없는 무종교인이라고 분류하더라도 그가 자기 자신을 어떻게 규정하든 상관없이 그는 종교적이라고 할 수 있을 것이다. 즉 모든 사람은 본질적으로 종교적 존재 Homo Religious라고 할 수 있을 것이다.

생각이 이에 미치자 나 또한 어쩔 수 없이 종교적 존재라는 걸 실감하지 않을 수 없었다. 그리고 보면 최근 존재의 의미를 추구하며 가치 있는 뭔가를 열망하는 삶을 살려는 나야말로 종교적 존재 아닌가.

그런 상념에 잠겨 있는데,

"엇? 저기 옵니다. 프리실라 박사가."

라고 야콥 교수가 말했다.

고개를 들어 위를 바라보았다. 우아한 빈티지 투피스 정장
차림을 한 여자가 이쪽으로 걸어오고 있었다. 어찌나 맵시가
나던지 한눈에 척 봐도 미인인 것 같았다. 여자가 우리를 보
고 손을 흔들었다.

"닥터 프리실라, 여기요, 여기! 나 야콥이오!"

여자는 한 걸음 한 걸음 우리 쪽으로 걸어왔다. 여자가 10
여 미터쯤 우리와 가까워졌을 때 나는 심장이 멎는 듯했다.
온몸의 피가 거꾸로 흐르는 것 같았다. 숨도 제대로 쉴 수 없
을 만큼 벅찬 환희가 머리끝에서부터 발끝까지 전류처럼 흘
렀다.

아아, 그녀는 희재였다. 분명히, 분명히 희재였다. 희재를
여기에서 만나다니! 여기에서 만나게 될 줄이야! 아아, 이게
대체 어찌 된 영문인가? 꿈은 아닐 테지? 아, 희재. 나야 나.
나…… 현수. 내 입에서는 신음을 하듯 말이 새어 나왔다.

"희…… 희…… 희…… 재. 희재 씨. 맞지? 희재 씨가 왜 여
기 있는 거지?"

여자도 나를 본 순간 기겁을 하고 다리를 휘청거렸다. 그녀
는 서 있는 자리에서 얼음장처럼 굳어버렸다.

"어머? 현…… 수 씨? 현수 씨 아녜요? 현수 씨죠? 어머머, 세상에나!"

그녀는 두 손을 입에다 대고 놀라움을 금치 못했다.

"프리실라가 희재였단 말이지?"

나는 숨이 멎을 것 같았다. 이게 꿈이 아닌가 싶어 부지불각에 스승님을 쳐다보았다.

"스승님, 지금 꿈을 꾸고 있는 건 아니죠?"

스승님은 영문도 모르고,

"꿈은 무슨 꿈…… 허탈하지 않아도 돼요. 분명한 현실이니까. 둘이 아는 사이인가 보죠?"

라면서 눈이 휘둥그레졌다.

나보다 더 놀란 쪽은 희재였다. 그녀는 그저 두 눈을 크게 뜬 채 여전히 그 자리에서 얼어붙은 듯이 서 있었다. 그녀의 하얀 얼굴에 바르르 경련의 잔 파문이 스치는 것 같았다. 그때였다.

"아니? 이게 누구요? 희재 자매? 희재 자매 아니요?"

스승님이 목청을 높여 말했다.

"어머? 교수님. 이필선 교수님이시네요. 참 오랜만입니다. 이게 대체 웬일이람?"

희재는 토끼처럼 눈을 동그랗게 뜨고 우리 세 사람을 번갈아 바라보았다.

"교수님, 안녕하세요?"

희재는 야콥 교수에게 인사했다. 그러고는 나를 뚫어져라 바라보았다. 나와 희재는 얼굴의 솜털이 보일 만큼 가까이에서 서로 마주 보았다. 희재의 눈가는 촉촉이 젖어 있었다. 7년 전 모습 그대로 희재는 아름다웠다. 나는 이게 꿈인지 생시인지 분간이 안 돼 현기증이 일면서 정신이 아뜩할 뿐이었다.

"현수 씨, 그간 잘 있었어요?"

희재가 이 말을 하지 않았더라면 내 마음은 한참 동안 꿈길을 헤맸을 것이다. 희재가 내게 존댓말로 인사했기 때문이다. 순간 나는 희재에게 거리감을 느끼기보다는 그녀가 몰라보게 성숙해졌다고 생각했다.

"좋아 보이는군, 희재 씨는."

나는 일부러 높임말과 낮춤말을 섞어 말했다.

"현수 씨도 좋아 보여요."

"한데 희재 씨는 이 박사님과 구면인가 봐."

그렇게 말하고는 나는 스승님을 쳐다보았다.

"알다마다요. 이 박사님과는 서너 번 만났을 거예요. 그렇죠? 박사님?"

희재는 마치 친한 친구를 만났다는 듯 반가운 목소리로 말했다.

"맞아요. 희재 자매님은 로드 아일랜드주의 브라운대학에서 수학을 했지요? 우리 부부가 로드 아일랜드에 놀러 가서 만난 적이 있지요. 뉴욕의 한인 교회에서 두세 번 만났고요."

"그래요, 박사님. 친구가 다니는 한인교회에 박사님 내외분이 다니셨지요. 그런데 사모님이 안 보이네요. 서 박사님."

"아내는 함께 오지 못했습니다. 내가 윤 박사를 이곳에서 만났다는 얘길 들으면 아마도 놀라 자빠질 걸요."

두 사람의 대화를 들으니 구태여 긴 설명을 듣지 않아도 스승님 내외분이 미국에 교환교수로 가 있었을 때 희재와 알고 지냈던 게 분명했다. 희재는 그때 한국에서 나하고 같은 대학을 졸업하고 미국에서 유학 중이었다.

신문기자 생활을 할 때였다. 광화문에서 우연히 만난 희재의 친구로부터 희재가 미국으로 유학을 갔다는 말을 듣긴 했지만, 고고학을 공부하겠다고 농담 삼아 말하던 희재가 정말이지 고고학을 전공해 박사 학위를 받았을 줄이야!

"방학 때가 되면 박사님 내외분은 텍사스주 댈러스신학교의 세대주의 특강을 들으시느라 여념이 없으셨지요. 두 분은 열정적이어서 제게 강한 인상을 심어주셨어요. 마음속으로 두 분을 흠모했답니다."

"아하, 별걸 다 기억하고 있구려. 방학 때 텍사스까지 간 건

양수겸장의 수확이 있었지요. 댈러스신학교에서 세대주의 사상을 배웠고, 스코필드기념교회에서 예배를 드려 좋았지요."

스승께서 만면에 웃음을 띠며 말했다.

"아! 스승님이 스코필드를 존경하게 된 배경이 그래서였군요."

나는 희재와 스승을 번갈아 바라보며 대화에 끼어들었다.

"덥지요?"

희재는 왼손으로 이마에 맺힌 송골송골한 땀방울을 훔치며 말했다.

"제 연구실로 가서 얘기를 나눠요."

야콥 교수는 자기 역할은 여기까지라고 하면서 셋이서 대화를 나누라고 하고는 돌아갔다.

스승님과 나는 희재를 따라 연구실로 갔다. 연구실 문에는 'Dr. Priscilla'라는 작고 예쁜 문패가 붙어 있었다.

"왜 'Dr. Yoon'이라고 하지 않고 'Dr. Priscilla'라고 한 거지?"

나는 호기심에 희재에게 물었다.

"Priscilla가 내 애칭이라서요. 난 이 이름이 더 좋거든."

"프리실라라면 우리말 음역으로 브리스길라지?"

"잘도 아네요. 아굴라를 허즈밴드로 둔 초대교회의 빼어난 일꾼."

"아굴라는 복도 많았군 그래."

우리 셋은 깔깔거리고 웃고는 연구실로 들어갔다.

연구실은 생각보다 크고 널찍했다. 한국의 교수 연구실은 비좁은데 말이다. 출입문 오른쪽 벽에는 도서관처럼 책장이 늘어서 있고, 그 맞은 편 벽에는 깨알 같은 글자들이 적혀 있는 양피지 사진이 들어 있는 액자가 걸려 있었다. 한눈에 봐도 사해문서였다. 창문 쪽에는 고급스러운 L자형 티크 원목 책상이 있었고, 책상 위에는 예쁘고 작은 'Dr. Priscilla'라는 명패가 놓여 있었다. 책장과 책상 사이에는 낮은 거실장이 하나 있었는데, 그 위에는 어린아이 키만 한 둥근 점토 항아리 한 개가 있었다. 항아리의 맨 위에는 접시 모양의 뚜껑이 달려 있었다. 몸체는 여러 군데 갈라지고 금이 가서 살짝 만지기만 해도 깨질 것 같은 느낌을 주었다. 스승님과 나의 눈길은 절로 항아리에 모아졌다.

"오라! 바로 이게 사해 두루마리를 넣은 항아리로군!"

스승님이 감탄사를 내뱉었다.

"네. 맞습니다. 실제 항아리를 본뜬 모조품이에요."

희재가 짐짓 스승님의 식견에 놀랍다는 듯한 표정을 지으며 말했다.

시원스레 탁 트인 창문 너머 기바트람 언덕 아래에는 아름다운 전경이 펼쳐져 있었다. 파란 유리창이 많은 이스라엘 국회의사당이 한눈에 쏙 들어왔다. 이스라엘 국회의사당은 지붕에 돔만 없으면 그 모양이 영락없는 대한민국 국회의사당이었다.

"제가 무엇을 도와드릴까요?"

희재가 옷깃을 여미며 스승님에게 말했다.

"그걸 말씀 드리기 전에 먼저 물어볼 말이 있소. 윤 박사는 어떻게 여기에서 일하게 된 거요?"

"그건 얘기하자면 밑도 끝도 없이 길지요. 간단히 말씀드리자면."

희재가 말끝을 흐리고 눈을 지그시 감았다. 그녀는 회상에 잠겨 있는 표정을 지었다.

"간단히 말씀드리자면."

스승님이 어서 빨리 알고 싶다는 듯이 희재의 말끝을 받아 말했다.

"저는 3년 전 고고학 박사 논문을 쓰던 중 우연한 기회에 캔사스시티의 아이합HOP에 들르게 되었지요. 그곳에서 미국 유대인 학자 몇 사람을 사귀게 되었는데, 그중에 임마누엘 토브라는 고대 시리아-팔레스타인 고고학자와 특별한 교분을 쌓았습니다. 토브 교수는 제게 학문적 발전을 위해 사해사본을 연구해볼 것을 권유했습니다. 토브 교수는 또한 사해사본이 종말과 깊은 연관이 있다고 하면서, 동방의 박사가 다윗의 열쇠를 가지게 되면 메시아가 재림하게 되고, 그렇게 되면 이 세상의 연대기적인 시간인 크로노스는 종료되고 하늘 문이 열리는 카이로스가 전개될 거라고 알려줬습니다.

그 말을 듣고 저는 처음에는 긴가민가하며 반신반의했지만, 관련서적들을 읽으며 그럴 가능성을 염두에 두고 점차 흥미를 갖게 되었지요. 저는 그때부터 사해사본에 관심을 가지게 되었고 큐레이터 전문과정을 거쳐 본격적으로 고대 유물 전문 큐레이터로 일하게 되었지요. 작년 저는 뉴욕에서 사해사본 전시회를 큐레이팅해서 고고학계의 주목을 끌었습니다. 때마침 모교에서 이스라엘 박물관 교환교수로 1명을 파견한다고 하기에 제가 서둘러 지원해 이곳에 오게 된 것입니다."

희재가 말을 마치자마자 스승님은 갑자기 무릎을 꿇고 두 손을 들어 신께 경배했다.

"오, 하나님. 감사합니다. 제 영혼이 주님을 찬양하며 제 마음이 주님을 기뻐하옵니다. 제 비천함을 돌보시어 오늘 제가 주님이 보내신 천사를 만나게 되는군요. 찬송과 존귀와 영광이 세세토록 주님께 있나이다. 아멘!"

희재는 스승님의 이런 모습을 보고 얼굴이 상기되었다. 그녀는 이필선 박사가 나를 대동하고 느닷없이 왜 자기를 찾아왔는지 몹시 궁금해졌다.

"이 박사님, 말씀해 주세요. 무슨 중요한 일이 있는 거죠?"

스승님은 흠흠, 하고 헛기침을 한 후 그간의 벌어진 일들과 그가 왜 이스라엘에 와서 희재를 만나려고 하는지를 일목요연하게 설명했다. 스승님의 말에 희재는 고개를 연신 끄덕이거나, "그렇군요."라고 하면서 반응했다.

"어떻게 생각하시오, 윤 박사는?"

"저도 이사야서에 종말과 관련한 비밀스런 언급이 어딘가에 있다고 보고 그간 이사야 사본을 샅샅이 뒤졌지요. 하지만 찾지 못했습니다. 만에 하나 이사야서 어딘가에 그런 언급이 있다손 치더라도, 솔직히 말씀드리면 저는 그 말을 상징 언어로 이해하고 있습니다. 현실에서 실제 이루어지는 게 아닌 상징적인 언어 말입니다. 주님이 모년 모월 모시에 모처에 오신다는 걸 곧이곧대로 믿으시다니요!"

희재는 스승님 같은 지성인이 자기 시대에, 그것도 한국 시간으로 1999년 12월 31일 자정 무렵에 그리스도의 재림을 확신하고 있다는 사실에 놀랍다는 표정을 지었다. 나는 희재의 그런 모습을 보면서 이상하게 안도감이 들었다. 나는 성경을 자세히는 모르지만 어느 누구든 그리스도의 재림 시간을 정확하게 못박는 건 부자연스럽고 맹랑하게 여겨온 터였다. 하지만 대놓고 내 생각을 스승님께 밝히기에는 어쭙잖은 데가 있어서, 어색한 웃음기를 지우고 못 들은 척하고 있는데, 스승님의 언짢은 듯한 음성이 귓전에 와 닿았다.

"윤 박사는 신실한 크리스천 아니오? 그리스도의 재림과 종말을 못 믿겠다는 것입니까? 표현이 두루뭉술해서 난 당최 알아들을 수 없군!"

"아, 그게 아니고요. 주님이 언젠가는 다시 오실 거라고는 생각하지만, 그 때와 시를 단정하는 건 옳지 않다고 생각합니다."

희재는 당황스럽다는 듯 손사래를 치며 말했다.

"어떻게 생각하든 그건 자유요. 나는 확신하니까요. 아무튼 날 좀 도와주시오."

"무엇을 도와드리면 되겠습니까?"

"다윗의 열쇠를 찾아주시오."

"네? 이사야서에 나오는 다윗의 열쇠를요?"

"그렇습니다."

"박사님, 다윗의 열쇠를 갖고 있는 분은 오로지 심판자이신 주님 한 분밖에 없습니다. 다윗의 열쇠 또한 상징 아닌가요? 주님 외에는 하늘 문을 열면 닫을 자가 없고 닫으면 열 자가 없어요."

"그 점은 나도 인정합니다. 하지만 주님은 베드로에게도 그 열쇠를 맡겨놓았습니다. 이스라엘이 로마군에게 멸망당하고 성전이 파괴된 후 그 열쇠는 사해 근처 쿰란 동굴 어딘가에 있습니다. 그 많은 동굴들 가운데 어디에 있을까요? 그걸 좀 알아내 주십시오. 야콥 교수는 제4동굴을 지목하고 있습니다만."

"이사야서 두루마리들이 발견된 쿰란 제1동굴과 제4동굴을 살펴보면 뭔가 힌트를 얻어낼 것 같습니다."

희재는 무슨 힌트를 얻었는지 고개를 끄덕이며 말했다.

"이사야서 진본은 어디에 있습니까?"

얼굴에 희색이 돈 스승님이 눈을 반짝이며 물었다.

"그건 보안상 극비에 부쳐져 있습니다. 저도 굉장히 궁금히 여겨온 비밀사항이지요. 책의 전당 전시관에 있는 이사야 두루마리는 진품이 아닙니다. 그건 사해사본을 일일이 사진으로 촬영한, 진품을 복원한 모조품이죠. 제 추측으론 진품은 이스라엘 국립 고고학 연구소 지하 어딘가에 비밀리에 보관돼 있을 것 같아요."

"좋소. 시간을 두고 알아보시죠. 이번 방문은 쿰란 동굴들을 견학하는 걸로 만족해야 할 것 같군요. 윤 박사가 엔게디 여행에 동행해 주실 수 있습니까?"

엔게디는 유대 광야의 동쪽, 사해의 북서쪽 해변가에 있는 오아시스 마을이다. 건조하고 뜨거운 사해 권역에서 신선한 물을 만날 수 있는 곳이어서 예로부터 문물이 성행한 곳이다.

이곳은 거칠고 메마른 유대 광야의 동쪽 끝자락에 위치해 있어서 사해 쪽으로 가파른 낭떠러지가 펼쳐져 있고, 와디의 영향으로 깊은 협곡과 뾰쪽한 산세를 이루는 험한 산들이 그 수를 셀 수도 없을 만큼 높이 솟아 있다.

그 산들에 수많은 동굴들이 있다. 쿰란은 사해 서쪽 둑에서 북서쪽으로 나 있는 작은 평원을 가리킨다. 사해문서란 쿰란의 사막 언덕의 11개 동굴들 속 질그릇 항아리에 2천 년 넘게 보관되어온 구약성서 사본을 말한다.

스승님은 우리의 엔게디 여행에 희재가 동행해줄 것을 요청하고 있는 것이다. 나는 스승님이 이 제안을 했을 때 순간적으로 얼마나 마음을 졸였는지 모른다. '이스라엘에서 희재를 만난 것도 기적 같은 일인데 그녀와 함께 여행이라니!'

"기꺼이요. 내일 출발할 수 있습니다."

나는 그 말에 하마터면 "야호!" 소리 지를 뻔했다.

"오늘은 책의 전당 전시관에 있는 이사야서를 보시죠. 일설에 의하면 그 사본이 진품이라는 얘기도 있으니까요."

"좋소. 지금 보러 갑시다."

우리 셋은 희재의 연구실을 떠나 밖으로 나왔다.

"절 따라 오시죠."

희재는 앞에 서서 우리를 안내했다. 하늘은 쾌청하기 그지

없었고 구름 한 점 없어, 마치 수정같이 맑고 푸르른 바다가 높은 공중에 떠 있는 것 같았다. 백여 걸음쯤 저쪽에 무슨 원자력 연구소 같은 기묘한 건물이 납작 엎드려 있었다.

"저 건물이 책의 전당입니다. 지붕이 저런 것은 쿰란문서를 담았던 항아리 뚜껑처럼 생겼기 때문이지요. 전당의 70%는 지하에, 나머지는 지상에 나와 있어 건물이 낮게 보인답니다."

과연 쿰란문서를 보관하는 책의 전당은 얼른 보아도 둥글넓적한 팽이의 아랫도리를 깎아 엎어놓은 것같이 기이하게 생겼다. 지붕을 온통 흰색 타일로 만든 건 이 건물이 빛의 아들들을 나타낸 것이라고 한다. 지붕 주위의 커다란 네 모퉁잇돌은 성전 제단의 네 귀퉁이 돌을 상징하는 것이고, 지붕 위에 쏟아지는 분수대 물은 쿰란문서가 생명의 가르침을 담고 있으며, 이 문서가 발견된 곳이 사해 근처의 물가라는 것을 말해준다.

책의 전당으로부터 수십 보 떨어진 남쪽에는 검은색 현무암으로 쌓아올린 직사각형의 벽이 있는데, 이것은 어둠의 아들들을 상징하는 것이다. 이런 식으로 책의 전당은 에세네파로 알려진 쿰란공동체의 빛의 아들들과 그 반대편의 어둠의 아들들을 대조함으로써 이 세상이 선과 악의 싸움이라는 것을 웅변하려고 했다.

우리는 검은 현무암 벽 지하 통로를 통해 쿰란사본실 내부로 들어갔다. 사본실까지 이르는 지하통로는 긴 통로로 되어 있는데, 이것은 문서가 발견된 곳이 동굴이라는 것을 연상하게 한다. 통로 곳곳에는 문서를 담았던 항아리와 잔, 접시와 등잔 등을 전시해놓고 있었다.

우리는 전당의 중심부에 들어섰다. 홀은 널찍했고 천장은 높았다. 측벽부에서부터 천장부까지 표면 전부가 나이테 같기도 하고 해변의 잔잔한 물결 같은 형상으로 처리되어 있어서 마치 고열의 높은 황토방 같은 느낌이 들었다. 높디높은 천장을 올려다보니 몸이 붕 떠서 꼭대기에 빨려 들어갈 것만 같았다. 사본실에는 아주 많은 전시대들이 있었는데, 그 안에는 사해사본들이 질서 있게 전시되어 있었다.

"와아! 저 문서들이 사해에서 발견된 성서들이라는 거지?"

내가 탄성을 질렀다.

"그래요, 현수 씨. 저 문서들이 1947년부터 1956년까지 사해 북서쪽에 있는 와디 쿰란에서 발견된 문서들이에요. 그 기간 동안 히브리 성서를 비롯한 900여 편에 달하는 다양한 종교적 문서들이 발견되었어요. 사해문서는 기원전 2세기부터 기원후 1세기까지 약 300년 동안에 걸쳐서 기록되었다고 하죠? 여기에 전시된 문서들은 그 일부이고."

희재가 내게 존댓말을 써 가며 나지막한 음성으로 설명해주었다. 존댓말이 어색하다고 느끼지 않은 게 이상할 정도였다.

"글자들이 비교적 선명하게 남아 있네? 신기해라!"

나는 양피지와 파피루스에 쓰인 글자들을 쳐다보며 감탄사를 연발했다.

"대부분 문서들은 히브리어로 기록되었어요. 저건 히브리어, 저건 아람어…… 그리고 코이네 그리스어는 어디 있더라? 어머나? 아, 저거야."

희재는 내 손목을 붙잡고 몇 발자국 걸어가더니,

"이게 그리스어로 기록된 문서야. 이것 봐, 신기하지 않아? 이건 종이처럼 얇은 구리판 문서네?"

라고 말했다.

"어휴! 이 글들이 2천 년 세월을 견디며 어떻게 살아남았을까?"

내가 고개를 갸웃거리면서 희재에게 물었다.

"글쎄. 그래서 신기한 거지. 새의 깃털 촉을 붓으로 삼아 탄소 숯을 갈아 만든 잉크를 찍어 쓴 글자들이야."

희재도 이제야 알았다는 듯 놀란 표정을 지으며 내게 설명해주었다.

전시장의 한가운데에는 모세오경을 넣어둔 보관통을 본뜬 둥근 유리관 전시대가 있었고, 유리관 안에는 이사야 66장 전체가 한 바퀴 휘돌아 띠를 두른 모양으로 전시돼 있었다.

"아아, 바로 이게 이사야서로군!"

스승님이 떨리는 목소리로 말했다.

"네, 그렇습니다. 이사야서는 쿰란에서 발견된 문서들 가운데 가장 빛나는 문서이죠. 20세기의 가장 위대한 고고학적인 발견이고요."

희재가 고개를 주억거리며 말했다.

희재와 우리는 박물관 근처 식당에서 간단히 점심을 먹은 후, 희재는 근무를 하러 가고 우리 둘은 박물관을 관람했다. 이스라엘 박물관은 데이비드 사무엘 고츠먼이라는 헝가리 태생의 억만장자가 사해문서를 이스라엘 정부에 기증한 것을 계기로 짓기 시작해 7년 후인 1965년 준공과 동시에 개관되었다고 한다. 우리는 박물관에서 오후 시간 내내 이스라엘과 인근 여러 나라들의 희귀한 고대 유물들과 멋진 유럽 예술품 등 현대 작품들에 이르기까지 수많은 유물들과 예술 작품들을 관람했다.

오후 5시쯤 호텔로 돌아왔다. 저녁 식사를 마치고 나니 예루살렘에 석양이 깔리기 시작했다. 나는 석양을 바라보면서 희재에 대한 연모의 정념을 뭉근히 피우고 있었다. 마음속으로 중얼거렸다.

'희재…… 희재는 아직도 나를 사랑하고 있는 걸까?'

제4부

그는 죽고

나는 살다

21

화해

이튿날 아침이었다. 식사를 마치고 커피를 마셨다. 희재는
은회색 아우디를 몰고 약속시간인 10시에 호텔에 도착했다.
나는 희재를 보는 순간 눈이 커졌다. 그녀가 영화배우보다도
더 예뻤기 때문이다. 희재는 검정 바지에 흰 블라우스를 입고
나왔다. 굽이 낮은 자주색 운동화에 머리에는 밀짚 페도라 모
자를 썼다. 몸 전체에서 젊고 발랄하고 청순함이 느껴졌다.

우리는 사해로 향했다. 사해는 예루살렘에서 동쪽으로 40
킬로미터쯤 떨어져 있는 곳이다. 그 정도 거리라면 차로 넉넉
잡고 한 시간이면 충분히 도달할 수 있다. 1번 고속도로를 따
라 예루살렘을 벗어난 지 채 30분도 안 돼 차는 광야를 달리
고 있었다. 유대광야다. 평야는 볼 수 없고 사방 천지에 높고

가파른 황색의 산들이 널려 있는 삭막하고 건조한 광야. 저 옛날 이곳에서 세례 요한이 이스라엘 사람들에게 회개하라고 외쳤고, 예수가 40일 간 금식을 하며 악마의 시험을 이겨 내고 깨달음을 얻었다는 그 광야다. 수많은 위대한 기독교 영성가를 배출한 그 광야의 끝에 사해가 있다.

정오가 한참 멀었는데도 중천에 걸려 있는 해가 강렬한 빛을 지상에 내려 쏟아 온 대지가 갈증으로 숨을 헐떡이고 있다. 누런 흙은 힘센 장사가 쥐어짜도 물 한 방울 나오지 않을 것 같다. 황량한 들판에서 건기의 끝자락을 힘들게 버티는 가축들이 안쓰럽다.

소리 없는 살인에 땅 표면 아래에 있는 생명체나 표면 위에 있는 생명체들이 죽지 않으려고 필사의 항거를 하고 있다. 길 양 옆에 듬성듬성 난 키 작은 나무들은 말이 나무이지 나무라고 하기엔 너무나 볼품없고 말라 비틀어져 풀인지 나무인지 모를 정도다.

건기라고 하지만 지독하게 덥다. 이곳은 10월쯤부터 비가 내리는 우기에 들어간다고 한다. 10월이라면 한국에서는 찬 바람이 도는 날씨 아닌가. 마른 대지에 비가 내리면 초목은 입을 벌려 빗물을 머금고 푸르고 싱싱하게 자태를 뽐낼 것이고 땅속에 있는 생명들은 다투어 고개를 내밀 것이다.

얼마쯤 달리니 해발 0m를 나타내는 해수면 표지판이 눈앞에서 미끄러져 지나갔다. 높은 고압선이 지나가는 아래에 나 있는 일직선상 도로변에 'SEA LEVEL'이란 해수면 표지석이 서 있었다.

표지석 바로 옆에는 베두인 한 명을 태운 낙타가 있었다. 아랍인으로 보이는 풍채 좋은 사람이 낙타의 고삐를 쥐고 관광객들을 보며 넉살좋게 웃는 것을 보면 돈을 내고 잠시 등 위에 태워주는 관광용 낙타임에 틀림없었다.

관광객 몇 명이 차에서 내려 표지석 앞에서 사진을 찍고 있었다. 이제 여기서부터는 해저와 다름없는 곳이다. 거기에서 조금 더 내려오니 높은 언덕이 나타났다.

"와아, 스승님. 저기, 전망 좋은 데가 있어요."

"그렇군, 저기에서 잠깐 쉬었다 감세."

차는 언덕에 올라왔다. 우리는 그곳에 차를 세운 후 아래를 내려다보았다. 언덕 아래 펼쳐진 광경은 장관이었다.

"저기 보세요, 박사님, 저기가 사해입니다. 한눈에 내려다 보이죠?"

희재가 손가락으로 가리키며 말했다.

"사해 저 건너 땅이 요르단이지?"

나도 성서 지도를 배운 가락이 있어 좀 알은체했다. 성서에 박식한 스승님이 말했다.

"그렇군, 저기가 사해 맞네. 사해 저편에는 요르단이지. 구약시대에는 모압 땅이었지."

내가 맞장구를 치며 말했다.

"맞아요, 맞아! 이스라엘 자손의 약속의 땅 행군을 방해했던 그 모압 민족!"

일행을 태운 차는 아래로 아래로 내달렸다. 비행기를 타고 수직으로 상승할 때처럼 귀가 먹먹해졌다. 차는 정오 무렵 사해 바로 앞에 우뚝 솟아 있는 마사다에 당도했다. 1천 명도 안 되는 유대 저항군이 그 열배나 되는 로마군에 대항해 최후 순간까지 항전했다는 마사다. 과연 사방이 가파른 절벽에 자리 잡은 천혜의 요새다.

"저기 보이죠? 저 인공 힐!"

희재가 소리쳤다.

"저기 저 서쪽 절벽에 툭 튀어나온 토산!"

희재가 팔을 어깨 위로 길게 뻗으며 재차 소리쳤다.

"마사다는 450m 높이의 바위 절벽에 지어진 요새예요. 서기 70년 로마군이 예루살렘을 공격해오자 일단의 유대 열심당원들이 가족들을 데리고 이곳에 피신해 로마10군단과 마지막 결전을 벌였는데요. 험난한 지형으로 인해 로마군은 애를 먹었어요. 2년 넘게 지루한 공방이 계속되었어요. 로마군은 공성퇴로 서쪽 절벽에서 꼭대기까지 연결되는 거대한 경사로를 만들어 마침내 요새에 오를 수 있었지요. 서기 73년 어느 봄날, 아침의 빛을 뚫고 정상에 올라온 로마군은 960구의 시체 앞에서 망연자실 서 있어야만 했습니다. 저항군들은 로마군이 들이닥치기 전 가족들과 함께 스스로 목숨을 끊었기 때문이지요."

희재의 말에는 비장함마저 있었다. 나는 마사다에 얽힌 이야기를 언젠가 신문에서 읽은 적이 있지만, 희재에게 직접 설명을 들으니 그 비장함이 한층 더해 목울대가 뜨거워졌다.

우리는 마사다 근처 식당에서 바비큐와 피자로 점심을 때운 후 곧바로 케이블카를 타고 마사다 정상에 올랐다. 가는 줄에 대롱대롱 매달려 깎아지른 절벽을 타고 올라가는 케이블카에서 아래를 내려다보니까 뱀같이 구불구불한 길이 정상을 향해 길게 뻗어 있다. 우리는 케이블카에서 내려 절벽의 좁은 통로를 따라 뱀문을 빠져나와 마사다 정상에 올라섰다.

정상의 평지는 생각보다 넓었다. 길이 620m, 폭 120m라고 하니 축구장 넓이의 8배쯤 되는 면적이다. 비교적 평평한 정상에는 헤롯 대왕이 세운 두 개의 로마식 왕궁 터와 목욕탕, 빗물을 저장했던 대형 수조, 병영, 병기고, 망루, 회당, 식량 창고, 비둘기 사육장 등 많은 건축물들이 발굴, 복원되어 있었다. 케이블카가 없던 저 옛날 어떻게 저런 구조물들을 지었는지 신기하기만 했다.

우리는 케이블카를 타고 안내소로 내려와 다시 차로 사해에 도착했다. 사해는 마사다 요새에서 동쪽으로 십리쯤 떨어져 있다. 해수면보다 420미터 아래에 있는 사해는 지구상에서 가장 낮은 곳이다.

'사해死海'란 염분의 농도가 너무 높아 어떤 생물도 살지 못한다고 해서 나붙은 이름이다. 남북 길이 67km, 동서 폭 18km인 이 바다는 물이 들어오기만 하고 나가는 곳이 없는, 그야말로 완전히 폐쇄된 죽음의 바다다. 근처엔 풀 한포기 하나 없고, 해안가엔 하얀 소금들이 띠를 형성하고 있다.

7월의 강렬한 태양빛이 바다에 내리쬐고 있었다. 물 위는 다이아몬드를 뿌려놓은 것 같이 빛나고 있었다. 해변에 사람들이 몰려 있었다. 머드 체험장이었다.

"저기 보세요, 저기!"

"어디?"

"저기 저 바다. 사람들이 둥둥 떠 있는 게 보이죠?"

꽤 깊어 보이는 바다에는 뚱뚱하게 보이는 남자 둘이 바닷물에 누워 떠 있는 채로 해수욕을 즐기고 있었다.

"그것 참, TV에서 보긴 했지만 직접 보니 정말 신기하군."

나는 스승님을 쳐다보며 동의해달라는 듯 말했다. 스승님이 즉시 맞장구를 쳐줬다.

"정말 그렇군!"

"자, 그럼 엔게디로 떠나요."

희재가 바지에 묻은 흙을 툭툭 털며 말했다.

"얼마나 걸리지?"

내가 희재를 보며 말했다.

"30분도 안 걸려요. 자, 출발!"

백마 위에 올라타고 깃발을 휘두르며 전장에 뛰어들었던 잔 다르크처럼 희재가 소리를 질렀다. 희재의 출렁이는 검은 머리가 햇빛에 반사되어 바다 표면처럼 반짝였다. 우리 차는 90번 도로를 타고 북상했다. 왼쪽으로는 끝없이 펼쳐지는 절벽과 오른쪽으로는 푸르른 사해를 끼고서.

마사다를 출발해 반시간도 안돼 엔게디의 한 호텔에 도착했다. 호텔은 3층으로 되어 있는 낮은 건물이었지만 수영장과 스파가 딸려 있어 꽤 고급스러워 보였다. 우리는 객실 3개를 예약해 놓았으므로 이틀 동안 마음 놓고 돌아다닐 수 있었다. 프런트에 가서 예약 확인을 하고 방 열쇠 3개를 받았다. 모두 다 3층이었다.

멋진 호텔에 들어설 때면 기분이 상쾌해진다. 이날따라 기분이 더욱 좋아진 건, 아니 들뜬 건 웬일일까. 희재가 곁에 있었기 때문이리라.

'아아, 희재와 한 호텔에서 지내게 되다니!'

생각만 해도 푸른 하늘로 날아갈 것 같았다. 나는 간단히 씻고 옷을 갈아입은 후 계단을 통해 로비로 내려갔다. 스승님이 먼저 내려와 있었다. 스승님이 나를 바라보며 말을 걸었다.

"김 군, 윤 박사를 사랑하는가?"

나는 깜짝 놀랐지만 정직하게 대답하지 않을 수 없었다.

"네."

"그렇다면 먼저 사랑한다고 고백하게."

"그럴 작정입니다, 스승님."

"잘 생각했네."

스승님은 그렇게 말하더니 쯧쯧, 혀를 차며 측은한 표정을 지었다. 그러고는 이렇게 중얼거리는 것이었다.

"사랑은 순금보다 값진 것이지. 하지만 그게 무슨 소용이 있겠나. 그분이 곧 오실 텐데."

스승님이 다음 말을 잇기 전 엘리베이터가 띵, 소리를 내더니 문이 열리며 희재가 나타났다. 나는 희재를 보고 얼마나 놀랐던지 숨이 턱 막힐 뻔했다. 희재는 방금 전과는 전혀 다른 모습이었다. 왼손에 하얀색 재킷을 든 희재는 검정색 원피스를 입고 나왔다.

희재의 어깨선과 가슴선이 드러나 보였다. 나는 그 순간 희재가 가브리엘 앤위 같다고 생각했다. 할리우드 영화《여자의 향기》에서 알 파치노와 황홀한 탱고를 추었던 그 매혹적인 여자 말이다.

6년 전 초봄 영화관에서 이 영화를 본 후 탱고에 푹 빠지게 되었고, 그 후로 언젠가 한번은 꿈에서 가브리엘 앤위인지 희재인지 분명치 않지만, 여하튼 검은 드레스를 입고 향수 냄새가 은은히 나는 아름다운 여인과 탱고를 추었던 기억이 불현듯 떠올랐다. 나는 넋을 잃은 사람처럼 말했다.

"아름다워, 희재 씨."

"좋게 봐줘서 탱큐, 현수 씨."

희재가 하얀 이를 드러내며 서울 토박이 말씨로 말했다.

밖을 내다보았다. 해는 져서 엔게디에 어둠이 깔리기 시작했다.

"이태리 요리 어때요?"

스승님이 시내에 이탈리안 퓨전 레스토랑이 있다며 제안
했다. 나는 희재를 바라보았다. 희재가 고개를 두어 번 끄덕
이며 말했다.

"좋아요."

희재는 대학을 다닐 때도 유별나게 이태리 음식을 좋아했
었다. 이날 제대로 음식을 만난 것이다. 네온사인이 하나둘
켜지기 시작하던 저녁나절, 우리 셋은 곧장 레스토랑에 도착
했다. 간판에 파란색으로 〈Anna's Restaurant〉이란 이름으로
영업을 하는 식당이었다. 우리는 바삭바삭하게 익힌 연어 바
비큐와 구수한 아란치니, 신선한 채소와 입 안에서 살살 녹는
살팀보카를 생맥주와 곁들여 먹은 후, 부드럽고 크리미한 젤
라또로 후식을 했다.

레스토랑을 나섰다. 형형색색의 다채로운 불빛들이 야경
을 화려하게 물들였다. 낮과 달리 밤공기가 서늘했다.

"둘이서 할 얘기가 많을 텐데, 내가 방해가 되는 건 아닌지?"

스승님이 빙긋 웃으며 말했다.

"어머머? 아녜요, 박사님. 함께 계셔도 좋아요. 우린 그

저……."

맥주 한 잔에 양쪽 귓불이 살짝 붉어져 있던 희재가 손사래를 치며 말했다.

"자, 난 이만. 내일 봅시다."

스승님은 손을 흔든 후 총총걸음으로 사라졌다. 아름다운 엔게디의 야경 아래 나는 희재와 단 둘이 있게 되었다. 희재와 둘이서만 있는 건 7년 만의 일이었다. 그러니 어찌 감회가 없겠는가. 그러자 희재에 대한 연모의 정이 끓어올랐다.

나와 희재는 아무 말도 하지 않고 바닷가에 다다랐다. 엔게디의 밤하늘에 휘영청 밝은 보름달이 쟁반처럼 떠 있었다. 달빛이 내 머리 위에서 꽃가루처럼 부서져 내려 내 전신은 빛으로 세례를 받는 것 같았다. 저 달이 나를 끌어당기는 것인지, 내가 달을 끌어당기는 것인지 종잡을 수가 없었다. 보름달이 내 몸 안의 모든 에너지를 하나도 남김없이 빨아들이는 것만 같았다. 그 순간 나는 하마터면 땅에 납작 엎드려 보름달을 바라보며 절을 할 뻔했다. 옛날 옛적 지구인들은 달을 경외한 나머지 오죽하면 신으로 섬겼을까 하는 생각이 들었다.

그 둥근 보름달이 바로 머리 위에 떠 있는 것만 같았다. 높이뛰기 선수가 힘차게 뛰기만 하면 충분히 붙잡을 것 같은 달이었다. 혹은 두 손을 길게 뻗으면 농구공을 잡듯이 달을 끌어안을 것 같았다. 둥근 달은 산과 들을 환하게 비추고 있었고, 밝고 강렬한 빛을 내 머리 위에 쏟아부었다. 별빛에 흠뻑 젖어 있던 나는 도무지 생각을 붙잡을 수 없었다. 머릿속이 텅 비어 있는 것만 같게 느껴졌다.

"뭘 그렇게 멍하니 있어요?"

희재가 내 옆구리를 쿡 찌르며 말했다. 그 소리에 나는 반쯤은 제정신으로 돌아왔다. 반쯤 제정신으로 돌아왔다는 건 그렇게 말하는 희재가 그 순간 무슨 선녀 같았기 때문이었다. 달빛에 비친 희재의 얼굴은 천사처럼 빛나고 있었고, 그녀가 입은 재킷도 하얗게 빛을 뿜어내고 있었다. 눈 깜짝할 사이 달의 궁정에서 지구에 살짝 내려와 사뿐 서 있는 항아姮娥라고나 할까. 그녀는 그 순간 여신이었다. 가로등 불빛이 환한 달빛과 부딪쳐 희재의 얼굴에 음영을 번갈아 드리우며 비쳤다.

'아아, 아름답고 순결한 희재.'

희재는 7년 전 대학시절의 눈부시게 우아한 외모 그대로였다. 아름다워지도록 애쓰지 않아도 존재만으로도 충분히 아름다운 그녀였다. 그녀가 조용히 내 눈을 응시했다. 달빛에 희재의 속눈썹이 보였다.

나는 희재를 보며 도대체 무슨 말부터 어떻게 해야 할지 몰랐다. 차라리 한마디도 하지 않고 그렇게 말없이 희재를 한 시간이고 두 시간이고 바라보면 충분할 것 같았다.

희재는 내 가슴에 살포시 얼굴을 파묻었다. 희재의 시선이 헤벌어진 내 옷깃 사이로 내비친 가슴에 걸려 있는 목걸이에 머물렀다. 희재는 손을 내밀어 목걸이를 티셔츠 밖으로 꺼냈다.

"내가 선물한 목걸이…… 아직도 목에 걸고 있네?"

"응."

"고마워, 현수 씨. 이 목걸이, 혹시나 싶어 얼마나 마음이 조마조마했는지 몰라요."

희재는 팬던트를 들어 올렸다. 금빛 팬던트가 달빛에 반짝였다.

"아아, 틀림없는 그 목걸이예요. 아름다워라! 믿음직스러워라!"

희재는 펜던트에 입을 맞췄다. 그러고는 이렇게 말했다.

"다시는 내게서 도망치지 말아요."

발음이 분명하고 그리고 사랑이 깃든 희재의 목소리가 내 귀에 들려왔다. 내 심장은 뛰기 시작했다.

"피곤한 숨바꼭질은 더 이상 하지 않을 거요. 술래가 얼마나 고통스러운지 알기나 하는지……."

어느 날 훌쩍 내 곁을 떠났다가 마법처럼 다시 돌아온 희재가 원망스럽기도 하고 고맙기도 해 나는 말끝을 흐리고 말았다. 희재는 말없이 나를 바라만 볼 뿐이었다. 그 모습이 어찌나 아릿하던지 나는 끓는 피를 눌러야만 했다. 희재는 이내 눈가 언저리가 촉촉해졌다. 희재가 천천히 입을 열었다.

"머리카락 한 올도…… 안 보이게 꼭꼭 숨은…… 나를 원망했군요."

"아니, 그 반대요. 나 자신을 원망했었다오."

"나는…… 나는…… 현수 씨가 날 잊은 줄 알았어요. 까맣게……."

희재는 시선을 아래로 내리고 말했다. 그녀의 음성은 가볍게 떨고 있었다. 길고 까만 속눈썹을 살짝 내리며 그렇게 말했을 때, 희재의 작은 얼굴은 목련 잎 사이로 들어온 가느다란 햇빛에 노출된 석류처럼 빨개졌다.

그런 희재를 보며 나는 명치끝에서 뭔가가 뜨겁게 치밀어오는 미안함과 그리움으로 울컥했다. 엉엉 울고 싶어졌다. 가슴팍을 쥐어박으며 그저 엉엉 우는 것 말고는 지금의 심정을 어찌 말로 표현하랴? 목구멍을 타고 올라오는 눈물을 꾹 참으며 말더듬이처럼 말했다.

"난…… 나는 말이지, 희재 씨와 헤어지고 난 후 슬픔으로 응어리진 내 영혼은 두 동강 난 채로 살아야만 했어…… 희재 씨를…… 단 하루도…… 단 하루도…… 잊은 날이…… 없어 요. 새로운 희재를 찾으려고 내 눈은 다른 여자에게 한 번도 주목하지 않았다오."

희재는 두 손으로 자기의 조그마한 얼굴을 감쌌다. 그녀는 한참이나 그렇게 있었다. 그런 희재를 측은하게 바라보며 나 는 말했다.

"내가 미쳤었나 봐. 왜 희재 씨를 그리 쉽게도 놓아주었는 지."

희재가 가늘고 하얀 손을 얼굴에서 뗐다. 달빛에 이지러진 희재의 얼굴이 드러났다. 희재의 두 눈에서 빗줄기 같은 눈물 이 볼을 타고 흘러내렸다. 눈물방울이 그렁그렁한 그녀의 속 눈썹이 말로 형용할 수 없을 만큼 그윽하고 아름다웠다. 달무 리처럼 몽환적인 길고 짙은 희재의 속눈썹이었다.

"천만에요! 미치다니요. 내가 현수 씨이더라도 나 또한 그 랬을 거예요. 굳이 미쳤다면 미친 건 나였어요. 나는 단 하루 도 현수 씨에게서 도망칠 수 없었어요. 달아나려 하면 할수록 내 영혼은 황야에서 쓸쓸히 헤매며 상심이 커갔지요. 그때마 다 현수 씨는 그림자가 되어 항시 내 옆에 있었던 걸요."

"내가 옹졸했어요. 나를 용서해주시오."

나는 떨리는 음성으로 말했다. 희재는 북받쳐 오르는 감정을 억누르지 못하고 흐느껴 울었다. 회한과 기쁨, 설렘과 기대 등 온갖 감정들이 오롯이 한데 뒤섞여 그녀의 가슴속을 휘저어놓았다.

"우리 다시 사귀어요. 눈이 오나 비가 오나 변함없이 희재 그대를 지켜드리겠소."

"너무너무 보고 싶었어요. 현수 씨를 단 하루를 잊은 적이 없지요. 꿈속에서도 현수 씨를 사랑했습니다. 이제부터 나는 이 세상이 다할 때까지 현수 씨 여자예요. 세상이 제아무리 우리 두 사람을 아프게 하더라도……."

그녀의 섬약한 목소리가 내 귀에 들릴 듯 말 듯 닿았다.

"무조건 사과할게. 그런데 하나 물어봅시다. 내가 미워도 그렇지, 어쩜 그리 비정할 수 있었지?"

"밉기는요? 현수 씨를 미워한 적은 없어요. 현수 씨와 미래를 함께하는 두려움이 컸던 거지요. 현수 씨를 알아갈수록 현수 씨를 몰랐어요. 내가 편협했어요. 그 무지한 결박의 끈을 끄르고 이제부터 영원히 현수 씨의 세계로 달려갈게요."

"아니오. 내가 옹졸했지. 희재 씨를 수소문해 일찍 연락이 닿았더라면 이런 고통은 겪지 않았을 거요."

"아녜요, 현수 씨. 생각을 행동으로 옮기지 못한 쪽은 외려 나예요."

희재는 듣거니 맺거니 하는 눈물을 옷소매로 찍어 눌렀다. 흘러간 7년의 세월이 야속하게 느껴졌을 것이다. 눈 몇 번 깜짝거리면 후딱 지나가는 세월이건만, 희재에게는 큰 시간의 강을 건너가듯 길기만 한 세월이었는지도 모른다.

그 시간의 강을 건너는 동안 희재 또한 그녀의 가슴에 단 한 순간도 나를 떠나보낸 적이 없었던 걸까. 이런 상념에 젖어 있으면서 밀물처럼 밀려오는 회한이 뼈를 시리게 하고 있는데, 그때 희재의 여릿한 음성이 내 귀에 속삭이듯 들려왔다.

"멋진 왕자님. 유리관을 열고, 긴긴 겨울 잠든 나를 흔들어 깨워, 지금 즉시 나오게 해주세요."

나는 희재의 음성을 듣는 순간 그녀가 백설공주의 자격으로 왕자인 내게 정식으로 프러포즈를 하는 거라고 생각했다. 아아, 그녀는 나를 진심으로 사랑하고 있었던 거다!

"고맙소, 희재. 그대를 기쁘게 받아들이겠소."

희재는 고개를 들어 내 얼굴을 쳐다보고는 말을 이었다.

"언제까지고 이렇게 있고 싶어요. 죽음도 우리를 갈라놓지 못할 거예요. 내일 생을 마친다 해도 현수 씨와 함께라면 하루의 시간으로도 충분합니다."

"숨을 내쉴 때마다 희재 그대를 사랑하겠소. 어떤 가시덤불 운명도 우리 사랑을 시기하지 않을 거요. 우리 함께 인생의 파고를 헤쳐 나갑시다."

내 눈은 불꽃처럼 타오르고 있었다. 희재는 내 널따란 가슴에 푹 안기었다. 나는 두 팔을 벌려 희재를 내 품 안에 한참이나 있게 했다. 희재의 긴 머리카락이 떨구어진 고개 아래까지 내려와 내 코끝에 닿았다.

"약속할게. 그대와 함께 하는 동안 꽃길만을 걷게 하겠소."

"내가 현수 씨에게 주는 사랑은 현수 씨가 내게 주는 사랑에 비해 얼마나 작은지 이제 알 것 같아. 현수 씨 품 안은 따뜻하고 안전하군요. 나는 지금 행복하답니다."

희재는 고개를 들어 눈을 말갛게 뜨고 내 눈을 응시하며 말했다. 나는 희재의 어깨에 다정하게 손을 얹고 말했다.

"우리 사랑은 영원할 거야. 어떤 역경이 와도, 어떤 고난이 닥쳐도."

희재가 눈을 반짝이며 빙그레 미소 지으며 화답했다.

"이제 내 인생은 새로 시작합니다. 이 세상 사는 동안 현수 씨와 동행하게 되었으니까요. 돌덩이 같은 나를 다이아몬드처럼 광채가 나게 해줄 거죠?"

"약속하겠소. 내가 그대의 변함없는 연인이라는 걸 행동으로 증명해보이겠소. 어떤 운명도 우리를 갈라놓지 못할 거요."

희재가 더없이 행복해했다. 희재는 내게 키스를 애원하듯 사르르 눈을 감았다. 나는 희재의 입술에 내 입술을 포갰다.

그날 우리는 희망의 불꽃을 쏘아 올렸다. 은근한 가로등 불빛이 우리 둘이 내뿜는 희망의 빛에 반사하여 더없이 그윽하게 빛나는 밤이었다

22

엔게디

이튿날이었다. 언제 먼동이 텄는지 아침 7시인데도 대낮같이 날이 밝았다. 우리는 호텔에서 아침 식사를 마친 후 느긋하게 휴식을 취하면서 점심으로는 샌드위치와 음료수를 준비했다.

석류가 주렁주렁 열린 석류나무 아래서 사진을 찍은 후 오전 10시쯤 협곡에 올랐다. 협곡의 동굴들을 직접 살피면 다윗의 열쇠에 대한 무슨 실마리를 얻지 않을까 하는 기대여서였다. 골짜기를 따라 한 시간 정도 올라갔다. 저 옛날 다윗이 사울 왕의 추격을 피해 은신했다는 엔게디 협곡. 과연 산세가 험하고 동굴들이 많아 요새라 불릴 만하다. 계곡에서 솟아나는 샘물은 땅을 적셔주고 있었다. 그 덕택에 유대광야에서는 좀처럼 볼 수 없는 여러 가지 꽃들과 이파리가 제법 큰 나무들이 무성하다.

엔게디는 우스꽝스러운 일화가 전해져온다. 다윗을 쫓던 사울 왕이 변을 보러 어느 동굴 안으로 들어갔는데, 때마침 그 동굴에 다윗 일행이 숨어 있었다. 다윗은 사울 왕에게 살금살금 다가가 왕의 옷자락 끝을 감쪽같이 베어 잘랐다. 사울 왕은 자기를 죽일 수 있음에도 옷자락만을 베어 자른 다윗에게 감읍해 그곳에서 병력을 즉시 철수했다고 한다.

공원 입구에서 나무들이 우거진 계곡을 한 시간쯤 걸으니 물줄기가 떨어지는 소리가 들렸다. 다윗폭포였다. 시원한 물줄기가 바람에 실려 뺨을 적셨다. 나는 웃통을 벗어던지고 물줄기를 받았다.

희재는 눈을 질끈 감고 두 팔을 벌리고 청량한 물줄기를 받았다. 물에 젖은 속옷이 살갗에 달라붙어 선명하게 드러난 젖꼭지가 옷을 밀어내고 밖으로 튀어나올 것 같았다.

다윗 폭포 위에서 아래를 내려다보니 골짜기 전체가 한눈에 들어왔다. 사해는 손에 잡힐 듯 바로 앞에 펼쳐져 있었다. 조금 전까지만 하더라도 나뭇잎 사이로 언뜻언뜻 엿보이던

시해였었는데 말이다.

　다윗 폭포에서 10여 분쯤 더 오르니 병풍절벽에 수많은 동굴들이 구멍을 점점이 드러냈다. 다시 땀이 나기 시작했다. 머리에서 솟아난 땀이 겨드랑이를 거쳐 등골을 타고 엉덩이에까지 내려왔다. 하지만 희한하게도 땀줄기가 하나도 성가시게 느껴지지 않았다. 땀이 짠 내도 없었고 겨드랑이에서 나는 고약한 냄새도 없었다.

　스승님은 검은 뿔테 안경을 벗어들고 이마에 송알송알 맺힌 땀방울을 닦고 있었다. 오늘따라 유난스레 그의 희고 빛나는 이마가 천사처럼 선하게 보였다. 산비탈에 교만하게 서 있는 산양이 우릴 물끄러미 쳐다보았다.

　"아, 저기 앉을 만한 바위가 있네요."

　희재가 말했다.

　우린 편편한 바위 위에 엉덩이를 걸치고 잠시 쉬었다. 사해 저편 요르단 하늘엔 통통하게 살찐 구름들이 몽실몽실 모여 있었다. 사해의 하늘은 더없이 청명하고 소음 하나 없었다. 어디에선가 불어오는 시원한 바람이 이마를 스쳤다. 기분이 더없이 상쾌했다. 기러기인지 뭔지 모를 새 몇 마리가 창공에 날아갔다. 스승님은 파란 하늘을 한참이나 응시하고 있었다.

　"아, 좋다, 좋아. 여기가 천국이로구나!"

스승님은 구슬땀을 손등으로 닦으며 탄성을 질렀다. 그러고는 콧노래를 흥얼거렸다. 그건 찬송가였다.

"박사님, 이왕이면 가사로 불러주세요."

희재가 응석을 부리듯 말했다.

"스승님 찬송은 천하일품이랍니다."

나도 스승님을 치켜세웠다.

"나는 지금 지복의 상태입니다. 청중이 원하니 한 곡 뽑지 않을 수 없군."

스승님은 흠흠, 하고 목청을 가다듬고는 노래를 부르기 시작했다.

내 영혼의 그윽이 깊은 데서 맑은 가락이 울려나네

하늘 곡조가 언제나 흘러나와 내 영혼을 고이 싸네

평화 평화로다 하늘 위에서 내려오네

그 사랑의 물결이 영원토록 내 영혼을 덮으소서.

스승님의 노래는 평화롭고 우아했다. 희재는 노래에 빠져 중간중간 알토 화음을 넣거나 추임새를 넣어 찬송을 따라 불렀다. 스승님이 노래하는 동안, 나는 찬란한 햇빛에 훤히 드러난 스승님의 얼굴을 매우 가까이에서 볼 수 있었다.

상념에 잠긴 그윽한 얼굴, 사랑을 머금은 그윽한 눈

길……. 스승님의 얼굴은 해같이 빛나고, 그의 눈길은 모닥불 같이 타오르는 것 같았다.

"박사님의 노래는 영혼을 정화시키는 힘이 있네요."

희재가 짝짝짝, 박수를 쳤다. 나도 희재를 따라 박수를 쳤다. 희재가 일어서면서 엉덩이를 손으로 툭툭, 털며 말했다.

"아무래도 다윗의 열쇠에 대한 비밀은 쿰란 동굴에서 찾아야 할 것 같아요. 이사야서가 발견된 동굴들을 먼저 살펴보고 산 위에 몇 개 동굴들을 더 살펴보는 게 어떨까 합니다만. 암튼 내일 아침 식사를 마친 후 곧바로 쿰란으로 떠나죠. 자, 지금 하산할 시간이 되었어요."

"좋습니다. 수고 많았어요."

스승님이 엄지를 들어 올리며 말했다. 스승님은 희재가 무척 마음에 드는 모양이었다.

1시간이 조금 넘어 우리는 호텔로 돌아왔다. 저녁 식사를 하기 전 나는 희재와 함께 해변을 거닐었다. 희재가 나를 쳐다보며 걱정스럽다는 듯 말했다.

"현수 씨 생각도 같아요?"

"뭘?"

"금년 말에 예수님이 지상에 다시 오신다는 이 박사님의 생각."

"아하, 그거?"

"나는 솔직히 말하면……."

희재는 말끝을 흐렸다. 그녀가 과연 이 문제에 대해 어떤 생각을 갖고 있는지 알아야 하겠기에,

"솔직히 말하면? 그게 뭔데?"

라며 나는 다그쳤다.

"응, 솔직히 말하면…… 나는 이 박사님의 종말관이 허황하다는 생각이 들어요."

"이런, 큰일 날 소리. 거, 무슨 말을 그렇게 해요? 스승님더러 허황하다니?"

"아, 미안. 현수 씨. 이 박사님이 허황하다는 게 아니라, 오는 12월 31일에 예수님이 재림한다고 굳게 믿는 박사님의 생각이 허황하다는 소리예요."

"그게 그 소리이지."

나는 이렇게 말했지만 속으로 뜨끔했다. 이 박사가 좋아서 그를 따라 나서긴 했지만, 사실 나도 은근히 그의 무모한 종말관에 회의를 품어왔기 때문이었다.

"그렇다면 희재 씨는 어떻게 생각해?"

"예수님이 우리가 사는 이 세상에 다시 오신다는 성경의 주장을 굳이 거부하고 싶지는 않아요. 하지만 예수님이 오시는

때와 시를 못박는 건 곤란하다는 생각을 갖고 있어요. 나아
가…….."

희재는 짐짓 심각한 얼굴 표정을 지으며 잠시 말을 멈추었
다. 그러고는 긴 숨을 내쉰 후 다소 떨리는 목소리로 말을 이
어갔다.

"현수 씨. 나는 예수님이 실제로 다시 오시지 않더라도 상
관없다고 생각하고 있어요. 그분은 매일 우리에게 부활의 주
님으로 오시고 있으니까요."

"그게 대체 무슨 말이지?"

"성경은 이렇게 가르치고 있어요. 주님은 이 땅에 다시 오
신다고 말이죠. 그러면 인간 역사는 종언을 고하게 되고 지구
와 하늘은 신천신지로 변화된다는 거죠. 그런 다음 영원한 천
국이 전개된다고 하잖아요?"

"그렇게 말하는 희재 씨는 성경의 예언을 못 믿겠다는 건
가?"

"반드시 그렇지는 않아요. 실제로 그런 일들이 벌어질 수
도 있고 아니면 상징일 수도 있어요. 어느 경우든 둘 다 우리
삶에 의미가 있다고 봐요. 인간은 날마다 천국을 소망하며 주
어진 삶에서 최선을 다하면 된다는 게 평소 내 소신이에요.
죽음 이후의 삶은 전능한 신의 영역이므로 인간 쪽에서 주제
넘게 고민할 필요가 없다고 생각하고요."

구김살이 없는 희재의 표정은 어느 때보다도 진지했다. 그녀는 내가 자기 생각에 동조해줄 것을 바라는 눈치였다. 서쪽 하늘이 붉게 물들고 있었다. 사해 건너편 요르단의 높은 산에서 보면 예루살렘과 지중해의 하늘에 붉은 노을이 펼쳐지고 있을 것이다. 희재가 조심스럽게 말했다.

"이 박사님이 걱정돼요."

"스승님은 금년 말이 종말이라고 확신하고 있어요."

"그러니까 그분 생각을 바꾸도록 할 책임이 현수 씨에게 있어요."

"책임은 무슨 책임? 속수무책이라오. 하지만 나는 스승님을 끝까지 따를 생각이오. 스승께 그렇게 약속했고 나 자신에게도 약속했거든. 종말관에 대해서는 희재 씨 생각과 내 생각이 비슷해 일단 안심이 돼요. 나를 사랑한다면 스승님을 함께 따르도록 합시다."

"어떻게 따른다는 건지……."

"12월 31일까지 가보자는 거요. 만에 하나 그날이 정말로 종말이라면 아아, 정말이지 상상조차 할 수 없군!"

"갈 때까지 가보자는 건가요?"

"왜 그렇게 말하는 거지? 희재 씨는 이제 보니 남의 일처럼 딴전을 피우고 있군."

"오해하지 말아요, 현수 씨. 나는 이 박사님도 걱정되지만 현수 씨가 더 걱정되어서 그래요."

"고맙소, 희재. 나는 이미 스승님과 한 배를 탔으니 그분이 종말이라고 생각하는 연말까지 함께 행동할 생각이오. 그분이 꿈꾸고 있는 유토피아에 끝까지 동승할 거라오. 희재 씨는 다윗의 열쇠에 관한 비밀이나 풀어주길 바라오."

희재의 대답을 기다리기 전 나는 손목시계를 들여다보았다. 시계는 오후 6시 30분을 가리키고 있었다.

"어이구, 이걸 어째? 벌써 저녁밥 먹을 시간이 다 되었네. 스승님이 우릴 기다리고 있을 거요. 호텔로 갑시다."

서쪽 하늘 구석에 몰려 있는 햇빛이 붉은색을 토해내고 있었다. 사해에 어둠이 깔리기 시작했다.

23

쿰란

"여기가 쿰란 유적지?"

"네, 여기가 키르베트 쿰란이에요."

희재는 스승님의 질문에 미소를 지으며 대답했다. 마사다
에서 엔게디에 올 때 오른쪽으로 사해를 끼고 온 것처럼, 엔
게디에서 이곳에 올 때도 우리 차는 오른쪽으로 사해를 끼고
30분쯤 달려 도착했다. 쿰란은 사해 북서쪽 해안에서 서쪽으
로 오리도 안 되는 곳에 있었다.

내가 희재에게 물었다.

"'쿰란'이란 말은 어감으로 미루어 보건대 히브리어는 아닌
것 같아."

"맞아요. '쿰란Qumran'은 '두 개의 달'을 뜻하는 아랍어예요.

밤에 달이 뜨면 하나는 공중에 걸려 있고, 또 하나는 사해에 떠 있다고 해서 붙여진 이름이라고 해요. 기원전 8세기부터 이곳에 사람들이 거주했고, 기원전 3세기부터는 유대교의 한 분파인 에세네파가 공동체를 세우고 생활한 곳이 바로 이곳 이랍니다. 1950년대 대대적인 발굴이 이뤄져 유적지가 비로소 모습을 드러냈어요. '키르베트 쿰란'이란 '쿰란 유적지'라는 뜻이죠."

희재가 고고학자답게 설명해주었다.

스승님은 유적지를 한 번 휘둘러보더니 고개를 끄덕이며 말했다.

"그러니까 쿰란문서들이란 자신들을 스스로 빛의 자녀들이라고 간주했던 에세네 유대주의자들이 이 지역에 거주하면서 구약성서를 파피루스나 양피지에 써서 동굴에 보관했던 두루마리로군요."

"그렇습니다, 박사님. 저 산들을 보세요."

희재가 손가락으로 서쪽의 산들을 가리켰다. 병풍처럼 사해를 두른 누런 산들은 쿰란 유적지에 바짝 붙어 있었다. 산의 여기저기에는 듬성듬성 구멍이 뚫려 있었다. 동굴들이었다.

"저 동굴 어딘가에 다윗의 열쇠가 있단 말이지? 한강 모래 사장에서 바늘 찾는 거나 마찬가지로군!"

내가 벌써부터 질려 엄살을 떨었다.

"하하, 겁먹지 말아요. 어느 세월에 저걸 다 보겠어요? 이 사야서가 발견된 제1동굴과 제4동굴을 살펴보고, 시간이 되면 제5동굴까지 이렇게 세 개만 볼 거예요."

희재가 학생들을 인솔하는 선생님처럼 말했다.

"두루마리들이 어떻게 발견되었는지 대충 알고 있습니다만, 윤 박사한테서 직접 듣고 싶구려."

이 박사가 고고학 박사인 희재에게 설명을 요청했다.

"동굴에서 성서 두루마리가 발견된 것은 순전히 우연이었죠. 1947년 겨울 어느 날, 베두인족 양치기 소년이 양 한 마리를 잃었습니다. 소년은 양을 찾으러 산을 헤매다가 꼭대기 부근 가파른 절벽에서 동굴 하나를 발견했지요. 소년은 돌멩이를 집어 들어 안으로 던졌어요. 혹시 양이 동굴 안에 있으면 돌 떨어지는 소리에 음메, 하고 울지도 모른다는 생각 때문이었죠. 그런데 엉뚱하게도 쨍그렁, 하고 항아리 깨지는 소리가 들렸어요. 이상하게 여긴 소년은 어렵사리 동굴에 들어갔습니다. 꽤 넓고 평평하게 잘 다듬어져 있는 동굴 안에는 놀랍게도 질그릇항아리들이 가지런히 놓여 있었어요. 소년은 항아리 속에 있는 물건을 꺼냈습니다. 그건 양피지로 만든 두루마리였어요. 그게 바로 저 유명한 이사야서 등이 적힌 구약 필사본이었죠. 베두인족은 원본 7개의 두루마리들의 가치를 알아보지 못하고 헐값에 시장에 내다 팔았는데, 이 두루마리들이 20세기 최고의 고대 유물로 판명된 건 한참 후의 일이었습니다. 값이 엄청나게 뛴 건 말할 것도 없고요. 사본이 2천 년 세월동안 타임캡슐처럼 잘 보존된 건 이 지역이 매우 건조한 기후 탓도 있지만 경건하고 금욕적인 삶을 실천하려 했던 에세네파 덕분도 컸다고 할 수 있죠. 이 사본들이 돌고 돌아 현재 이스라엘박물관에 소장돼 있는 거죠. 놀랍지 않아요?"

희재는 고고학 전문가답게 술술 잘도 설명해주었다. 나는 희재의 신박한 설명을 들으면서 머저리같이 한심한 짓만 골라서 하는 베두인족에게 괜스레 화가 났다. 순간적으로 그들에게서 나의 자화상을 봤기 때문이었다.

"돼지 코에 금고리를 달아준 격이군. 유물의 진가도 모르고 똥값에 내다 팔다니!"

그런 나를 보고 스승님이 허허, 웃으며 말했다.

"그 사람들이 똥값에 팔든 말든 그게 김 군과 무슨 상관이오?"

스승님의 말을 듣고 보니, 하긴 베두인족이 나와 무슨 상관이랴 싶어 나는 머쓱한 표정을 지었다. 화제를 돌리려고 산쪽을 바라보며 물었다.

"대체 제1동굴은 어디에 있는 거지?"

희재가 오른손을 길게 뻗으면서 말했다.

"저기 저 산 위에. 자세히 보면 동굴 입구가 보이잖아요? 저 동굴이 이사야서가 발견된 맨 첫 번째 동굴이에요. 쿰란 국립공원 사무실에 탐방을 한다고 미리 신청해서 허락을 받아놨으니 지금 올라가면 돼요. 자, 출발해요."

협곡을 타고 제1동굴이 있는 산꼭대기까지 오르는 데는 30분이 넘게 걸렸다. 산 아래에서 느끼기에는 20분이면 충분히 올라올 수 있을 것 같았는데 말이다. 동굴 입구는 가파른 경사면에 있었다.

희재는 앞서가고 스승님과 나는 뒤를 따라갔다. 산이 50도로 경사져서 꽤 위험한데도 희재는 잘도 내려갔다. 대학 때 보지 못했던 모습이다. 나는 그런 희재가 미덥고 사랑스러워 넌지시 말했다.

"희재 씨. 내 손을 붙잡고 내려가는 게 어때?"

"아이, 좋아라."

희재는 기다렸듯이 능청을 떨었다. 그녀는 스승님이 들을까 봐 눈을 두룩두룩 굴리더니 왼손을 살며시 내밀었다. 나는 오른손을 내밀었다. 희재의 왼손이 내 오른손에 쏙 들어왔다.

희재의 손을 더 이상 잡지 못한 건 경사가 가파른 절벽에 당도하고 나서부터였다. 어찌나 경사가 가파른지 어른 보아서는 수직처럼 보일 정도였다. 우리는 밧줄을 이용해 동굴 입구에 올 수 있었다. 입구에는 '바로 여기가 현존하는 최고 성경 사본인 이사야서가 발견된 쿰란 제1동굴입니다'라는 허술한 안내판이라도 세워져 있을 법 한데, 눈을 씻고 보아도 황량한 산뿐이었다. 나무 한 그루, 풀 한 포기 없는 돌산.

동굴 입구는 겨우 한 사람만 들어갈 수 있도록 비좁았다. 동굴 안은 캄캄해서 아무것도 보이지 않았다.

"헬멧을 쓰고 헤드랜턴을 켜세요."

희재가 다소 긴장된 표정으로 말했다.

"내가 먼저 내려갈게."

희재를 보고 내가 말했다.

"알미늄 사다리가 설치되어 있다고 들었어요. 아, 저기 있네, 사다리에서 내리면 소리치세요. 내가 다음에 내려갈게요."

"으흐, 이 사다리 괜찮겠지? 이거, 잘못하면 장가도 못 가고 골로 가는 것 아냐?"

나는 희재를 놀리려고 일부러 농담을 했다.

"하하, 그럼 누구 말마따나 난 처녀귀신 되게?"

"어이구, 희재 처녀귀신 되는 꼴을 내가 어떻게 보나? 난 아무 탈 없이 오래오래 살 거야. 그러니 조금 이따 봐. 알겠지?"

나는 샐쭉 웃는 희재에게 손을 흔들어 보인 후 사다리에 올라탔다. 기분상 그러는지 아니면 실제로 그러는지도 몰라도 사다리가 흔들리는 것 같았다. 그 순간 잠시 무서움에 몸을 떨었지만, 나를 보며 손을 흔들어주는 희재를 보며 곧 안도했다. 10미터쯤 내려 왔을까. 왼발이 땅에 닿는 감촉을 느꼈다. 헤드랜턴을 위로 비춰보았다. 랜턴이 내뿜는 강렬한 불빛이 천장 쪽을 향했다. 희재는 보이지 않았다.

"희재 씨. 내려와!"

"알겠어요. 기다려요!"

나는 희재가 내려올 때까지 사다리를 두 손으로 든든히 꽉 붙잡았다. 3분쯤 후에 희재가 동굴 안으로 들어왔다. 그 짧은 시간이 왜 그리도 길게 느껴졌던지 3분이 마치 3시간인 것 같았다.

"스승님, 조심히 내려오세요."

나는 위를 바라보고 큰 목소리로 소리쳤다.

"알겠네. 기다리게나!"

스승님의 목소리가 선명히 들렸다. 잠시 후 스승님이 내려왔다.

우리 셋은 약속이나 한 듯이 손전등을 켰다. 자그만 손전등에서 뿜어져 나오는 불빛에 거무튀튀한 땅바닥이 드러났다. 울퉁불퉁한 벽면도 드러났다. 동굴 안은 농구장 넓이만큼 꽤 넓었다.

"아, 저기 좀 보세요. 질그릇 항아리들!"

희재가 말했다. 동굴 구석에는 10개의 질그릇 항아리들이 놓여 있었다.

"오라! 이 항아리에 두루마리를 넣어 보관해 두었었군!"

스승님이 감격어린 목소리로 말했다. 동굴 안은 질그릇 항아리들을 맨 처음 발견했을 당시 모습을 그대로 재현해 놓은 것 외에는 아무것도 없었다. 땅바닥이 몇 군데 움푹 파인 곳도 있었다. 아마도 도굴꾼들이 도굴을 한 모양이었다.

"와아! 그래도 그렇지, 어떻게 2천 년 동안 두루마리들이 보존되어 올 수가 있었을까!"

내가 신기해서 감탄사를 연발했다.

"그건 문서를 보존하게 하는 적절한 토양, 기후, 습도의 영향 때문이죠. 거기에 아마도 사해의 염분도 영향을 미쳤을 거예요."

희재가 대답했다. 그녀는 땅바닥의 흙을 한 움큼 주운 다음 그걸 다시 바닥에 뿌리고 있었다. 스승님은 감격에 겨워 땅바닥에 무릎을 꿇고 앉았다. 그러고는 두 손을 다소곳이 모으고 뭐라고 중얼거렸다. 기도를 하는 것 같았다.

스승님이 경건하게 기도를 해서 그런지, 그 오랜 세월 동안 성서 두루마리를 보존해온 동굴이 내게도 신비로운 감동으로 다가왔다.

희재는 어두컴컴한 동굴에서 손으로 동굴 벽을 툭툭, 두드리는가 하면 귀를 벽에다 대본 후 말했다.

"제 느낌으로는 다윗의 열쇠는 쿰란 동굴들 어딘가에 있어요. 이사야서와 깊은 관련이 있다고 봅니다."

"이사야서 두루마리들은 제4동굴에서 많이 나왔다면서요?"

스승님이 실망하는 눈빛을 하며 희재에게 말했다.

"네 번째 동굴을 보면 좋겠는데, 지금 보수 공사 중이라 볼 수 없어요. 국립공원 사무국장 말로는 동굴 벽에 균열이 생겨 시멘트로 틈을 메꾸는 작업을 하고 있다고 합니다."

희재의 말에는 아쉬움이 배어 있었다.

"그럼 입구라도 보고 갑시다."

이 박사의 제의에 희재가 선뜻 응했다.

"그러는 게 좋겠어요. 자, 그럼 밖으로 나가요."

우리는 동굴 밖에서 사다리를 타고 안으로 들어온 것처럼 다시 사다리를 타고 안에서 밖으로 나왔다. 동굴 속에서 1시간밖에 머물지 않았는데도 햇빛에 눈이 부셔 모두들 얼굴을 찡그렸다. 희재가 손등으로 눈을 비빈 후 손가락으로 오른쪽을 가리키며 말했다.

"아, 저기 보이네요. 저 동굴이 제4동굴 같아요."

제1동굴에서 제4동굴까지는 10분 거리였다. 우리는 산등성을 따라 제4동굴에 다다랐다. 동굴 입구에는 노란색과 빨간색 바탕에 검정색으로 'KEEP OUT'이라고 쓰인 표지판이 세워져 있었다.

"에이, 역시 접근금지 구역이로군. 동굴 속에서 보수공사 중인 모양이야. 아깝게 됐군. 모처럼 왔는데 말이지."

스승님이 안됐다는 듯이 말했다.

"이 동굴에서 이사야서 두루마리가 제일 많이 발견되었다면서? 희재 씨는 원본을 보긴 본 거야? 두루마리는 꽤 많이 변색되었겠지. 글자들이 보이기는 하나? 그것 참."

내가 미처 말을 마치기도 전에 희재는 뭔가 생각났다는 듯 갑자기 딱, 소리를 내며 손뼉을 쳤다. 그의 눈은 신대륙을 처음 본 코르테스의 눈처럼 커졌고, 그와 동시에 얼굴은 희열로 번져갔다. 희재는 와디 쿰란을 남쪽에서 북쪽으로 휘둘러보았다. 그러고는 신음하듯 말을 내뱉었다.

"내가 왜 그걸 생각 못 했을까? 왜 생각을?"

"무얼 말이오? 뭔가 좀 알아냈소?"

스승님이 희재에게 어서 빨리 말해보라고 재촉했다.

"이 박사님. 해답을 여기서 찾을 게 아니라 예루살렘의 국립 고고학 연구소에서 찾아야 하겠어요."

"국립 고고학 연구소에서요?"

"예. 그곳에 이사야서 진본이 있으니까요."

"진본에 뭐가 있길래?"

"거기에 다윗의 비밀 해답이 있을 것 같아요. 그러니 더 이상 여기에 머물 이유가 없어요, 박사님."

"그럼, 윤 박사가 그 진본을 볼 수 있다는 거요?"

"진본을 보는 사람은 지극히 한정되어 있지요. 1급 보안 자격증이 있는 사람만 볼 수 있어요. 다행히 저는 사해문서 연구위원이기 때문에 열람 허가를 득하면 볼 수 있지요."

"박사는 이사야서 진본을 본 적이 있습니까?"

"아뇨. 아직 한 번도 볼 기회가 없었습니다. 책의 전당에 전시된 쿰란 두루마리들은 보존 필요상 3개월에 한 번씩 치료를 실시합니다. 그 며칠 동안 이런저런 진본들을 볼 수 있었습니다만, 이사야서 진본은 본 적이 없어요. 이사야서는 가장 중요한 문서이기 때문에 고고학 연구소 지하 어딘가에 비밀리에 보관되어 있을 겁니다."

희재와 스승님 간 대화는 진지하다 못해 비장함마저 있었다. 희재는 처음엔 다윗의 열쇠에는 별로 관심이 없는 듯싶었다. 그녀가 여행에 우릴 따라 나선 건 고고학자로서 탐험 정신도 발동했겠지만, 그것보다는 타국에서 스승과 별난 모험을 하는 나를 우려하는 마음도 있었고 또 극적으로 해후한 옛 연인과 함께 있고 싶은 마음이 더 컸기 때문일 것이다.

"이사야서 진본을 박사는 언제 볼 수 있겠소?"

"볼 수 있도록 노력해야 하겠지요. 이사야서도 다른 진본들처럼 정기적으로 치료를 받아요. 2개월 전에 치료를 받았었죠. 한 달 후면 또 치료를 받아야 할 거예요. 이번에 열람을 하지 못한다면 11월에는 꼭 열람해야겠지요. 아무래도 두루마리가 치료를 받는 동안 관리가 허술할 테니 그 틈을 타서 진본을 볼게요."

희재가 자신감을 내비치며 말했다.

"그렇다면 우린 이스라엘에서 더 이상 머물 필요가 없겠군. 내일 한국으로 돌아갑시다."

스승님은 나를 보며 말했다.

"네, 그렇게 하는 게 좋을 것 같습니다. 한국에서도 밀린 일들이 많이 있지 않습니까?"

나는 말은 이렇게 했지만, 희재와 며칠 더 이스라엘에서 함께 지내지 못하는 게 못내 아쉬웠다.

우리는 산에서 내려와 호텔에 들러 여행 가방을 꾸렸다. 그리고 한 시간 조금 더 걸려 예루살렘으로 돌아왔다. 호텔에서 여장을 풀고 샤워를 했다. 3일 만에 면도를 하고, 얼굴에 스킨 로션을 바르고, 머리에는 왁스를 살짝 바르고, 흰 와이셔츠를 입었다. 그런 다음 베이지색 하의와 감색 재킷을 입고는 향수를 뿌렸다. 말끔하게 차려 입고 멋을 낸 건 잠시 후 희재와 스승님 셋이서 저녁 식사를 하기 때문이다. 저녁 식사 후엔 희재와 단 둘이서 데이트를 할 것이다.

10여 분 후 호텔 레스토랑에서 만난 희재는 눈부시게 아름다웠다. 분홍색 투피스에 더블버튼 자켓을 입은 희재를 본 나는 황홀한 나머지 그만 입이 떡 벌어졌다. 내가 무슨 말로 그녀의 아름다움을 표현할까 잠시 망설이는데, 스승님이 의자를 살짝 밖으로 내밀며 희재에게 앉으라고 권유했다. 희재가 목례를 하며 고마움을 표시했다.

"고맙습니다, 박사님."

스승님이 이마에 내려온 머리칼을 위로 올리며 말했다.

"70년대에 문희라는 배우가 있었지요. 매우 아름다운 여성이었어요. 가만 보니, 윤 박사는 문희를 많이 닮았구려. 그렇게 입고 거리를 걸으면 나이 든 사람들은 문희인 줄 알고 난리가 나겠어요. 여성이 아름답다는 건 축복 중 축복입니다."

"문희? 방금 문희라고 하셨어요? 문희라면 저 유명한 영화 《미워도 다시 한번》을 주연한 여배우 말씀이지요?"

나도 문희가 빼어나게 아름답고 청순한 배우라는 걸 들어왔던 터라, 반갑기도 하고 알은체하고 싶기도 해서 두 사람의 대화에 끼어들었다.

"맞아요, 그 문희. TV가 널리 보급되기 전 윤정희, 남정임과 함께 한국영화의 르네상스를 연 배우."

'입에 침이 마르도록 칭찬한다'는 말이 있는데, 웬만하면 과도한 표현을 삼가는 스승님의 입에서 이렇게 희재를 칭찬하는 걸 보면 희재는 정말이지 보기 드문 미인임에는 틀림이 없는 모양이다. 흔히들 아름답고 순결한 여성을 '천상에서 내려온 선녀 같다'고 하는데, 과연 희재는 어딜 내놔도 손색없는 미모를 지니고 있다는 걸 새삼스레 느꼈다.

"하하, 뭘 그리 뚫어지게 바라보고 있어요? 넋 나간 사람처럼! 윤 박사 얼굴이 닳겠어요. 정신 차려, 이 사람아!"

옆 테이블이 들릴 정도로 스승님이 목소리를 높여 말했다. 스승님이 말하지 않았던들 나는 넋 놓은 사람마냥 한참이나 멍하니 희재를 바라봤을 것이다.

호텔 레스토랑에서 먹는 저녁 식사는 풍성했다. 슈와마, 하만타센, 팔라펠 등 생판 보지도 듣지도 못한 맛깔나는 요리들로 배를 채운 후, 향이 나는 사브라와 할바를 디저트로 먹으면서 이스라엘산 붉은 포도주를 큰 잔으로 두 잔이나 마셨다.

시큼하고 떫으면서도 은은하게 쓰고 단 붉은 포도주는 파란의 이스라엘 역사처럼 단맛과 쓴맛이 묘하게 혼합되어 있었고, 또 그것은 어쩌면 사람들의 인생 역정과 같은 것이라는 생각이 문득 들었다.

포도주를 한 잔 더 마시고 싶어졌다. 웨이터를 손짓으로 부르려고 하자, 희재가 내 팔을 아래로 당기며 만류했다.

"그만 마셔요. 이러다간 취하겠어요."

희재의 이 말은 나를 정신이 퍼뜩 들게 했다. 사실대로 말하면, 나는 아까부터 내 마음속 한구석에 사랑의 불꽃이 모락모락 피어오르는 것을 느꼈다. 오늘 밤이 이스라엘에서의 마지막 밤이었고, 이 밤을 그녀와 함께 지새우고 싶었기 때문이다. 희재는 내 속마음을 눈치챘다는 건가.

저녁 식사를 마치고 시내로 나온 희재와 나는 공원에서 가로등 불빛의 자디잔 파장을 귓가로 스치며 한참이나 키스를 했다. 희재는 키스 이상 발전이 안 되게 선을 넘지 않도록 냉정을 유지했다. 나는 그녀를 원하고 그녀 또한 나를 원했지만, 우리는 자제력을 발휘했다.

"내일 오전 내내 나는 강의가 있어 공항에 나가지 못해요."

"괜찮아, 희재 씨. 연말에 다시 볼 때까지 잘 있어요."

"응, 잘 있을게. 현수 씨도 잘 지내야 해, 알았죠?"

희재는 그렇게 말하고는 내 이마에 키스를 하고 벤치에서 일어났다. 희재는 몇 발자국 걸어가더니 뒤를 돌아다보았다. 나는 미소를 지으며 희재에게 손을 흔들어주었다. 그녀도 나를 향해 손을 흔들어 주었다.

24
다윗의 열쇠

지루하고 끈적끈적한 1999년 여름도 어쩔 수 없는 세월에 밀려 성큼 가을이 왔다. 대지의 뜨거운 열기는 온데간데없이 사라지고 아침저녁으로 제법 선선해졌다. 노스트라다무스의 지구 종말론이 또 다시 고개를 들기 시작했다.

불길한 지구 종말론은 7월 달에 절정에 달했었다. 16세기를 살았던 노스트라다무스의 예언은 종말론을 부채질했다. "1999년 7월 하늘에서 공포의 대왕이 내려올 것이다."라는 예언에 세계인들은 촉각을 곤두세웠다. 그 예언은 불발로 끝났지만, 어떤 형태로든 연내에 지구가 종말을 맞을 거라는 갖가지 예언들은 사람들의 마음을 두렵게 했다.

황당무계한 예언들에 과학적인 색깔이 덧입히면서 이런저

런 그럴듯한 종말론이 나돌았다. 예를 들면 소행성이 충돌한다느니, 행성 직렬로 인해 미증유의 대재앙이 일어난다느니, 지구의 지축이 뒤틀린다느니, 태양의 흑점 폭발로 인해 지구가 불에 타버린다느니, 군사 시스템 컴퓨터 오작동으로 인해 핵전쟁이 일어난다느니 하는 해괴한 설들이 그러한 것들이다. 여기에 밀레니엄과 맞물려 컴퓨터가 서기 2000년과 1900년을 구분하지 못해 대혼란이 일어날 수도 있다는 Y2K설까지 가세해 지구촌이 뒤숭숭했다.

기독교 안에서도 일부 신자들이 종교적, 신학적으로 1999년 12월 31일에 지구가 종말을 맞게 될 것이라고 믿는 사람들이 있었다. 이필선 박사가 이끄는 주기모 같은 단체에서 활동하고 있는 사람들이 그러한 사람들이었다.

단풍이 급속히 사그라들고 유리창에 서릿발이 내리는 12월 초였다. 나는 스승을 따라 주기모 뒷산의 오솔길을 거닐고 있었다. 숙소를 나서면서부터 줄곧 스승님은 아무 말도 하지 않았다. 걸으면서 들리는 것이라곤 사각사각 낙엽을 밟는 발소리뿐이었다.

그렇게 얼마나 걸었을까. 오솔길이 끝나는 고갯길이 나왔다. 고갯길을 돌아 쉬지 않고 내려올 무렵이었다. 그때 예루살렘의 희재한테서 전화가 걸려왔다. 희재와 스승님은 한참 동안이나 통화를 했다.

"수고 많으셨소, 윤 박사. 박사의 예감이 맞기를 기도하겠소."

통화를 마친 이 박사는 회색빛 하늘을 우러러보았다. 그의 얼굴에는 엷은 미소가 번지는 듯했고 까만 눈썹은 파르르 떨리는 듯했다.

"마침내 그날이 왔군!"

스승이 낮은 목소리로 신음을 하듯 말을 내뱉었다. 나는 더럭 겁이 나기도 하고 호기심이 들기도 해서 부리나케 여쭈었다.

"윤 박사가 뭐라고 말했는데요?"

"응, 다윗의 열쇠의 비밀을 풀었다는군."

나는 어리둥절했다. 영화에서나 나오는 얘기라서 믿기지 않았기 때문이다. 희재는 쿰란문서들에 대해 관심은 많았지만 세상 종말에는 별로 관심이 없었지 않았나. 더욱이 그녀는 항간에 나도는 지구 종말론을 허무맹랑한 얘기로 여겨오지 않았나.

"어떻게 그것을 알았다고 하던가요?"

'참 대단한 여자야, 젊은 사람이. 윤 박사 그 사람."

스승님은 그렇게 말하고는 내 어깨에 손을 얹으며 말했다.

"저기 앉아서 이야기하세."

스승님은 희재가 다윗의 비밀을 푼 이야기를 내게 들려줬다. 희재는 다윗의 열쇠의 비밀을 푸는 첫 번째 단서를 이사야서에서 찾았다고 한다. 나도 이사야서에 무슨 단서가 있지 않을까, 하고 막연하게나마 생각해오던 터였다. 지난여름 이스라엘을 방문했을 때 희재가 쿰란 동굴에서 이사야서 얘기를 했기 때문이다. 그런데 그 이사야서에서 진짜로 비밀을 발견하게 되었다니!

희재는 '다윗의 열쇠'라는 말이 이사야서에만 나오는 점을 주목했다. 이사야서 22장 22절에는 다음과 같은 예언이 있다.

내가 또 다윗의 집의 열쇠를 그의 어깨에 두리니

그가 열면 닫을 자가 없겠고 닫으면 열 자가 없으리라

저 옛날 유다 왕궁의 열쇠는 요즘 열쇠와는 달리 턱없이 무겁고 길었다. 하나님은 그 묵직한 열쇠를 엘리야김 왕의 어깨에 둘러메게 하겠다는 말씀이다. 이것은 엘리야김 왕이 왕궁을 출입하는 사무와 왕궁의 모든 살림살이를 관장하는 직무를 수행하도록 막강한 책임과 권한을 부여받았다는 뜻이다.

계시가 증폭되고 완결된 신약시대에는 다윗의 집의 열쇠를 가지는 이는 교회의 머리가 되시는 예수 그리스도이시다. 다윗 왕국을 열고 닫는 열쇠가 천국을 열고 닫는 열쇠로 그 의미가 한층 더 심오한 영적 의미로 발전하게 된 것이다.

희재는 다윗의 열쇠가 기록되어 있는 이사야서 22장 22절에 말세의 비밀을 푸는 무언가가 있을 것으로 확신했다. 희재는 이사야서의 원본 두루마리를 보려고 기회를 노렸다. 희재는 이사야서 두루마리가 이스라엘 국립 고고학 연구소 지하소에 있다는 것을 확인했다. 원본 두루마리는 상태가 영구 보존되도록 3개월마다 일반인들이 접근할 수 없는 비밀 공간에서 치료를 받는다는 분명한 정보도 입수했다. 그녀는 그 치료 기간을 이용해 이사야서를 보아야만 했다.

윤희재 박사는 연구소장에게 연구 논문에 필요하다며 이사야 원본 두루마리를 열람하게 해달라고 간청했다. 미국의 모교 학장도 연구소장에게 전화해 협조해 줄 것을 부탁했다. 마침내 기회가 왔다. 이스라엘 국립 고고학 연구소가 박물관의 요청으로 수전절 기간 동안에 이사야서 진본 두루마리를 책의 전당에 비치할 것이라는 정보를 입수하게 된 것이다.

수전절이란 그리스인들에게 빼앗겨 우상들과 돼지 피로 더럽혀진 예루살렘 성전을 유대인들이 탈환해 정화 작업을 한 역사적 사건을 기념하는 이스라엘 민족의 축제 절기이다. 기원전 164년 성전을 다시 찾은 유대인들은 3년 후 같은 날에 정화된 성전을 성대하게 봉헌하고 8일 동안 축제를 열었는데, 이 전통이 오늘날까지 전래된 것이다.

토요일인 4일 저녁부터 시작하는 이 수전절에 이스라엘 국립 박물관은 이사야서 진본 두루마리를 책의 전당에 안치해 명절 분위기를 돋우려 한다는 것이다. 이사야서는 다른 두루마리들보다 열흘 먼저 보관소에서 나와 치료를 받아야만 했다.

희재는 그 틈을 이용해 이사야서를 보기로 했다. 희재는 연구를 핑계 삼아 조용한 시간에 혼자 이사야서 두루마리를 볼 수 있도록 연구소장한테서 특별히 허락을 받았다. 서너 명의 야간 경비원을 제외한 연구소 직원들이 모두 퇴근한 지 얼마 안 되어 밖은 어두워졌다.

희재는 둘러매는 가방에 노트와 필기도구, 알코올램프와 성냥 등을 넣었다. 그러고는 경비원의 안내를 받아 보관소에 갔다. 보관소까지 오기까지는 긴 복도를 따라 설치된 보안 문을 세 개나 통과해야 했다. 첫 번째 문과 두 번째 문은 비밀번

호로 열렸고, 세 번째 문은 지문 인식으로 열렸다.

이사야서 두루마리는 치료를 받기 위해 보관소에서 치료실로 나와 있었다. 희재는 두루마리 앞에서 떨리는 목소리로 읊조렸다.

"오오, 하나님! 이게 이사야서 진본 두루마리이군요!"

희재는 가톨릭 신자처럼 성호를 그었다. 난생 처음 그어보는 성호였다. 그녀는 두루마리를 테이블에 펼쳤다. 히브리서로 기록된 누런색 두루마리가 모습을 드러냈다. 너비가 50센티미터쯤 되는 이사야서 원본은 길이가 8미터는 되는 것 같았다.

장구한 세월이 흐르면서 두루마리 가장자리가 군데군데 헐고 뜯겨나갔어도 가운데 부분은 크게 훼손되지 않고 비교적 보존이 잘 되어 있었다.

그녀는 고고학자로서, 또 한 사람 기독교 신앙인으로서 쫙 펼쳐진 사본 앞에서 경외감에 사로잡혔다. 글자들이 움직이고 튀어나올 것 같았다.

'오, 세상에나! 오오, 주여!

그녀는 중얼거리면서 이사야서 두루마리를 처음부터 시작해 마지막까지 무슨 암호나 표시가 있는지를 살펴봤다. 하지만 그 어떤 것도 감지하지 못했다. 한 시간 반이 훌쩍 지나갔다. 그녀는 마음이 급해졌다.

'오, 주여, 도와주세요!'

그녀의 입에서는 자신도 모르게 기도가 나왔다. 그 순간 그녀의 마음에 한 가닥 빛줄기가 스쳐 지나갔다.

'이사야 22장 22절! 그렇지, 내가 왜 그걸 모르고 엉뚱한 짓을 했을까?'

성경이 처음 기록되었을 때부터 장과 절의 구분이 있었던 건 아니다. 그것들은 읽기에 편하도록 후대에 붙여진 것이다. 히브리어로 기록된 이사야서도 그렇다. 행이 바뀔 때면 새로운 문단으로 시작하는 문단 구분은 되어 있다고는 하나, 장과 절의 구분이 없기 때문에 22장 22절을 빠른 시간 내에 찾는 일도 결코 용이하지 않다. 하지만 히브리어를 잘 알고 있는 희재는 어렵지 않게 그곳을 발견해 낼 수 있었다.

희재는 두루마리를 조심스럽게 펼치면서 다윗의 집의 열쇠가 기록된 부분에 시선을 멈췄다. 그녀는 숨을 죽이며 그곳을 살폈다. 그 부분은 글자들이 하나도 훼손됨이 없이 온전히 보존되어 있었다.

희재는 알코올램프에 성냥불로 불을 붙였다. 그러고는 램프를 천천히, 그리고 신중하게 그 부위에 가져다 댔다. 그러자 놀랍게도 서서히 글자들이 나타나기 시작했다. 10분도 안 돼 글자들은 뚜렷이 모습을 드러냈다. 글자들은 라틴어 숫자들이었다.

'레몬즙으로 쓴 글자들이군!'

희재는 눈썹처럼 꿈틀거리는 글자들을 보면서 찬탄했다. 히브리어 행간에는 다음과 같은 라틴어 숫자 네 개가 있었다.

$$IX \quad XII \quad XX \quad XI$$

히브리어는 한글이나 영어와 다르게 오른쪽에서 왼쪽으로 읽는다. 그렇다면 라틴어도 오른쪽에서 왼쪽으로 읽도록 썼을 것이다. 이렇게 배열된 숫자들은 11, 20, 12, 9 순서로 읽는다. 희재는 얼른 노트에 라틴어로 네 개의 숫자들을 옮겨 적었다. 그러고는 누가 알아보지 못하도록 감쪽같이 화이트보드클리너로 글자들을 지웠다.

라틴어 글자들이 완전히 제거된 것을 확인한 윤희재 박사는 경비원이 오기 전에 급히 서둘러야 했다. 만일 이상한 행동이 들키기라도 하는 날에는 연구소에서 쫓겨날 수도 있었기 때문이었다. 그럴 경우 자신을 파견한 모교가 망신을 살 뿐 아니라 학자로서의 자신의 경력에도 큰 흠집이 날 판이었다.

그녀는 민첩하게 가지고 온 장비들을 가방에 집어넣은 후, 두루마리를 곱게 둘둘 말았다. 시계를 보니 정확히 두 시간이 지났다. 바로 그때 문밖에서 노크를 하는 소리가 들리면서 동시에 목소리가 들렸다

"열람 시간이 다 됐습니다. 지금 바로 나오셔야 되겠습니다."

경비원이었다. 희재는 섬칫 놀랐지만 침착하게 미소를 지으며 경비원에게 말했다.

"네, 다 마쳤습니다. 들어오세요."

집에 돌아온 희재는 숫자들이 무엇을 의미하는지를 놓고 며칠 동안 밤낮 없이 끙끙거렸다. 희재는 만일 다윗의 열쇠가 있다면 그것은 필시 쿰란 동굴과 밀접한 관계가 있다고 확신했다. 문제는 쿰란에 동굴들이 300개 가까이 된다는 점이다. 그 많은 동굴들 어디에 다윗의 열쇠가 있다는 것인가! 그걸 찾는 일이란 불가능한 것이었다.

어느 날 새벽 희재는 수영장에서 물속에 머리를 처박고 수영을 하던 중에 제11동굴에 다윗의 열쇠가 있지 않을까 하는 생각이 불현듯 들었다. 그녀는 푸하, 하고 물 밖으로 머리를 내밀었다. 그러고는 몸의 물기를 닦는 둥 마는 둥 하고서 급

히 옷을 챙겨 입고는 차를 몰고 쿰란으로 향했다.

운전을 하면서 희재의 머릿속에는 고고학자다운 호기심과 상상력으로 가득했다. 만일 첫 번째 암호문자인 11이 제11동굴이라면 이것을 대체 어떻게 해석해야 한단 말인가. 거룩한 성서 두루마리를 동굴에 감춰뒀던 신앙인들은 대체 그것을 어떻게 알았다는 걸까. 희재는 몸을 떨었다.

예루살렘을 떠난 지 한 시간 조금 넘어 쿰란 국립공원에 도착했을 때 비가 오려는지 하늘이 찌뿌둥했다. 윤희재 박사는 관리사무소 직원 한 명을 대동하고 제11동굴에 왔다. 희재는 그를 동굴 밖에서 기다리게 한 후, 혼자서 밧줄을 타고 동굴 속에 들어갔다. 동굴은 경사가 대체로 완만했지만 몇 군데는 급경사도 있었다. 하지만 급경사진 곳은 사다리가 설치되어 있어서 내려가는 데 큰 어려움이 없었다.

희재는 동굴로 들어온 지 3-4분 후 둥그런 동굴 안으로 들어오는 데 성공했다. 원형의 동굴 안은 배구장만큼 넓었다. 희재는 막상 동굴 안으로 들어오긴 했지만 눈앞이 아뜩했다. 얕은 소름이 돋았다. 이사야 두루마리에 적혀 있는 암호 문자 11이 만일 제11동굴이라면, 그 다음 문자인 20은 도대체 무엇이란 말인가!

"오, 지혜의 신이여, 제게 지혜를 주소서."

희재의 입에서는 자신도 모르게 기도가 나왔다. 그러고는 무심코 원형 동굴 입구에서부터 정면을 향해 큰 걸음으로 걸어갔다.

우연의 일치였을까, 신의 섭리였을까, 동굴 입구에서부터 맞은편 벽까지는 정확히 20보였다. 어둠 속에서 강렬한 한줄기 섬광이 번뜩이는 것처럼 그 순간 희재의 마음속에 번쩍, 하는 빛이 지나갔다.

'아, 이거다!'

희재는 헤드랜턴을 벽에 바짝 대고 벽면을 살펴봤다. 울퉁불퉁한 검은 벽면이 선명히 드러났다.

그녀는 날카로운 돌로 벽면을 긁었다. 딱딱한 흙들이 버석거리는 소리를 내며 조각조각 떨어져나갔다. 흙들이 떨어져나갈 때마다 세월의 질감이 벗겨지는 듯했다. 그러자 얼마 안 있어 누런 벽돌들이 보이기 시작했다. 20개의 벽돌들로 된 조붓한 직사각형의 벽면이었다. 가로 다섯 개, 세로 네 개의 반듯한 직사각형 벽면! 2천년 전 에세네 사람들이 황토를 구워 만든 벽돌들임에 틀림없었다. 벽돌 하나하나에는 놀랍게도 라틴어 숫자들이 새겨져 있었다. 희재는 20개의 숫자들 가운데 12와 9가 있는 걸 발견하고는 안도했다. 희재는 왼 손바닥으로는 12를 대고, 오른 손바닥으로는 9를 대어보았다. 하지만 벽면은 꿈쩍도 하지 않았다.

'아아, 동방의 박사가 와야 반응할 모양이군!'

희재는 중얼거렸다. 그러고는 그녀는 굵은 흙을 주워 모아 거기에 물을 뿌린 후 진흙을 만들어 벗겨진 벽면을 발랐다. 벽면은 자세히 보지 않고서는 사람이 손댄 것 같지 않아 보였다. 희재는 곧바로 예루살렘에 돌아왔다. 그리고 그날 있었던 일을 이필선 박사에게 고했던 것이다.

25

대화

다음날 이 박사는 주기모 사람들에게 통지문을 발송했다. 통지문은 짧았지만 호소력이 있었다.

사랑하는 주기모 형제자매들이여!
바야흐로 때가 차서 주님이 오실 날이 이제 며칠 남지 않았습니다. 오는 12월 31일 자정에 주님은 오실 것입니다. 우리는 정결한 신부로 단장해 영광의 주님을 맞이합시다. 나와 여러분은 휴거할 것입니다. 우리는 주와 함께 천 년 동안 왕같이 살 것입니다. 바라건대, 거룩한 그날을 위해 대비합시다. 여러분은 금주 토요일까지 세속의 일들을 정리하고 가족들과 함께 동산으로 모여주십시오. 은혜와 평강이 여러분에게 있기를 바랍니다.

1999년 12월 7일(화)

주님의 재림을 기다리는 모임 대표 이필선

 편지를 받은 주기모 회원들이 하나, 둘 동산으로 모여들었
다. 어떤 사람은 직장에 사직서를 내고 왔다고 했다. 어떤 사
람은 재산을 모두 팔아 가난한 사람들에게 나눠주고 왔다고
했다. 어떤 사람은 막무가내로 자녀들을 모두 데리고 왔다고
했다.

 회원들이 도착할 때마다 교수 부부는 포옹해주었다. 먼저
도착한 회원들은 후에 도착한 회원들과 그들의 가족들을 뜨
거운 박수로 환영했다.

 하루에 네 번씩 집회가 있었다. 새벽에는 새벽 기도회, 오
전에는 종말에 관한 성경공부, 오후에는 기도모임, 저녁에는
말씀 선포와 기도모임.

 집회마다 뜨거운 열기로 욱신거렸다. 팀장으로 세운 몇 명
이 집회를 인도하는 인도자나 강사들로 나섰지만, 주 강사는
교수 부부였다. 그렇게 보름이 흘렀다. 동산에는 300명 넘는
사람들로 북적였고 그들의 얼굴마다에는 밝은 미소와 기쁨이
감돌았다.

그러는 동안 성탄 주일이 지나고 1999년 마지막 주를 맞이했다. 이제 주님이 재림한다고 주기모 사람들이 믿는 날들은 며칠 남지 않았다. 그날 저녁 집회는 어느 때보다도 뜨거웠다. 3일 후 수요일엔 교수 부부와 나 세 명은 이스라엘을 향해 한국 땅을 떠나는 날이다. 출국 전날 이필선 교수는 주기모 회원들에게 눈물을 흘리며 작별인사를 했다.

"나, 사랑하는 아내 그리고 현수 형제는 내일 이스라엘로 떠납니다. 우리가 그곳에 가야만 주님이 오실 테니까요. 시간은 나와 여러분의 것이오. 자, 우리 모두는 신천신지에서 만나게 될 것입니다. 그곳이 하늘나라든 지구든 우리는 반드시 영광된 모습으로 다시 만나게 될 것이오. 여러분 모두에게 하나님의 은총이 있길 축복합니다. 감사합니다."

그렇게 말하고는 이필선 교수는 형광등 불빛이 강렬하게 빛을 내는 천장을 우러러보았다. 그의 얼굴은 환희로 가득했다.

다음날 우리는 인천공항으로 가서 이집트행 비행기를 탔다. 카이로 국제공항에서 내려서 곧바로 예루살렘으로 연결되는 버스를 탈 예정이었다.

나는 장시간 탑승하는 비행기 안에서 스승님과 많은 이야기를 나누고 싶었다. 객실 내 방송이나 여승무원들의 서비스에 아랑곳없이 스승님은 눈을 감았다 떴다 하면서 뭔가를 골똘히 생각하고 있는 것 같았다. 나는 이때다 싶어 스승님께 말을 걸었다.

"스승님, 제 생각을 얘기해도 되겠습니까?"

"으응, 말해보게나. 그러잖아도 잠이 오질 않아 자네와 얘길 할까 하던 참이었네. 무슨 얘기든 좋으니 말해보게."

"저는 미래에 대해 사람마다 견해가 다를 수 있다고 봅니다."

"그건 그렇지. 자넨 어떻게 생각하나?"

스승님의 표정은 사뭇 진지했다. 내 얘기가 흥미가 있었던지(흥미가 없더라도 스승은 건성으로 듣는 경우가 없다) 스승님은 좌석을 앞으로 젖혔다. 나는 말을 이었다.

"그리스도가 다시 오시면 그리스도와 함께 백 년을 지내든 천 년을 지내든 그렇게 생각하는 것은 자유입니다. 그리스도가 오시는 순간 이 우주의 역사와 인간의 역사는 끝이 나고 전혀 다른 차원의 세계가 펼쳐진다고 생각하는 것도 자유이지요. 혹은 기독교인들이 생각하는 것처럼 그리스도가 재림하는 방식이 아닌 아주 엉뚱한—이를테면 빙하가 다시 온다든가, 치명적인 바이러스가 지구를 뒤덮는다든가, 태양이 급작스럽게 식어버린다든가, 지구가 느닷없이 돌진해오는 어느 행성과 충돌한다든가 하는 방식으로 틀림없이 종말이 있을 거라고 생각하는 것도 자유이고요."

내가 옆 승객이 들릴 정도로 열변을 토하자 스승님은 젖힌 몸을 바로 세우고 눈을 치켜떴다. 꺼시시 일어선 그의 짙은 눈썹이 어스름한 기내 천장의 불빛에 꿈틀거렸다.

"그래서 그게 어쨌다는 건데? 계속 말해보게나."

나는 그간 마음속에 꼭꼭 묻어둔 말을 내뱉고 있었으므로, 내친 김에 이쯤 되면 이판사판이었다.

"네. 스승님. 들어주셔서 고맙습니다. 중요한 것은……."

나는 긴장이 되어서 그런지 잠시 호흡을 고르고 있었다.

"그래, 중요한 것은?"

"네, 중요한 것은, 지금 어떻게 사느냐란 것이지요. 거, 이런 말 있잖아요?"

"말해보라니까."

"'내일 지구가 멸망하더라도 나는 오늘 한 그루의 사과나무를 심겠노라'고 어떤 철학자가 말했다죠? 그 철학자의 말처럼 저는 오늘 하루를 의미 있고 충실하게 사는 게 중요하다고 봅니다."

"그래서?"

"이것은 신이 인간에게 부여한 책임감 아니겠어요? 창세기에 나오는 말씀 있잖아요? 생육하고 번성하여 땅에 충만하라는……. 암만 생각해도 저는 현재의 삶을 무시하고 미래의 천국만을 바라보는 인간을 신이 좋아하실 것 같지는 않습니다."

"'신'이라고 하지 말고 '하나님'이라고 말하면 좋겠군."

"'신'이든 '하나님'이든 구애받지 않으시면 고맙겠습니다. 오늘은 그냥 '신'이라고 말하겠습니다."

"귀에 거슬리지만, 자네가 그래야 마음이 편하다면 어쩔 수 없군. 계속 말해보게나."

지난 1년 동안 스승님과 이런저런 대화를 많이 나눴지만 오늘처럼 긴 대화를 하는 건 처음 있는 일이었다. 그러기에 내 얘길 들어주는 스승님에게 마음속 깊이 존경심이 우러났다.

"고맙습니다, 스승님. 현실을 부정하는 무책임한 인간을 신이 지지한다면 저는 그런 신을 받아들일 수 없습니다. 아무리 전능한 신이라 한들 불합리하고 비이성적이라면 그런 신은 신뢰할 수 없습니다. 여하튼 미래에 어떤 일이 일어날지는 우리 모두의 관심입니다. 짐승같이 사는 사람이 아니라면 우리들과 우리들 자손들의 운명과 우리가 사는 이 지구의 운명이 어떻게 될지 크든 작든 관심이 있지요. 그래서 살아 있는 우리는 역사적 인간인 것이죠. 과거로부터 현재에 이르고 미래를 향해 치닫는 존재 말입니다."

"계속 말하게. 듣고 있네."

스승님은 이쯤에서 자신의 견해를 피력할 수도 있었는데

잠자코 내 얘길 듣고만 있었다.

"고맙습니다, 스승님. 제가 보기엔 성서는 인간과 인간이 사는 세계의 운명에 대해 의미심장한 예언들을 하고 있는 것 같습니다. 예언이 없는 성서란 말이 안될 테니까요. 기독교인이라면 성서가 말하는 예언을 무시하지는 못하겠지요. 그렇다고 성서에 있는 예언적인 메시지들에 지나치게 마음을 빼앗겨서는 곤란하다고 생각합니다."

"자네, 제법이군. 그래서 자네는 미래와 그 미래에 일어날 일들을 부정할 텐가?"

"천만에요, 그건 아닙니다. 만일 성서의 예언들이 역사 속에서 실제로 발생한다고 하더라도 그건 우리들 인간의 소관이 아니라는 것이죠. 우리들 인간의 힘이나 노력으로 그 사건들을 바꿔놓을 수는 없어요. 그것들은 전적으로 신의 영역 안에 있으니까요."

"그건 그렇지."

"종말은 미래에 일어난 일들 아니겠습니까? 그렇다면 종말에 대해 우리가 할 수 있는 거라곤 아무것도 모른다고 솔직하게 말해야 한다고 생각합니다. 우리네 삶은 미래를 알 수 없는 불가사의한 것들로 가득 차 있잖습니까. 현실에 대해서도 일목요연하게 설명할 수 없는 것들이 너무나 많다는 것을 인정한다면 인간이 미래를 안다고 장담해서는 안 될 일이라고 봅니다. 미래를 안다면 우리는 인간이 아니고 신일 것입니다. 그러기에."

"이제 장황한 말을 그치고 결론을 맺을 때가 됐나 보군."

"하하, 결론적으로 말씀드리면, 인간은 미래의 일들에 관심을 기울이기보다는, 지금 여기 우리의 삶에서 일어나는 일들에 의미를 부여하고 충실히 살아나가는 게 신의 뜻이고 그런 삶이 이상적이라고 생각합니다."

"자네, 점입가경이군 그래."

스승님은 내 말에 반격을 가할 태세인 것 같았다. 하지만 어찌된 일인지 입을 꾹 다물고 계셨다.

"용서해 주십시오, 스승님. 제가 오늘 몹시 떠벌려서요. 스승님의 희망처럼 그리스도의 재림이 우리 시대에 있다고 확신하는 사람들은 순결하고 거룩하게 살려고 노력하겠지요. 순결하게 살고 성결하게 산다는 것은 경건하게 산다는 말과 같은 뜻 아닙니까? 그것은 권장할 만한 일입니다. 하지만 순결과 성결은 어떤 의미에선 인간의 자연스런 것들을 희생하는 대가로 얻는 것이지요. 사람은 자연스러운 게 좋다고 생각합니다. 자연스럽다고 해서 신이 보시기에 무례하거나 지옥에 떨어질 놈은 아니라고 저는 확신합니다. 어쩌면 신은 우리가 자연스럽게 살기를 원하는지도 모르겠습니다."

스승님은 더는 못 듣겠다는 듯 미간을 찌푸렸다. 하지만 그는 인내심이 많은 사람이다. 그는 들어줄 줄 아는 사람이다.

"가만, 자연스럽게 산다는 것은 무슨 뜻인가?"

"아, 그건 먹고 싶을 때 먹고, 노래하고 싶을 때 노래하고, 섹스하고 싶을 때는 섹스를 하고, 친구와 얘기하고 싶을 때는 밤을 꼴딱 새면서까지 시시덕거리는 것입니다."

"자넨, 이제 보니 인본주의자이군!"

"잘못 보셨습니다, 스승님. 저는 신본주의자와 인본주의자의 중간 지점에 있습니다."

"그게 무슨 말장난인가?"

"뭐랄까요, 저는 신인본주의자입니다. 하하."

"실망스럽군. 자네가 내 제자라면 철저히 신본주의자가 되어야 하지 않겠나?"

"스승님의 제자가 된 건 자랑스러운 일이지만, 스승님의 종말관에는 전적으로 동의할 수 없습니다. 죄송합니다, 스승님."

"그러면 자네는 저 영원한 나라를 믿지 못하겠다는 건가?"

"아, 천국 말씀입니까? 저는 천국은 있다고는 믿습니다. 아까도 말씀 드렸듯이 천국은 우리가 미래의 영원한 종착역을 향해 달려가는 지점이고, 그것은 지금 제 마음속에 있는 게 아닐까요?"

"그럴 수도 있겠지. 하지만 나는 확신하고 있다네, 김 군.

천국은 저 하늘나라 어딘가에 분명히 있다네. 자네, 야곱의 사다리는 알고 있겠지? 지상에서 펼쳐질 천년왕국은 현재와 영원을 잇는 중간 단계이지. 그게 사실이 아니어도 상관없어. 내가 사실로 믿으면 사실이니까. 자네가 내 제자라면 내 생각에 동의를 하고 나와 함께 행동을 하면 고맙겠네. 우린 그 목적을 향해 한 배를 탔고, 그래서 쿰란으로 가는 게 아닌가?"

스승님은 그렇게 말하고는,

"저기 저 하늘을 보게나."

라면서 차창 밖을 내다봤다.

차창 밖으로 파란 하늘이 펼쳐져 있었다. 비행기 아래쪽에는 뭉게구름이 어찌나 많이 쌓여 있던지 그 위로 발을 딛고 걸어가도 될 것 같았다. 예수님이 세상에 다시 오실 때에 구름을 타고 오신다던데, 정말 그럴 만도 하다는 생각이 들었다. 스승님의 얼굴은 천사처럼 빛나고 있었다.

"천국은 저 하늘 어딘가에 있을 거야. 우리가 지금 살고 있는 이 지구가 아닌 것만은 분명하지. 이 땅은 뜨거운 불에 타 없어질 거고."

"이 지구가 뜨거운 불에 타 없어질 거라고요? 인류의 모든 문화, 아름다운 이야기들, 선한 양심, 우정과 사랑이 하나도 남김없이 불에 소멸된다는 말씀인가요?"

"암, 나는 그렇게 될 것이라고 믿네. 이 세상은 악한 사람들과 악한 문화들로 오염되어 구제불능이지. 무가치한 곳이고. 하나님 아닌 다른 신들을 믿는 사람들로 득실대는 곳이 이 세상이지 않나?"

스승님은 자기 말을 자기가 동의하면서 말을 이었다.

"우리의 고통스러운 삶은 천국에서는 찾아볼 수 없게 되겠지. 죄의 고통, 번민의 고통, 이별의 고통, 상실의 고통, 실패의 고통이 없는 곳. 우리의 영혼과 몸은 완전하게 변해 더없이 행복하고 영광스러운 상태가 될 거라네. 그분을 믿는 우리는 그분의 충만한 영광을 목격하게 될 것이야. 예수님이 우리를 그곳에 인도하실 거라네. 그분은 하나님과 그분의 자녀를 중재하는 중재자이시지. 예수님은 우리에게 완벽한 승리를 안겨주시는 분이시라네. 하나님의 모든 뛰어난 업적은 그로 말미암아 완수될 것이라네."

그렇게 말하고는 스승님은 옆 사람들을 전혀 의식하지 않은 채 두 팔을 벌리더니,

"오, 주여, 영광을 받으소서. 당신의 나라가 이제 곧 임하게 될 줄 믿습니다."

라고 찬양을 하였다. 나는 괜스레 반발심이 생겨 스승님을 좀

기분 나쁘게 하려는 의도를 가지고 말했다.

"저는 우리가 꿈꾸는 완벽한 세상이란 있을 수 없다고 생각합니다."

"자네 말을 부정하고 싶지는 않네만, 그런 세상을 꿈꾸어야 하지 않겠나?'

"그런 세상이 존재하지 않는데 꿈을 꾼다는 건 지성과 영성의 낭비 아닐까요? 이상향을 꿈꾸느니 오늘 사과나무 한 그루를 심고 싶습니다. 저는, 스승님이 미망에 사로잡혀 있는 것 같아 안타깝습니다."

"천만에! 그렇지 않다네. 방금 전 자네가 말하지 않았나? 자유라는 말. 이상향이 있다고 믿고 안 믿고는 자유라네. 나는 그런 세상을 매일 꿈꾼다네. 그런 세상이 올 거라고 확신하기 때문이지. 그게 비록 불가능한 것으로 판명되더라도 불가능에 굽실거리지 않고 멋지게 실패한다는 것은 그 자체로얼마나 통쾌한 일인가. 나는…… 나는 말일세. 그게 정녕 불가능한 것으로 확인이 되면, 깨달음의 정점에서 천 길 낭떠러지 아래로 몸을 날려서라도 그 가능성을 증명할 것이네. 세상의 소음으로부터 벗어나 완벽한 세상으로 날아갈 것이야."

스승님의 눈빛이 빛나고 있었다. 아니, 빛나다 못해 이글이글 타는 불 같다고나 할까. 그의 눈빛은 적의 거대한 탱크 위에 올라타 탱크 문을 열고 수류탄을 던져 장렬히 산화하려는 군인의 눈빛과도 같았다.

나는 그런 스승의 모습에서 대체 인간과 영원이란 무엇인가에 대해 경이로운 생각을 하면서도 그와 동시에 어떤 섬뜩한 불길함을 느꼈다.

"잘 이해가 되지 않습니다, 스승님. 멋지게 실패한다는 말씀 말입니다. 그리고 그 가능성을 증명한다는 말씀도요."

"그럴 테지, 자네는. 자네는 결코 이해할 수 없을 걸세. 그건 자네가 영원한 것들보다는 잠시 있다가 사라지는 이 세상의 것들에 마음을 두고 있기 때문이라네. 그렇지만 나는 자네를 속물이라고 비난할 생각은 없네. 가능성에 도전하지 않는다고 해서 속물이라고 비난을 받는다면 정당한 평가라고 할수 없을 거야. 다만, 나는…… 아, 그래, 언젠가 틈이 나면 이 말을 자네에게 꼭 해주고 싶었네."

"무슨 말씀을요?"

"아, 그건…… 자네는 무대에서 잠시 거들먹거리다가 곧바로 무대를 떠나는 배우처럼 살지 않기를 바라네. 무대의 커튼을 내리면 무대 뒤에서는 전혀 딴 사람이 되는 그런 배우 말일세."

나는 스승의 말을 이해하기 어려웠다(이런 말을 들을 때면 가

숨속 어딘가가 욱신거렸다). 나는 스승을 신뢰하였으므로 그가 거짓말을 한다거나 과대망상증에 사로잡혀 무의미한 헛소리를 한다고는 생각하지 않았다. 아니, 어쩌면 그러한 생각조차 나와 스승 사이를 이간질하려는 사탄의 책략일지도 모른다는 생각이 들었다. 그럼에도 나는 스승이 말하는 종말과 천국을 나의 세계관으로는 이해하기 어려운 게 사실이었다.

"자네에겐 이런 것들이 신비한 유토피아처럼 보이는 모양이군. 나는 현실인데 말야. 하지만 나는 자네를 비방할 생각은 추호도 없다네. 자넨 영적으로 영글어가고 있는 중이니까. 그날은 의인들에게는 환호와 축제의 날이 될 것이야. 반면 악인들에게는 무섭고 떨리는 날, 치욕과 공포가 최악이 되는 날이 될 거고."

"그렇다면 누가 악인이고 누가 의인입니까?"

"자넨 아직도 그것을 모른다는 것인가?"

"저는, 이 세상에 악인과 의인을 구별하는 절대적인 기준은 없다고 봅니다."

나는 이 말을 내뱉고는 속으로 깜짝 놀랐다. 위험선을 넘은 발언이었기 때문이다. 이런 종류의 발언은 사실상 스승에게 항거하는 태도였다. 내가 왜 이런 말을 얼른 내뱉었는지 당황했지만, 그간 속에 담아둔 생각을 드러내 보인 게 차라리 잘

된 일인 것 같아 오히려 안도감이 생겼다. 그렇게 스스로를 격려하고 있는데, 스승의 나지막한 음성이 들렸다.

"말하기 전 먼저 자네 얘길 듣고 싶군. 자넨 어떻게 생각하나?"

"무얼 말입니까?"

"누가 악인이고 누가 의인이라는."

"저는 순수한, 아, '순수한'이라고 하니 좀 이상하게 들리실지 몰라도 달리 다른 말이 생각나지 않는군요. 저는 순수한 악인도 없고 순수한 선인도 없다고 생각합니다. 있다면 그저 사람입니다(그게 어떤 사람이든). 사람으로 태어나 어쨌거나 발버둥 치며 살려는 사람들이죠. 그들은 인격체로서 자유를 누리며 존중받아 마땅한 존재들이죠. 그들은 신의 피조물입니다. 사람은 연약하기에 어제의 선인이 오늘의 악인이 될 수 있고, 어제의 악인이 또 오늘의 선인이 될 수 있습니다. 그게 사람 아닌가요?"

이 지점에서 스승님은 미간을 심하게 찌푸렸다. 그는 눈썹을 꿈틀거리며 말했다.

"자넨 잘못 알고 있군 그래. 의인과 악인은 분명히 있다고 성경은 말한다네. 의인이란 하나님을 믿고 그의 뜻에 순종하는 사람이고, 악인이란 하나님을 믿지 않고 제 뜻대로 사는 불경한 사람이지. 결국 예수님을 믿고 안 믿고 차이야. 예수를 믿는 사람은 구원을 받아 천국에 입성하게 되고, 믿지 않는 사람은 멸망을 받아 지옥에 떨어지게 되는 것이야."

"하하, 그럼 저같이 어정쩡한 사람은 뭡니까?"

"자넨 좀 생각이 복잡하지만, 그래도 예수님을 믿고 있으니까 의인이고, 의인이므로 구원을 받게 되고, 구원을 받는다면 천국을 소유하게 될 것이야."

"그럼 희재는요?"

"윤 박사 말인가? 윤 박사는 자네보다 훨씬 유리한 위치에 있지. 윤 박사야 언급할 나위가 없는 사람이야."

"손해 볼 건 없으니 말씀만이라도 고맙군요, 스승님.

26

쿰란 동굴

"여기예요, 여기!"

"아, 스승님. 저기 희재."

"오, 그렇군. 윤 박사로군."

검정색 외투를 입은 희재가 사람들 틈에서 손을 흔들고 있었다. 듣던 대로 이스라엘의 겨울은 영하까지는 아니어도 추울 때는 그 근처까지 온도가 떨어진다더니, 외투를 입은 희재가 그리 낯선 것만은 아니었다. 갑자기 삶의 온기가 느껴졌다. 희재를 살짝 안아주면서 말했다.

"그간 잘 있었어?"

희재의 입술에 가볍게 키스를 했다. 스승님 내외분이 옆에 없었더라면 키스를 퍼부었을 것이다.

"인사해요, 희재 씨. 이 멋지신 분은 사모님이세요."

내가 희재와 서유진 박사를 번갈아보며 말했다.

"호호, 나는 윤 박사와 구면이에요."

서 박사는 활짝 웃으며 희재에게 손을 들어 인사했다.

"아, 서유진 교수님! 참 반갑습니다. 이게 몇 년 만이죠? 여전히 아름다우시네요."

"윤 박사도 여전히 아름답군요. 남편에게 소상하게 얘길 들었어요."

"고맙습니다, 교수님. 저도 참 보고 싶었습니다."

"이렇게 직접 보니까 두 분이 잘 어울리는 한 쌍이네요, 호호."

서유진 박사는 내가 희재와 함께 서 있는 광경을 놓치지 않고 미소를 지으며 말했다.

"고맙습니다, 교수님."

희재가 꾸벅, 절을 하며 감사를 표했다.

그 순간 나는 희재가 나를 사랑하고 있을 뿐만 아니라 결혼 상대자로 점 찍어둔 게 틀림없다고 생각했다. 가슴이 풍선처럼 부풀어 올랐다. 하지만 그것도 잠시였다. 어떤 두려움이 와락 덮쳐왔기 때문이었다. 의식의 저편에 어쩌면 지구가 종말을 고할지도 모른다는 두려움이 도사리고 있었던 모양이다.

지구 종말 시계가 지구 멸망을 가리키는 자정에 바짝 다가

섰다는 며칠 전 신문 보도가 갑자기 내 마음을 무겁게 짓눌렀다. 만일 지구의 종말이 온다면 사랑하고 결혼한다는 게 무슨 의미가 있단 말인가. 모든 것들이 헛되고 헛될 뿐이다. 이런 생각이 들자, 나는 희재가 다윗의 열쇠의 비밀을 풀지 못하기를 바랐다.

"지난 번 그 호텔이라고 했지요?"
스승님이 알면서도 물었다.
"네, 그 호텔입니다. 그럼 출발하시죠."
희재가 싱긋 웃으며 대답했다.

우리 셋은 호텔에 여장을 풀었다. 여장이라 한들 각자 달랑 가방 하나가 전부였다. 호텔 저녁 식사에 희재도 참석했다. 식사 후 나는 희재와 단 둘이 대화를 할 수 있었다. 희재도 세상 끝 날을 열망하고 있을까? 그럴 리가 없다! 나는 속으로 중얼거렸다.

'그런데 왜 그녀는 다윗의 열쇠 문제에 목매달고 있을까? 나와 헤어져 있는 동안 그녀도 세대주의에 빠졌다는 건가? 7년 동안 그녀에게 무슨 변화가 있었던 걸까? 그렇다면 내가 모르는 비밀이 있다는 건가?'
나는 손으로 내 뒤통수를 쳤다. 나라도 정신을 바짝 차려야 했다.

"희재 씨, 내 진심을 이야기해도 되겠지?"

"으응, 새삼스럽게 무슨?"

"조심스러운 얘긴데, 거 있잖아? 다윗의 열쇠……."

"말해보세요."

"그거 있잖아? 비밀을 풀어낸 게 사실야?"

"확실히는 몰라도 70%는 맞을 것 같아요."

나는 희재의 70%라는 말에 그나마 안도하면서 그녀를 설득해볼 요량으로 대뜸,

"희재 씨, 그거 당장 중지해요."

라고 목청을 높여 말했다.

"네? 왜요?"

"정말 세상이 끝나기를 바라는 거요?"

희재는 정색을 하고 말하는 내가 이상하다는 듯 씨익, 웃고는 고개를 저으며 말했다.

"아니! 세상이 끝나다니!"

"그럼 왜 다윗의 열쇠인가 뭔가 하는 비밀을 풀어 스승님을 돕는다는 거요?"

"이 박사님을 돕는 건 세상의 종말을 보려는 게 아녜요. 그분이 예수님의 재림을 고대하는 건 공감하지만, 이런 식은 아니죠. 그분은 예수님의 재림을 인위적으로 준비하려고 하고

있어요."

"그럼 희재 씨는 왜 다윗의 열쇠의 비밀을 풀려고 이처럼 애쓰는 거요?"

희재는 호호, 웃으며 말했다.

"나는 고고학자예요. 순전히 호기심이죠. 고고학은 과학입니다, 현수 씨. 쿰란 동굴은 신비한 무언가가 있어요. 나는 그게 알고 싶어요. 다윗의 열쇠를 찾는다면 어떤 일이 일어날까를."

"어이구, 희재 씨. 그러다가 정말로 종말이 오면 어떡하려고? 당장 손을 떼요."

"어머나? 나는 현수 씨를 이해하지 못하겠어요. 뭘 그리 두려워하세요? 마치 종말이라도 오는 것처럼 말이죠. 그런 일은 일어나지 않을 거예요. 현수 씨는 약속을 지켜야 해요."

"무슨 약속?"

"이 박사님을 끝까지 따르겠다는 약속."

"그건…… 그렇지. 하지만……."

"하지만, 뭐죠?"

"하지만 이런 식은 아니야."

"그건 궁색한 변명이에요, 현수 씨. 약속은 약속이죠. 그 약속을 지키는 현수 씨가 되면 좋겠어요."

희재의 말은 냉철함이 서릿발 같았다. 그 순간 나는 그르고, 희재는 옳다는 생각이 들었다. 더욱이 나는 희재와 약속을 어긴 죄로 희재 그녀를 영영 놓칠 뻔하지 않았나? 이젠 죽으나 사나 스승을 따르지 않으면 안 되겠다고 생각했다. 스승과의 약속을 지키는 게 희재를 변함없이 사랑하는 것이라고 마음 다짐하는 바로 그때, 희재가 내 얼굴을 흘금 쳐다보며 물었다.

"끝까지 박사님을 따를 거죠?"

"으응, 따를게. 따르고말고. 함께해요, 희재 씨."

희재는 그제야 얼굴이 환해지면서 말했다.

"현수 씨다워요. 영원한 내 애인이죠."

다음날 나는 곤한 잠에서 꿈도 꾸지 않고(꿈이라야 노상 개꿈이어서 잠에서 깨어나면 기억이 나지 않는) 깨어났다. 얼마나 깊이 잠이 들었는지 모른다. 꽤나 피곤했던 모양이다. 일어나자마자 문득 오늘이 이 해의 마지막 날이라는 생각이 들었다. 지난 1000년의 밀레니엄과 새로 시작하는 1000년이 겹쳐지는 자정을 불과 16시간 남겨둔 오전 8시였다.

1999년 12월 31일.

이날도 어김없이 해는 떠올랐고 예루살렘 시내의 상인들

은 가게 문을 열기 시작했다. 건물들과 나무들은 햇빛을 받아 빛의 가루들이 흩어지는 것처럼 반짝거렸다. 거리에는 차들이 오가고 보도 위엔 드문드문 오가는 사람들이 보였다. 여느 날과 다름없는 지극히 평범한 일상이었다.

예루살렘의 정경이 이러하면 서울도 마찬가지일 것이다. 이런 생각이 들자, 몇 시간 후에 이 평화로운 지구가 대혼란을 맞는다거나 종교적인 종말을 맞는다는 게 도저히 믿기지 않았다. 나는 평소 기도하는 사람은 아니지만(3초 만에 끝나는 식사 기도는 잊지 않고 하는 편이다), 이날만큼은 기도하고 싶어졌다.

세수를 하고 옷을 입었다. 희재한테서 호텔에 도착했다는 전화가 왔다. 우리 넷은 아침 겸 점심을 가볍게 먹은 후, 아우디 차를 몰고 쿰란으로 달려갔다. 단출한 짐들은 자동차 트렁크에 실어 놓았다.

'세상이 끝나면 이 차의 운명은 어떻게 되는 거지?'

나는 속으로 별 싱겁기 짝이 없는 생각을 하면서 피식 웃었다.

우리가 쿰란에 도착한 때는 한국 시간으로 오후 8시였다.

이스라엘 시간으로는 오후 2시. 지난여름 왔을 때 쿰란은 찌는 듯이 더웠지만 오늘은 한국의 늦가을 날씨처럼 쌀쌀했다. 우리는 차 안에서 탐사복으로 갈아입었다. 머리에는 헬멧을 쓰고 손에는 헤드랜턴을 쥐었다. 배낭은 한 개만 휴대했는데, 그건 내가 둘러맸다. 배낭 안에는 필요하면 쓰려고 밧줄과 망치, 펜치, 드라이버와 물병들이 들어 있었다. 배낭 안에는 또 스승이 애용하는 성경책도 들어 있었다. 예루살렘에서 출발할 때 무게를 줄이려고 내가 배낭에서 살짝 빼놓았던 성경책이었다. 분명 스승님이 다시 집어넣었을 것이다.

산 아래에서 골짜기 어귀를 지나 산등성이를 타고 제11동굴까지 걸어서 오기까지는 한 시간도 채 걸리지 않았다. 나는 다윗의 열쇠에 대한 비밀이 이 동굴에 있다는 희재의 주장에 진작부터 의문을 품고 있었다. 희재는 무슨 근거로 이사야서 두루마리에 적힌 라틴어 숫자 XI을 쿰란의 제11동굴로 단정한 건가.

그렇지만 희재는 자기 나름의 확신이 있기에 그럴 것이다. 나는 희재를 잘 알고 있다. 그녀는 보통 사람이 갖고 있지 않은 남다른 통찰력을 가진 여자다. 더욱이 그녀는 신앙심도 있고, 거기에 더해 미국 명문대학에서 박사 학위를 받은 고고학자가 아닌가.

그런 생각을 하니 불안감이 커졌다. 나는 속으로 희재의 예상이 틀리기를 바라면서 희재에게 물었다.

"어이, 고고학 박사님, 숫자 11이 제11동굴이라면 나머지 세 숫자들은 무엇을 의미하는 거지?"

"아하, 그건 동굴에 가보면 알아요. 어차피 나도 복불복인 걸요. 하지만 어쩐지 내 예감이 맞을 것 같다는 짙은 느낌이 있어요, 현수 씨."

"그놈의 자신감은 예나 지금이나 똑같군 그래."

나는 희재의 말을 되받아치긴 했지만, 마음속은 밀물처럼 밀려드는 초조감으로 거지반 평정심을 잃은 것 같았다. 망망한 대해에서 느닷없는 소용돌이에 휘말린 작은 돛단배가 눈앞에 어른거릴 즈음, 희재의 낭랑한 목소리가 귓가에 들려왔다.

"저기가 제11동굴입니다, 박사님."

선글라스를 콧등까지 내린 희재가 산등성이 아래 급경사진 암벽에 나 있는 자그만 구멍을 손가락으로 가리키며 말했다. 평평한 산등성이에서 내려다보기만 하는데도 어찌나 가파른지 현기증이 날 만큼 아찔했다. 고소공포증이 있는 나는 벌써부터 다리가 후들후들 떨려왔다.

"다 왔습니다, 박사님. 바로 이 아래 동굴이 제11동굴이고요, 저게 제3동굴이에요. 제1동굴처럼 둘 다 천연동굴이지요. 지난번에 보수공사 중인 제4동굴은 인공동굴이고요."

"그럼 11번 동굴도 1번 동굴처럼 베두인들이 발견한 건가요?"

"그렇습니다. 4번 동굴도 베두인들이 발견한 동굴이에요. 모두 11개의 동굴들 가운데 베두인들이 발견한 동굴은 1, 2, 4, 6, 11 다섯 개 동굴들이고, 나머지 여섯 개는 고고학자들이 발견한 동굴들입니다."

두 사람의 대화 내용에 아랑곳하지 않고 나는 오로지 저 동굴까지 어떻게 가야 할지 관심을 두었다.

"어이구, 저 동굴에 다다르려면 목숨을 걸어야 할 판이군."

"너무 떨지 않아도 돼요, 현수 씨. 여기 밧줄이 보이지 않아요? 밧줄을 꽉 잡고 내려가면 되거든요. 그래서 장갑을 준비해왔잖아요?"

우리 넷은 배낭에서 꺼낸 장갑을 손에 꼈다. 선두에는 희재가, 두 번째는 스승님이, 세 번째는 서 박사가, 그리고 맨 나중에는 내가 가기로 했다. 희재가 걱정스럽다는 듯 서 박사를 바라보며 말했다.

"서 박사님, 괜찮겠어요?"

"용기를 내볼게요."

서 박사의 얼굴에는 동요의 빛이 없었다. 여자이지만 늘 남자같이 늠름한 그녀에게 존경심마저 들었다. 산등성이 위에서 동굴 입구까지는 30미터쯤 되었다. 위에서 아래로 내려다볼 때는 절벽이 가팔라 아찔했지만, 막상 밧줄을 붙잡고 내려와서 그런지 크게 어렵지 않게 동굴에 다다를 수 있었다.

동굴 입구에서 아래를 내려다보니 지금 우리가 서 있는 곳이 지구에서 제일 높은 것만 같았다. 큰 나무에 용케 붙어 있는 매미처럼 나는 내가 지구의 가장자리 표면에 납작 달라붙어 있다는 게 신기하게 느껴졌다. 우리 네 사람은 모두 이마에 땀이 송골송골 맺혔다. 스승님이 후유, 하며 큰 숨을 내쉬면서 말했다.

"이런 곳에 꼭꼭 숨겨놨으니 성서 사본들이 2천 년 이상 안전하게 보관되어 온 거로군!"

"사본들이 도굴이 안 된 것은 그런 이유 때문이죠."

희재가 콧등을 타고 내려온 땀을 손등으로 닦으며 말했다.

"그건 그렇고, 이 밧줄이 동굴 안까지 연결되어 있어요?"

서 박사가 다소 긴장 어린 목소리로 물었다.

"네, 맞아요. 동굴 입구부터 안까지는 50미터쯤 되어요. 안까지 밧줄이 쳐져 있으니 경사진 곳에서는 밧줄을 잡고 내려가면 됩니다. 사다리도 군데군데 설치되어 있어요."

동굴 입구는 작은 구멍이 나 있었다. 동굴은 겨우 한 사람이 들어갈 만큼 폭이 좁았고, 높이는 사람 키보다 작아서 허리를 구부정하게 꺾고 들어가야만 했다(기어서 들어가지 않은 것만도 다행스러운 일이었다). 우리는 어렵지 않게 안까지 들어올 수 있었다.

"히야! 엄청 크네."

헤드랜턴으로 바닥이며 천장을 위아래로 휘, 비추면서 스승님이 감탄을 했다. 동네의 자그만 체육관만한 크기밖에 안 되지만, 좁은 동굴을 빠져나오다보니 크게 보였을 것이다.

통풍이 잘돼서 그런지는 몰라도 여느 굴처럼 역한 냄새나 습한 냄새는 전혀 나지 없었다. 굴속은 칠흑같이 캄캄했다.

"부드러운 이회토로 형성된 자연동굴이라서 물과 불 그리고 식량만 있으면 충분히 살 수 있는 곳이로군!"

스승님이 고개를 주억거리며 말했다.

"자, 그럼 네 곳 벽면에 횃불을 켜서 달아두고 이 박사님을 제외한 우리 세 사람은 횃불을 손에 들고 일을 해요."

"무슨 일을?"

"다윗의 열쇠를 찾아야죠."

희재가 자못 심각한 표정을 지으며 내 말에 대답했다. 봉의 끝 부분에 황과 석회를 혼합해 바르고 그 주변을 헝겊으로 감은 횃불은 불을 붙이자 사방을 환하게 밝혔다. 우리 셋은 왼

손에 횃불을 들었다. 스승님이 희재에게 말했다.

"정면을 향해 걸어가면 된다면서요?"

"예, 정확히 20보입니다. 저를 따라 오시죠."

희재는 하나, 둘, 셋…… 수를 세면서 앞서가고, 그 뒤를 스승님이, 그 뒤를 서 박사가, 그리고 맨 마지막에 내가 그 뒤를 따라갔다. 불빛에 반사되어 흔들리는 네 개의 커다란 그림자가 마치 고릴라가 걷는 것 같았다(귀신은 그림자가 없다는 생각도 잠시 해보았다). 정확히 20보였다. 우리는 정면 벽을 바라보며 섰다. 희재가 엄숙한 얼굴로 물었다.

"지금이 한국 시간으로 몇 시죠?"

"자정이 되려면 30분 남았군요."

스승님이 굳은 표정으로 손목시계를 보고는 대답했다. 희재가 오른손 엄지와 중지로 딱, 소리를 내면서 말했다.

"아, 어쩜, 타이밍이 이렇게 절묘할 수가! 제 역할은 여기까지예요, 이 박사님. 지난번에 저는 다윗의 열쇠를 찾지 못했어요. 저는 비밀리 내려오는 전승을 믿고 싶군요."

스승님의 눈이 반짝였다.

"그 동방의 박사라는?"

"네, 동방의 박사. 동방의 박사만이 열쇠를 찾는 게 확실해요. 이 박사님이 바로 그 '동방의 박사'이십니다. 다윗의 열쇠의 주인이시죠. 그러니 이제부터 박사님께서 열쇠를 찾아 비밀의 문을 열어야 해요."

"내가 그 동방의 박사라는 걸 믿으라는 말이군요. 좋아요, 그럼 어떻게 하면 되는 거요?"

"플라스틱 흙손으로 살살 이 벽면을 긁으면 라틴 숫자들이 나올 거예요."

"아하, 알았소."

지난번 희재가 회반죽으로 붙여놓은 바로 그 벽면이었다. 스승님은 고글 안경을 쓰고 흙손으로 조심스럽게 벽면을 긁었다. 벽면에 붙어 있는 딱딱한 흙은 하나둘 떨어져 나갔다. 잠시 후 글자들이 선명히 드러났다. 왼쪽에서 오른쪽으로 5개의 숫자들과 위에서 아래로 4개의 숫자들이 배열된 직사각형 모양의 물체였다.

"아아!"

우리는 동시에 찬탄을 했다.

"이 박사님, 횃불을 잠깐 저에게 맡기시고 왼손은 12를 가리키는 XII에, 오른손은 9를 가리키는 IX에 대고 주의 이름을 불러보십시오."

스승님은 희재가 시키는 대로 했다. 그는 경건하게 왼손을 12가 쓰여 있는 벽돌에, 오른손을 9가 쓰여 있는 벽돌에 댔다. 그러고는 마음과 뜻을 모아 "주여!" 하고 소리쳤다. 그러자, 놀랍게도 단단한 벽돌들이 깨지면서 한 가운데에 금빛 찬란한 커다란 열쇠가 나타났다.

"아니, 이럴 수가?"

우리 모두는 놀란 입을 다물지 못했다. 열쇠는 폭이 10센티미터, 길이가 30센티미터는 족히 되고도 남는 듯했다. 모든 인간사와 자연사에 우연이 있다고는 하지만, 그것은 우연이라기보다는 오직 신만이 미리 아시고 계획해 놓으신 섭리 비슷한 어떤 것이라는 건가!

스승님은 신의 오묘한 섭리를 철저히 믿는 사람이었으므로 이런 현상에 경악하기보다는 감격을 했다. 그는 "오, 주님, 오, 주님!" 하면서 떨리는 두 손으로 열쇠를 위로 올렸다. 열쇠는 횃불에 반사되어 강렬한 금빛을 내뿜고 있었다.

"앗, 이거 보세요. 저 열쇠 구멍!"

희재가 기함을 하듯 소리쳤다. 열쇠가 빠져나온 자리 한 가운데에 원통형의 황금 열쇠 구멍이 있었다.

"아, 바로 저겁니다, 저거요! 어서 저기에 열쇠를 꽂아보세요, 동방박사님."

"알았어요. 하지요. 오, 주님, 제게 이런 영광을 허락하시다니요!"

스승님은 커다란 황금 열쇠를 황금 원통의 열쇠 구멍에 조심스럽게 집어넣었다. 큰 열쇠가 열쇠 구멍에 순하게 들어감과 동시에 철컥, 하고 둔한 소리가 났다. 그러자 이게 웬일인가? 창문 커튼이 걷히는 것처럼 육중한 암벽이 좌우로 쫘악, 걷혀졌다.

암벽 안쪽이 희미하게 드러났다. 동굴 안에는 커다란 공간이 있었다. 그 공간 한 가운데에 돌로 만든 사각형의 각진 테이블이 있었다. 그리고 테이블 위에는 표면에 얕게 먼지가 앉은 직사각형의 궤가 한 개 놓여 있었는데, 아마도 석회를 반죽해 만든 궤(성경에 나오는 언약궤가 머리를 스쳤다) 같았다.

"저 안에 뭐가 있을까?"

스승님이 떨리는 목소리로 말했다.

"박사님을 통해 다윗의 열쇠를 찾게 되고 비밀의 문이 열렸다면 필시 저 궤에 세상 끝 날과 관련된 메시지가 있을 것입니다."

희재가 눈을 동그랗게 뜨고 말했다.

"나는 그렇게 생각하지 않아요. 저 궤를 여는 순간 주님이 오실 거라오."

스승님은 그렇게 말하더니 천장 쪽을 우러러보며,

"마라나타! 주 예수여 오시옵소서!"

라고 경배했다. 그러고는,

"지금 몇 시인가요?"

라고 희재에게 물었다.

"자정이 되려면 5분 남았습니다."

희재가 시계를 보며 조용히 대답했다.

"아, 우리 주님이 오실 시간이 임박했네요. 이 궤를 열기 전에 찬송 한 곡을 부릅시다. 찬송이 끝난 후엔 내가 기도할 게요."

스승님의 제의에 모두 고개를 끄덕였다. 우리들은 가장 경건하고 진실하게 찬송을 불렀다(찬송을 부르는 동안 나는 이 찬송이 내 생애에 마지막 찬송이 아니길 바랐다).

내 주님은 살아 계셔 날 지켜주시니
그 큰 사랑 인하여서 나 자유 얻었네
나의 구원 되신 주님 내 소망 되신 주
항상 나와 함께 하셔 곧 다시 오시리

네 명이 하는 찬송이었는데도 큰 합창대가 합창을 하는 것처럼 동굴 안이 쩌렁쩌렁 울렸다. 찬송을 마친 후 스승님이 기도를 드렸다.

"알파와 오메가가 되시는 주님. 주님의 재림을 환영합니다. 속히 오셔서 세상을 심판하시고 주님을 믿는 자들을 구원하시어 영원한 천국에 이르게 하소서. 주 예수 이름으로 기도합니다. 아멘!"

기도를 마친 스승님은 손목시계를 보았다. 시계는 정확하게 오후 6시를 가리키고 있었다. 심장의 박동 소리만 들리는 극한의 정적이 이십여 초 흘렀다. 이윽고 밀레니엄과 밀레니엄, 세기와 세기가 교차되는 시간이 왔다. 한국 시간으로 밤 12시 자정.

스승님은 천장 쪽을 우러러 확신에 찬 소리로 "주여!"라고 외친 후 궤 앞에 섰다. 나는 그때 얼마나 마음을 졸였는지 모른다. 저 궤가 열림과 동시에 우주의 물리적인 시간이 끝나고 초월적인 새로운 시간으로 돌입할까 봐 얼마나 마음을 졸였는지!

나는 왼손으로 희재의 오른손을 꼭 붙잡고 있었다. 천국으로 가는 길이 계단이 있다면 희재와 함께 계단을 걸어서 가고 싶었고, 천국이 저 우주 어느 공간에 있다면 희재와 함께 날아가고 싶었기 때문이었다.

마침내 스승님은 궤를 활짝 열어젖혔다. 그 순간 나는 내 몸이 동굴 벽을 뚫고 공중으로 올라가든, 감쪽같이 산화하든, 아니면 전혀 다른 차원의 공간에 있게 되든, 여하간 절대자의 권위에 순복하기로 결심하고 희재를 붙잡은 손에 힘을 주면서 눈을 질끈 감아버렸다. 그리고…….

"어? 이게 뭐지?"

스승님의 당혹스러운 음성이 들린 건 숨 막히는 몇 초가 흐른 뒤였다. 나는 눈을 떴다. 궤 안에는 누렇게 바랜 양피지 한 쪼가리가 있었다.

"어? 어? 저게 뭐야?"

우리들은 너도나도 떨리는 목소리로 말했다. 스승님은 궤에서 양피지를 꺼내 들어보였다. 양피지에는 코이네 그리스어로 이렇게 쓰여 있었다.

"Περὶ δὲ τῆς ἡμέρας ἐκείνης τῆς ὥρας οὐδεὶς οἶδεν, οὐδὲ οἱ ἄγγελοι ἐν οὐρανῷ, οὐδὲ ὁ υἱός, εἰ μὴ ὁ πατήρ"

한 문장으로 된 이 말은 신약성경의 마가복음에 나온다. 신약성경은 고대 그리스어와 현대 그리스의 중간 단계인 코이네 그리스어로 기록되었다. 이 그리스어 구절을 우리말 성경은 "그러나 그 날과 그 때는 아무도 모르나니 하늘에 있는 천사들도, 아들도 모르고 아버지만 아시느니라"라고 번역해놨다.

예수님 당시에도 많은 사람들이 종말에 대해 관심이 많았는데, 예수님은 종말의 정확한 시기를 아무도 모르고, 심지어는 하나님의 아들인 자기 자신조차도 모른다고 분명하게 밝히셨다고 하는 유명한 성경구절이다.

나의 스승님은 이 성경구절을 누구보다 잘 알고 있는 분이시다. 그는 한 집회에서 군중에게 이렇게 말했었다.

"예수님이 종말의 시기를 자신도 모르겠다고 하는 이 성경구절은 예수님이 실제로 그 시기를 모르시는 게 아니라, 종말의 시기를 그 누구도 예측하거나 장담하지 못하도록 스스로 자신을 겸손히 낮추신 것입니다. 예수님은 하나님이시기 때문에 아버지와 아들의 영광으로 다시 오실 것을 믿습니다."

스승님은 양피지에 적힌 그 성경 구절을 보고 얼굴빛이 느닷없이 흙빛으로 변했다. 그의 눈 밑 근육이 파르르 떨렸다. 그는 오만상을 찌푸리며 양피지를 사정없이 구기적댔다. 그러고는 그 양피지를 움켜쥐고 사방에 대고 고래고래 소리를 질렀다.

"안돼! 이러면 안돼! 왜 이래야만 돼? 왜? 왜? 도대체 왜 그래? 지금 뭐하자는 거야?"

스승님이 이렇게 화가 난 모습은 처음이었다. 그는 실성한 사람처럼 껄껄껄, 웃다가 울었고 으허헝, 울다가 웃었다. 희재와 서 박사는 그런 이 박사를 달래야 할지 아니면 함께 슬퍼해야 할지 어쩔 줄 모르고 있었다. 바로 그 시간에 서울 종로의 보신각에서는 새해를 알리는 제야의 종소리가 33번 울려 퍼졌을 것이다.

참으로 알다가도 모를 일은, 그 순간 나는 짜릿한 행복에 젖어 있었다는 사실이다. 종말을 겪지 않아도 되는, 아니 당하지 않은 안도감 때문이리라. 행복이란 아주 짧은 시간에도 있는 것이고, 때론 그것은 압도적인 안도감에서 오는 어떤 것이라는 사실도 그때 깨달았다.

여하튼 이런 분위기에서는 표정을 관리해야 했다. 잘못 하다간 스승한테 멱살을 잡히거나 한 대 얻어맞기 십상일 테니까 말이다.

스승님의 울부짖는 소리가 그치고 잠시 적막이 감돌았다. 바로 그 순간이었다. 동굴 안에서 굉음이 울리기 시작했다. 스승님이 궤를 열 때부터 세미하게 들릴 듯 말 듯했던 소리였다. 느닷없이 땅이 흔들리고 벽이 갈라졌다. 우리들 머리 위로는 흙덩이가 쏟아져 내렸다.

"악! 지진, 지진이에요!"

희재가 소리쳤다.

"뭐야? 지진이라고?"

내가 당황한 목소리로 말했다. 바로 그때 쿠르릉, 하는 굉음이 나면서 땅이 입을 쩍 벌렸다. 갈라진 땅 아래로 칠흑같이 캄캄한 낭떠러지가 보였다. 땅이 서 박사를 삼켜버렸다. 순식간에 벌어진 일이었다.

"으아악!"

비명을 지르며 서 박사는 끝이 보이지 않는 구멍 속으로 빨려가 사라졌다.

"여보!"

시커먼 구멍을 목을 길게 빼고 바라보며 스승님이 소리쳤다. 서 박사의 모습은 온데간데없이 보이지 않았다.

"이게 어찌 된 거야? 어째 이런 일이?"

스승님이 놀란 나머지 말을 잇지 못했다.

나는 놀란 입을 다물지 못하고 두려움에 떨고 있었다. 그때였다. 우르르르 꽈광, 고막을 찢는 듯한 굉음이 또 한 번 울리고 스승님과 내가 밟고 있던 땅이 눈 깜짝할 사이에 푹 꺼졌다.

"헉!"

나는 외마디 비명을 내질렀다. 내려앉은 땅은 바위였던지 천만다행히 갈라진 틈 사이에 끼였다. 그 덕분에 우리는 캄캄한 밑으로 떨어지지 않고 바위 위에 간신히 몸을 지탱할 수 있게 되었다.

순식간에 벌어진 일이라 정신이 아뜩했다. 발아래는 천 길 낭떠러지 같은 크고 시커먼 구멍이 우리를 삼키려고 입을 벌리고 있었다.

'하나님, 도와주세요'라는 스승님의 목소리가 들렸다. 절체절명의 위기 때 하나님을 찾는 건 그의 본능이었다. 나는,

"희재! 희재 어디 있어?"

라고 소리쳤다. 바위는 흔들흔들 춤을 추고 있었다. 머리 위로 흙먼지와 자갈들이 쏟아져 내렸다. 바위는 뿌리가 뽑혀져 추락하려고 했다. 절망적이었다. 나는 죽을 때가 온 거라고 직감했다. 나는, 나도 모르게 큰소리로 외쳤다.

"희재! 사랑해! 하나님, 제가 잘못했습니다. 천국으로 가게 해주세요!"

그때였다. 땅 위에서 낭떠러지 아래로 헤드랜턴 불빛이 내려왔다. 주황색 머플러가 보였다. 희재의 머플러였다.

"아이고, 맙소사!"

희재가 눈을 동그랗게 뜨고 말했다.

땅 표면에서 스승님과 나를 받치고 있는 바위까지는 7미터쯤 되어보였다.

"기다려요. 밧줄을 던질게요!"

희재가 다급하게 외쳤다. 희재는 삐죽 튀어나온 돌에 황급히 밧줄을 감은 후 민첩하게 아래로 던졌고, 나는 그 밧줄을 단번에 움켜잡았다.

"잡았다!"

나는 왼손을 쭉 뻗어 스승님의 왼손을 붙잡았다. 바위는 심하게 기우뚱거렸다. 스승님이 서너 발 비척걸음으로 내게로 왔다.

"잘하셨어요, 스승님. 자, 여기 밧줄! 밧줄을 단단히 붙잡으세요! 희재가 끌어당길 때 절벽에 발을 딛으면서 올라가세요!"

"오, 그래. 고맙네, 김 군!"

스승님은 밧줄을 붙잡고 망연히 위를 올려보았다.

"됐어, 희재. 끌어올려!"

희재는 절박하게 돌에 두 발을 기대고 힘껏 밧줄을 끌어당겼다. 스승님의 몸이 위로 끌어올려졌다. 스승님이 2미터나 올라갔을까. 그때 바위가 움찔, 하더니 굴러 떨어지려고 했다.

"어? 어? 바위가 떨어지려고 해! 이런 제기랄!"

나는 절벽에 등을 대고 양손을 펴서 몸을 의지했다. 바위는 심하게 흔들거렸다.

"김 군! 이보게 김 군! 어서 빨리 밧줄을 붙잡게나. 그러다
간 추락하겠어, 어서!"

밧줄을 붙잡고 올라가던 스승님이 다급하게 말했다. 할 수
없이 밧줄을 붙잡자 내 몸은 위로 솟구쳤다. 그러자 바위 덩
어리는 쿠르릉, 소리를 내며 벼랑 아래로 굴러떨어졌다.

스승님과 나는 밧줄을 붙잡고 위험스럽게 대롱대롱 매달
려 있었다. 희재는 위에서 안간힘을 다해 밧줄을 끌어당겼지
만 힘에 부쳤다. 밧줄은 아래로 슬슬 미끄러져 내려오기 시작
했다.

그 순간 희재의 눈에 돌 테이블이 보였다. 희재는 밧줄을
돌 테이블에 휘감았다. 그러고는 젖 먹던 힘까지 쏟아내 끌어
올리려고 했다. 스승님과 나는 필사적으로 밧줄에 매달렸다.
하지만 밧줄은 점점 아래로 내려왔다.

"이보게, 김군, 이건 불가능해."

스승님이 끄응, 신음소리를 내며 말했다.

"불가능하지 않아요, 스승님. 조금만 더 힘을 내세요."

"아니야, 이러다간 우리 둘 다 죽겠어."

"그게 무슨 말씀이십니까, 스승님. 어서 올라 가세요."

"더 이상 버티지 못하겠어."

"올라가세요, 어서!"

"아니야, 난 됐네. 이보게 김 군. 자넨 세상에서 잘 살게

나.”

“안 돼요! 버티세요!”

“그동안 고마웠네. 행복하게 살게나. 자넬 축복하네.”

내 헤드랜턴의 불빛에 스승님의 얼굴이 비쳤다. 그의 얼굴
은 천사처럼 평화로웠다.

“안 돼요! 손을 놓으시면!”

내 말이 채 끝나기도 전 스승님은,

“천국에서 만나세. 김 군. 고마우이.”

라는 마지막 말을 남기고 밧줄을 잡았던 두 손을 놓아버렸다.

스승님이 있었던 공간은 텅 비어 있었다. 이 세상에서 그가
그토록 꿈꾸어 오던 유토피아는 그렇게 닫히고 말았다. 어둠
속에 랜턴 불빛만이 텅 빈 공간을 적막하게 통과하고 있었다.

“안 돼요, 스승님! 안 돼요, 스승님!”

나는 흐느끼면서 겨우 땅 위로 올라왔다. 희재가 달려왔다.

“박사님은?”

“스스로 줄을 놓으셨어.”

나는 이 말을 하면서 눈물이 왈칵 쏟아져 내렸다. 바로 그
때 또 다시 벽에서 나는지 땅속에서 나는지 우르르르, 하는
소리가 나면서 지축이 흔들리기 시작했다.

“앗! 동굴이 무너져 내리고 있어요. 뛰어요, 빨리!”

희재가 소리쳤다. 희재는 내 손을 붙잡고 필사적으로 뛰기

시작했다.

"자, 여기로!"

희재와 나는 동굴 출구로 왔다. 죽지 않으려면 한시바삐 동굴을 벗어나야 한다. 좁은 동굴 길을 희재가 앞서가고 내가 뒤따라갔다. 동굴 길을 따라 쭉 늘어뜨린 밧줄을 잡기도 하고 중간중간 사다리를 타기도 하면서 간신히 밖으로 빠져 나왔다.

뿌옇게 일어난 흙먼지가 동굴 길까지 들어왔고 천장과 벽에 붙은 돌 부스러기들이 떨어져 나왔다. 금방이라도 동굴이 무너질 것 같았다.

그 짧은 시간, 나는 아무 생각을 할 수 없었다. 내가 누구이고, 어떻게 살아왔고, 무엇을 할 것인지, 이런 생각들 말이다. 나는 다만 살아야겠다는 생각밖에 없었다. 아니, 혹시 나는 죽더라도 희재는 살아 나가기를 바랐다.

우리는 동굴을 벗어나기 위해 죽어라 달렸다. 입구가 보였을 때 큰 폭발음이 들렸다. 동굴이 무너진 모양이었다. 천장의 흙더미가 무너져 내렸다. 그 순간 나는 넘어지고 말았다. 가슴 아래까지 흙더미로 뒤덮였다. 가까스로 동굴 밖으로 머리를 빼내었지만 더 이상 몸을 움직일 수 없었다. 먼저 밖으로 빠져나온 희재가 내 두 손을 잡고 끌어당겼다.

"자, 여기! 힘을 내요!"

희재가 소리쳤다. 그 덕에 나는 밖으로 나올 수 있었다. 희재와 나는 서로 부둥켜안고 감격의 눈물을 흘렸다.

희재는 땀과 먼지로 뒤범벅이 된 내 얼굴을 빤히 쳐다보더니 양 손으로 내 얼굴을 감쌌다. 그리고 글썽거리는 얼굴로 내 얼굴을 비벼댔다.

"살아줘서 고마워요, 현수 씨. 살아줘서……."

지는 해는 서쪽 산 뒤로 숨었고, 지중해의 하늘은 붉은 색과 노란 색을 토해내고 있었다. 노을빛에 물든 사해는 동굴에서 무슨 일이 일어났는지 관심도 없다는 듯 어머니의 자궁처럼 넉넉하고 자비로웠다.

나는 문득 지금 여기 지면에 서서 희재와 나만 존재한다는 사실에 놀라면서 비탄해 마지않았다. 방금 전까지만 해도 같이 있던 스승님 내외분이 없다는 게 믿기지 않았다.

'아아, 삶이란 꿈결같구나!'

방금 벌어진 일들이 꿈만 같았다. 아니, 지난 1년 동안의 일들이 꿈을 꾸고 있는 것 같았다.

희재는 휴대폰을 꺼내 어디론가 전화를 했다. 사고 신고를 하는 모양이었다. 희재가 전화를 하는 사이에 내 귓가에 스승님의 목소리가 환청처럼 들려왔다.

"이보게 김 군, 자넨 세상에서 잘 살게나."

나는 그제야 그는 죽고 나는 살아있다는 걸 실감했다. 새로운 지구에서 다시 태어난 것 같았다.

서쪽 하늘의 고운 저녁노을이 꼬리를 감추며 어둠이 깔리기 시작했다. 이제 얼마 안 있으면 달이 뜨고, 새벽녘 동이 틀 때까지는 동쪽 하늘에 걸린 샛별이 길 잃은 길손에게 길을 안내해줄 것이다.

요단강 건너편 마을의 전깃불이 하나둘 켜지기 시작했다. 사위가 고요하고 괴괴한 적막이 흘렀다. 멀리 산 아래서 앵앵, 소리를 내며 구급차와 소방차가 오고 있었다. 희재는 내 곁에 있었다.

2022년 12월 25일 크리스마스. 이날은 주일이면서 성탄절 이었다. 김현수 목사는 오전에 교인들에게 성탄절을 축하하는 설교를 이렇게 마무리했다.

여러분, 이웃을 내 몸과 같이 사랑합시다. 우리 서로 사랑해요. 그리스도께서 우리를 사랑하신 것같이 우리도 다른 사람을 사랑합시다. 그렇게 사신 분이 있었지요. 그분은 저의 스승이셨습니다. 제가 목사가 되도록 영향을 끼치신 분이십니다. 그분이 그립습니다. 그분은 유토피아를 꿈꾸셨습니다. 스승님은 이 세상에서 이루지 못한 유토피아를 자기 가슴에 품고 저 세상으로 가셨습니다.

여러분과 나의 유토피아는 어디에 있습니까? 유토피아는 지금 여기에서 우리가 일구는 세상입니다. 그것은 내 가슴속에, 여러분의 가슴속에 있습니다. 그것은 훗날 저 천국에서 완성될 것입니다.

우리는 우리 발을 땅에 딛고 사는 사람들입니다. 우리는 구름 위를 걸어 다니는 사람들이 아녜요. 우리는 이 땅에 있는 것들에 충실하고 최선을 다해야 합니다. 여러분 한 사람 한사람은 자신의 인생을 사랑하십시오.

주님이 언제 오실지 우리는 알 수 없습니다. 하지만 나는, 주님이 우리에게 반드시 오실 거라는 그 약속을 믿습니다. 이 얼마나 가슴을 벅차게 하는 경이로운 약속인가요?

사랑하는 성도 여러분! 이 기쁜 성탄주일에 사랑하는 사람이 곁에 있는 것을 감사하십시오. 다른 사람을 섬기고 사랑하도록 시간과 물질과 건강을 주신 하나님께 감사하십시오. 그리고 천국을 사모하도록 믿음을 주신 하나님께 감사하십시오. 그러기를 바라는 여러분의 매일매일의 삶에 이 땅의 기름진 복들과 하늘의 신령한 복들이 가득하길 축복합니다.

김 목사 부부는 교회 일을 모두 마치고 집에 돌아왔다. 윤희재 사모는 저녁 식사를 준비하고 있었다. TV에서 뮤지컬 가수가 나와 노래를 부르고 있었다. 〈살다 보면〉이란 노래였다.

혼자라 슬퍼하진 않아 돌아가신 엄마 말하길

그저 살다 보면 살아진다 그 말 무슨 뜻인진 몰라도
기분이 좋아지는 주문 같아 너도 해봐 눈을 감고 중얼거려
그저 살다 보면 살아진다 그저 살다 보면 살아진다
눈을 감고 바람을 느껴봐 엄마가 쓰다듬던 손길이야
멀리 보고 소리를 질러봐 아픈 내 마음 멀리 날아가네

현수는 눈을 감고 고개를 좌우로 흔들며 콧노래로 따라 부르고는 희재에게 말했다.

"여보, 이 노래 또 나오네. 당신 좋아하는 노래잖아? 선율도 좋지만 난 가사가 마음에 들어. 이 가사, 성경 말씀 못지않아요. 하하."

현수는 환하게 미소를 지었다. 벽시계는 오후 6시를 가리키고 있었다. 그때 군대에 간 아들에게서 영상 전화가 왔다.

"아빠, 메리크리스마스!"

"응, 메리크리스마스! 잘 지내고 있니?"

"네, 아빠. 근데 엄마는 어디 계세요?"

"조금 기다려봐. 엄마는 지금 맛있는 밥을 준비하고 있거든."

현수는 주방 쪽으로 갔다. 그러자 희재가 손으로 물기를 닦으며 반가워했다.

"경하? 어이구, 우리 아들!"

경하가 손을 흔들며 성탄을 축하했다.

"메리크리스마스!"

현수 부부도 하트 모양을 그리며 손을 흔들어보였다.

통화가 끝나자마자 이번에는 영국의 딸한테서 전화가 왔다.

"나다, 아빠야. 메리크리스마스!"

"아빠, 메리크리스마스!"

"하은아, 거기 어디니? 참 멋진 곳이구나."

"엄마, 여긴 런던 템스강의 밀레니엄 브릿지야. 멋있지?"

"응, 그래. 거기 가보고 싶구나. 몸 건강히 잘 있지?"

"그럼, 두 분 요즘 어때요?"

"호호, 너희 아빠 요즘 이상해. 나하고 연애하는 기분이라나?"

"엄마는 좋겠다. 엄마, 사랑해. 아빠도."

"그래, 하은아, 아빠도 널 사랑한단다."

현수는 전화를 마친 후, 〈살다 보면〉을 다시 듣고 싶었다. 유튜브를 열었다. 감미로운 선율이 방 안에 가득 흘렀다. 주방 쪽에서 희재의 목소리가 들렸다.

"여보, 밥 다 됐어요. 식사해요."

작가 후기

　이 책은 픽션에 약간의 논픽션을 결합한 소설이다. 소설이니 무슨 말인들 못 하겠는가. 한 신비한 인물에 얽힌 이야기를 소설로 써볼까 얼핏 생각난 건 근 20년 전의 일이었다. 지적인 데다 친절하고 매력적이며 영감이 넘치는 초로의 교수에 관한 이야기다. 이 이야기를 오랜 세월 동안 몽글몽글 가슴에 품고 살아오다 마침내 책으로 출간하게 되었으니 어찌 감개가 무량하지 않겠는가.

　이필선 교수. 그는 내 인생에 가장 큰 영향을 주었던 지식인이었다. 그는 동굴 같은 마음을 지녔고 거의 완벽에 가까운 분이었다. 나는 그를 선뜻 스승으로 삼았다.

　하지만 이 세상에 완벽한 사람이란 없다. 누구나 결함이 있고 문제를 부둥켜안고 낑낑대며 살아간다. 나의 스승에게 결정적인 문제는, 모년 모월 모시에 예수님의 재림으로 이 세상이 종말을 맞게 되고 지상에 천년왕국이 세워질 거라고 과도

하게 확신했다는 데 있다. 그가 확신한 지구의 종말은 두 번째 밀레니엄이 끝나는 서기 1999년과 세 번째 밀레니엄이 시작하는 서기 2000년이 겹치는 시점이었다. 정확하게는 한국 시간으로 1999년 12월 31일 자정.

나는, 무명의 한 젊은 작가를 내 분신으로 내세웠다. 이 책은 젊은 작가 김현수가 대학을 조기은퇴한 수학교수를 만나 1998년 크리스마스이브 저녁부터 1999년 12월 31일 밤 열두 시까지 겪었던 진기한 일들을 다뤘다. 나머지는 회상이다. 한 해 동안의 모든 사건들은 두 번째 밀레니엄의 마지막 날을 향해 치달았다.

세 번째 밀레니엄이 시작되는 서기 2000년을 앞두고서 사람들은 관심이 많았다. 그런 관심은 1982년 한 유행가 가사에서도 나타난다. 서기 2000년이 오면 인류는 로켓을 타고 저 멀리 별 사이 우주 공간을 날고, 그때는 전쟁도 없고, 끝없이 즐거운 세상이 계속되고, 우리의 모든 꿈은 이뤄질 것이라는 멋들어진 가사 말이다.

하지만 애석하게도 지금 우리가 경험하는 세상은 그 노랫말대로 돌아가지 않고 있다. 서기 2000년은 우주를 격변하는 어떠한 일도 일어나지 않은, 그저 단순한 한 년도에 지나지 않았다. 보통사람들은 로켓은커녕 비행기도 맘대로 못 타고 있고, 코로나 전염병에 쩔쩔매고 있으며, 여전히 전쟁과 기아에 허덕이고 있다. 테크노토피아가 인류에게 꿈과 희망을 가져다줄 것이라는 장밋빛 환상은 자지러들고 있다. 아름다운 지구는 무차별 개발 경쟁으로 파괴되고 있고, 높이 솟은 고층 빌딩에는 무기력한 빈곤과 실업 군상들의 그늘이 길게 드리워져 있다.

인류의 미래에 대해 사람들은 애써 감추려 하지만 내심으로는 불안하다. 현재 우리의 삶이 지금 여기에서 끝나는 게 아닌가 하는 데서 불안은 가중된다. 현재의 삶이 어떤 형태로든 영원한 삶으로 지속될 수 있을 것이라는 종교적 기대는 갈수록 퇴색되어 가고 있는 느낌이다. 현대인들의 마음은 현재의 세계에 결박되어 있다.

그렇다면 우리는 미래에 대한 기대를 접고 현재의 삶에 만족하며 살아가야 한다는 것인가. 미래보다는 현재적인 것들에 가치를 부여하고 살아야 하느냔 말이다. 결코 아니다! 우리는 현재의 삶에도 의미를 부여해야 하고 또한 미래의 삶에도 의미를 부여해야 한다.

문제는 그 종말이 언제 있는지 어느 누구도 알 수 없다는 것이다. 종말은 오직 신만이 알 수 있다. 인간이 가타부타 참견할 일이 못 된다. 우리네 삶은 미래를 알 수 없는 불가사의한 것들로 가득 차 있다. 인간은 현실에 대해서도 일목요연하게 설명할 수 없는 것들이 너무나 많다는 것을 인정한다면 미래를 안다고 장담해서는 안 될 일이라고 본다. 그렇다면 종말에 대해 우리가 할 수 있는 거라곤 아무것도 모른다고 솔직하게 말하는 것이다.

이처럼 이 책은 세 사람 사이에서 벌어지는 기기묘묘한 사건들과 대화들을 통해 사랑과 우정, 약속과 신뢰, 삶과 죽음, 이상과 현실, 이 세상과 저 세상, 신앙과 이성, 희생과 헌신과 같은 묵직한 주제들에 대해 계속해서 질문을 던지고 답을 찾아가는 소설이다.

이 소설에는 세 명의 주인공들이 나온다. 신문기자를 관두고 문학을 하겠다며 겁 없이 문단에 뛰어든 무명의 젊은 작가 김현수, 그의 연인이며 고고학 박사인 윤희재, 현재의 삶보다는 종교적 열광과 세상 종말에 대한 기대감에 사로잡혀 유토피아를 열망하는 수학박사 이필선. 이들 세 사람이 맞닥뜨리는 '시간'은 1999년 12월 31일 자정을 향해 치닫고 있다. 그리고 마침내 그날, 그 시간이 왔다.

이 세 주인공들의 캐릭터는 독특하다. 나는 그중 이필선 교수의 캐릭터를 부각하려고 애썼다. 그분이 독자들에게는 어떤 모습으로 비치게 될지 궁금하다. 주인공 현수는 그분을 스승으로 받들면서 많은 대화를 나누는가 하면 이런저런 희한한 사건들을 경험한다.

나는 가급적 현수가 정당하다는 평가를 받도록 글을 써 내려갔다. 하지만 이 책을 읽는 독자들 중 더러는 현수가 틀렸다고 작가인 나를 나무라는 사람들이 있을지도 모르겠다. 아무튼 종교적 신념이 강한 이필선 교수가 옳든 자유분방한 휴머니스트인 현수가 틀리든 그건 중요하지 않다. 내 간절한 소망은 이 책을 읽는 사람들이 삶의 소중한 가치들을 돌아보고 얼마간 갈증이 해소되는 것이다.

이 책은 '종말'(혹은 메시아의 재림)과 '사랑'이 키워드이므로 죽음에 대한 단상이 띄엄띄엄 나온다. 사람이 갑자기 죽는다는 것, 그것도 가장 가까운(혹은 사랑하는) 사람이 갑자기 죽는다는 건 얼마나 끔찍한 일인가.

내가 죽음을 너끈히 받아들이지 못한다는 사실은 이따금 꾸는 꿈에서도 확인되고 있다. 병사로 전쟁터에 나가 칼을 휘두르며 백병전을 치르다가 적에게 가슴을 찔려 죽임을 당할 때 나는 악, 하고 외마디 비명을 지르며 잠에서 깨어나곤 했다.

그런 점에서 나는 소설 《모비 딕》의 담대한 선원 퀴퀘그와는 성분이 다르다는 걸 자인한다. 그는 고래를 잡으러 바다로 나갔다가 파상풍에 걸려 죽을 운명에 처하자 동료 선원들에게 자신의 관을 미리 짜달라고 부탁했던 사람이다. 나는, 바다를 동경해 포경선을 타기는 했지만, 사납고 거대한 고래인 모비 딕과의 혈투에서 유일하게 살아남은 이슈마엘이고 싶다. 더욱이 그 혈투가 인간의 집착과 광기에서 나온 것이라면 말이다.

이런 나를 독자들은 겁쟁이라고 비웃지 않기를 바란다. 나는 젊은 나이에 불운을 많이 겪었다. 하지만 지독한 불운 앞에서도 신세를 탓하거나 신을 원망하거나 하는 따위의 비겁한 짓은 하지 않았다. 다만, 우리들 인간에게 호의적이지 않은 죽음이 두려울 뿐이다. 아니, 독재자처럼 우쭐거리는 죽음으로 인해 소중한 삶을 앗기는 게 두렵기 때문이다.

우리네 삶이 어이없게도 죽음으로 소멸된다면 대체 우리는 죽기 위해 이처럼 처절히 살아왔다는 것인가. 아름다웠던 감정들의 공허감, 소중했던 의미들의 허무감, 찬란했던 연민들의 절망감! 아아, 죽음은 엄청나게 큰 고래가 포경선과 선원들을 삼키는 것처럼 그 입을 벌려 무자비하게 삶을 삼켜버리는구나.

이 책에 등장하는 인물들은 엄연히 이 땅에 발을 딛고 있으면서 머리는 하늘을 향해 있는 사람들이다. 편견을 가지고 등장인물들을 보지 않는다면 내가 한가하게 무가치한 것을 지껄이는 수다쟁이가 아니라, 얼마만큼은 여러분의 관심을 끌 수 있는 작가라는 사실을 깨닫게 될 것이다.

유토피아는 우리 마음속에 깃들어 있는 어떤 것이다. 그것은 '그때, 저 멀리' 현실로부터 동떨어져 있는 게 아닌, 현실에 감겨 있으면서 '지금, 여기 가까이' 우리 삶에 숨 쉬고 있는 어떤 것 아닐까? 이 책을 읽는 분들에게 이 말을 꼭 전해주고 싶다. 당신의 인생을 사랑하라, 라고.

나는 당신이 이 이야기에 푹 빠져들길 바란다.

2022년 가을. 김준수

그날, 12월 31일

초판 1쇄 2022년 10월 5일
초판 2쇄 2022년 10월 20일

지은이 ┃ 김준수
펴낸이 ┃ 김준수

펴낸곳 ┃ 밀라드
등 록 ┃ 제2018-000031호
주 소 ┃ 서울특별시 양천구 지양로 15길 24, 101-311
전 화 ┃ 02-6093-0999
이메일 ┃ bookssen@naver.com

기 획 ┃ 이명희
브랜딩 ┃ 이정화
디자인 ┃ 참디자인

ISBN 979-11-971578-3-7 (03810)

밀라드 밀라드는,
좋은 책을 만들어
우리가 사는 공동체를 한층 아름답고
행복하게 만드는 데 최선을 다하는 출판사입니다.
밀라드는 여러분에게 활짝 열려 있습니다.
밀라드와 함께 건강하고 행복하세요.